옮긴이 **장호연**

서울대학교 미학과와 음악학과 대학원을 졸업하고, 음악과 과학,
문학 분야를 넘나드는 번역가로 활동 중이다.『스스로 치유하는
뇌』,『나는 내가 죽었다고 생각했습니다』,『뮤지코필리아』,『소리의
마음들』,『가짜 환자, 로젠한 실험 미스터리』,『리얼리티 버블』,『기
억의 과학』,『콜럼바인』,『고전적 양식』,『클래식의 발견』등을 우리
말로 옮겼다.

시선들

시선들

Sightlines

캐슬린 제이미 산문

장호연 옮김

B:

일러두기

- 인명, 작품명, 지명은 국립국어원 외래어표기법을 따르되 일부 명칭은 일반적으로 널리 쓰이는 표기를 따랐습니다.
- 단행본 및 정기간행물은 『 』, 그림, 영화, 희곡의 제목은 〈 〉로 구분했습니다.
- 주석은 모두 옮긴이 주입니다.

목 차

ISSION
3d

Society
the New
ress
n Decr. 1862.
of those who

balls from cows' stomachs

Common

Whale's eardrum

1984.60

섬 여행자에게 이 책을 바친다.

감사의 말

많은 사람들이 참을성 있게 좋은 뜻에서 귀한 시간과 지식을 내주어 이 책에 도움을 주었다. 던디의 나인웰스 병원에 몸담고 있는 프랭크 캐리 교수와 스튜어트 플레밍 교수, 스코틀랜드 국립박물관의 앨리슨 셰리던 박사, 베르겐 자연사박물관의 테리에 리슬레반트 박사와 안네 카린 후프트하머 박사, 그리고 고든 터너 워커 교수와 고래 보존 팀에게 감사의 말을 전한다. 기억에 남을 멋진 세인트 킬다 여행을 만들어준 이언 파커, 스트래트 할리데이, 애덤 웰페어, 앤젤라 개넌, 제임스 헤퍼(모두 스코틀랜드 고대역사 기념물에 대한 왕립위원회 소속이다), 그리고 나를 여행에 합류시켜 준 스코틀랜드 내셔널 트러스트의 수잔 베인에게도 고마움을 전하고 싶다.

새 여행에 함께한 팀 디, 동굴 여행에 함께한 피터 도워드, 고마워요. 그리고 우리를 무사히 섬에 데려다주고 다시 데리러 온 선장 도널드 윌키, 밥 식스턴, 노먼 텐비, 앵거스 캠벨도. 특별히 고마운 사람은 최고의 섬 여행자 스튜어트 머리와 질 하든이다.

쇼나 스완슨, 메건 델라헌트, 수전 셀러스는 상황이 힘들 때마다 꿋꿋하게 자리를 지켰다.

피터 다이어와 헨리 아일스는 원고에 불과한 것을 아름다운 사물로 만들었고, 니키 와이먼은 원고 교열과 교정을 맡아주었다. 냇 얀츠는 비범한 통찰력과 인내력을 겸비한 편집자이다. 그녀와 마크 엘링엄의 한결같음과 친절함에 또다시 고맙다는 말을 전한다.

필, 던컨, 프레야 버틀러, 늘 그랬듯이 사랑해.

1장

오로라

이렇다 할 너울은 없었고 찰싹거리는 파도뿐이었다. 그래서 조디악스를 돌들이 깔린 해변 가까이 붙이기만 하면 폴짝 뛰어 건널 수 있었다. 정확히 말하면 뛰는 것이 아니라 보트 옆을 잡고 다리를 돌려 파도와 파도 사이의 땅에 내려서는 것이다. 이런 곳에서 발이 젖으면 곤란하다. 금세 얼어붙는다.

조수에 떠밀려 온 하얀색 얼음들이 해안을 따라 늘어선 모습이 장신구 같다. 얼음 말고 뼈들도 보인다. 사람들은 아직도 사냥을 하러 이곳에 온다. 도살된 외뿔고래와 바다표범의 머리뼈와 등뼈가 허옇게 해변 위쪽에 여기저기 널려 있다. 해변이 끝나고 초목이 시작되는 곳에 선체 바깥쪽 엔진 하나가 심하게 녹슨 상태로 버려져 있다.

조디악스를 고정시키는 동안 폴리와 나는 구명조끼를 벗어서 버려진 엔진 옆에 던졌다. 폴리—본명은 아니다—는 중부 유럽 출신으로 나와 같은 선실을 썼다. 그녀가 동행해서 다행이고 즐겁다. 그녀는 말하면서 항상 슬퍼하거나 아쉬워하는 웃음소리를 흘리는데, 원래 말투가 그런 건지도 모르겠다.

승객 가운데 일부는 배에 머물러 있었고, 우리는 해안으로 가서 낮은 바위 언덕에 올라 경관을 둘러보기로 했다. 사실 '경관'이라는 말은 광활하고 압도적인 이곳의 규모와 투명한 빛을 담아내기에는 지나치게 온순한 표현이다. 나는 우리가 와 있는 이곳이 어디인지 알아보고 싶었다. 완전히 새로운 세상, 온통 얼음인 세상이다. 여기는 만이다. 동쪽으로 탁 트인 바다가 펼쳐져 있다. 빙산이 아침 햇살을 받아 마시멜로의 분홍빛으로 반짝인다. 피오르드에서 빠져나와 자유롭게 떠다니는데, 조류가 빙산을 남쪽으로 실어가면 서서히 녹아 사라질 것이다. 희고 눈부신 또 하나의 빙산이 배가 정박한 만의 입구에서 호위병처럼 서 있다.

폴리와 나는 낡은 거위털 재킷—내 것은 청테이프로 여기저기 덧댔다—을 입고 모자와 장갑, 부츠로 중무장했다. 일행이 다 모이자 우리는 내륙 쪽으로 걸어 들어갔다. 내게 생소한 빳빳한 식물들이 보인다. 나는 머나먼 북쪽의 텅 빈 풍광을 연상시키는 '툰드라'라는 말을 오래전부터 좋아했다. 내 발밑에 있는 녀석들은 툰드라 식물임이 분명하다. 적갈색, 황갈색, 적황색의 가을빛으로 물들어 있다. 바위 사이에, 난쟁이버들dwarf willow과 난쟁이자작나무dwarf birch, 그리고 월귤나무bearberry로 보이는 것 사이에 흩어져 있다. 수평으로 미로처럼 뻗은 나뭇가지에 지의류가 자란다. 갈대도 있는데 불에 그은 고양이 수염처럼 끝이 동그랗게 말렸다. 9월이다. 식물들을 발로 밟자 건조한 허브 냄새가 맑은 공기로 쏟아진다.

"깃털을 당신에게 줄게요." 폴리가 말한다. 나는 식물을 내려다보느라 정신이 팔려 폴리가 허리를 숙여 깃털을 하나 집어들 때까지 사방에 깃털이 널려 있다는 것도 모르고 있었다. 말라붙은 나뭇잎과 잔가지에 뒤엉키고 투박한 바람에 찢겨진 거위 깃털. 배설물도 보였다. 거위들은 아주 최근에, 어쩌면 바로 어제 이곳에 모였을 것이다. 수백 마리가 모여서 떠날 채비를 했을 것이다. 내가 생각하기에 거위들은 오로지 북쪽으로, 지평선 너머 어딘가로 날아간다. 그러나 바로 여기가 북쪽이다. 여기서는 거위들이 남쪽으로 날아간다. 나도 모르게 고개를 들어 빙산이 반짝이는 바다 쪽을 바라보았다. 행여 아이슬란드로, 유럽으로 떠나는 마지막 비행을 볼 수 있을까 싶어서였다. 그러나 하늘은 차갑고 푸르고 텅 비어 있다.

우리는 거위들의 평원을 지나 언덕을 오르기 시작했다. 일행은 열두 명으로 유럽과 북아메리카에서 온 여행객들이다. 아직 서로 잘 모른다. 정중한 대화를 주고받으며 서로와 세상을 조금씩 알아가고 있다. 세상을 알아가는 것이야말로 여행하는 사람들의 특권이다. 우리는 "총 뒤에 물러서 있으라는" 주의를 받았다. 안내원으로 동행한 덴마크 출신의 젊은 생물학자가 행여 북극곰의 출현에 대비하여 신호탄과 마지막 수단으로 라이플총까지 챙겼다. 하지만 북극곰은 없다. "북극곰?" 러시아 승무원 한 명이 고개를 저으며 말했다. "허허, 사람들이 마지막 남은 녀석을 잡아먹은 게 수년 전이오만."

몸을 피할 수 있게 돌출된 매끈한 바위 옆에서 우리는 배낭을 벗고 카메라와 총을 옆에 치우고 웅크리거나 앉았다. 내륙 쪽에서 냉혹한 산들바람이 불어왔는데, 지금은 태평했지만 이곳의 모든 것이 다 그렇듯 엄청난 힘이 잠재되어 있는 것이 느껴졌다. 모두들 자리를 잡자 안내원이 제안을 한다. 몇 분 동안만 침묵을 지키고 가만히 앉아서 조용히 소리를 듣자고 한다.

바다가 회색빛 하늘 아래 동쪽으로 펼쳐져 있다. 믿기지 않을 만큼 잔잔하고 푸르고 고요한 바다다. 만에 우리의 배가 정박해 있는데, 그 주위를 소리 없이 떠다니는 작은 흰색 얼음들 사이에서 유난히 복잡하게 보인다. 배도 마찬가지로 흰색이지만 지저분해 보인다. 눈이 내리면 양이 갑자기 지저분해 보이듯이 말이다. 배 뒤로 만 한쪽 옆에 우리가 서 있는 이곳과 비슷한 나지막한 갈색 언덕이 있고, 그 너머로 뾰족한 흰색 봉우리들이 일렬로 정렬해 있다. 숨겨진 좁은 만에 떠 있는 빙산들의 윗부분이다. 서쪽으로 눈을 돌리면 삐죽삐죽한 갈색 산들이 길게 이어져 있다. 해안 너머로 어슴푸레 빛나는 뭔가가 보이는데, 처음에는 낮게 걸린 구름 띠인 줄 알았지만 얼음이다. 내륙의 만년설의 끝자락 같다. 공기가 놀랍도록 투명하다.

이것이 우리가 보는 광경이다. 우리가 듣는 것은 침묵이다. 서서히 우리는 최고로 비범한 침묵에 들어선다. 환하게 빛나는 침묵이다. 산이 내뿜고 얼음과 하늘이 내뿜는 침묵, 아주 먼 곳에서 흘러나와 우리의 몸을 강력하게 짓누르는 무기질의 침묵. 깊고 오싹하여 내 마음은 여기에 비하면 거위처럼 요란해 보인다. 내 마음을 누그러뜨리고 싶었지만 그러려면 몇 년은 걸릴 것이다. 다른 사람들을 쳐다본다. 일부는 먼 바다와 땅을 바라본다. 일부는 마치 교회에 온 것처럼 고개를 숙이고 있다.

일이 분, 어쩌면 오 분이 흘렀을까. 산들바람과 강력한 침묵 사이로 큰까마귀 한 마리가 날아오른다. 나는 폴리가 새를 좋아한다는 것을 알았으므로 그녀도 알아챘는지 알아보려고 옆을 돌아보았다. 폴리는 고개를 살짝 뒤로 젖히고 장갑 낀 손을 조용히 들어 햇빛을 가렸다. 새까만 새는 하늘에서 혼자 안정적인 날갯짓을 하며 내륙 쪽으로 날아가고 있다. 녀석도 침묵을 지키고 있다.

바이킹들은 큰까마귀를 항해에 활용했다. 여름에 고위도 지방에서는 별들이 보이지 않기 때문이다. 옛 사가에 보면 아이슬란드에 정착한 바이킹들이 큰까마귀를 잡았다고 한다. 육지가 보이지 않고 온통 바다인 이곳에서 큰까마귀를 풀어주면 육지가 보이는 높이까지 날아오른다. 큰까마귀가 향하는 방향으로 그들은 배를 타고 따라갔다. 어쩌면 천 년 전에 그린란드 항해에 나선 그들을 이곳으로 데려온 것도 큰까마귀였을 것이다. 천 년이라. 눈 깜짝할 사이다.

조용히 해, 나는 자신에게 말했다. 침묵을 들어. 큰까마귀에게서 잠시 눈을 뗐고, 다시 보았을 때는 녀석이 사라지고 없었다.

우리가 얼마나 오래 그곳에 앉아 있었는지 모르겠다. 내가 아는 것이라고는 그와 같은 침묵을 한 번도 들어보지 못했다는 사실이다. 바람이 깃털을 무시하듯 침묵도 소리를 무시할 수 있다. 그런 오 분, 십 분은 평생 처음이었다.

어떤 사람들은 우리가 진정한 침묵을 결코 경험할 수 없다고 말한다. 자신의 신경이 고음으로 끙끙대는 소리를 듣게 되기 때문이다. 우리로 하여금 소리를 들을 수 있도록 하는 바로 그 신경계의 소리다. 우리는 얼음이나 바위가 아니라 동물이므로 신경이 있다. 추위와 굶주림에 영향을 받는다. 여긴 추워, 우리의 몸이 말한다. 그러니까 움직여. 몸을 계속 따뜻하게 데우고 사냥에 나서. 그래서 십 분 정도 지났을까, 다들 말하지 않고도 통했는지 누군가 움직이고 기침 소리가 들리면서 깊은 침묵의 경험이 끝났다. 생명이 우리에게 나름의 방식으로 채찍질을 하기 시작한다. 모두들 서서히 몸을 일으켜 세운다. 폴리가 내 눈을 보더니 살짝 웃으며 어깨를 으쓱한다. 내가 이미 파악한 그녀의 특징적인 모습이다. 우리는 언덕을 내려가

대기하고 있는 보트로 돌아갔다. 한참 동안 아무도 말이 없었다.

* * *

이제 오후도 중반으로 넘어간다. 침묵과는 거리가 멀고 무척 소란스럽다. 우리는 배 위로 돌아왔다. 배가 움직이고 빙산이 다가온다. 거대한 공장에서 실어온 얼음 덩어리들이 차례대로 하나씩 우리 앞에 모습을 보인다. 저 멀리 다우가르드-옌센Daugaard-Jensen 빙하가 피오르드 상류에 있다. 열두 명의 우리들, 오늘 아침 언덕에 앉아 있었던 바로 그 일행이 배의 흰색 금속 이물 너머로 과감하게 몸을 내밀고 있다. 카메라를 든 사진사들과 쌍안경을 든 조류 관찰자들이 바람과 엔진 소리에 맞서 소리를 지른다. 바람이 장난이 아니다. 산 채로 피부를 벗길 기세다. 만년설 사면을 타고 내려오는 활강바람에 우리가 들어선다. 물론 배 안에 들어가 유리창으로 얼음을 봐도 되지만, 그게 무슨 의미가 있을까? 빙산의 새하얗고 치명적인 존재감을 느끼고 싶다면 추위에도 불구하고, 추위 때문에라도 갑판에 나가 있어야 한다. 누군가 말하기를 빙산이 너무도 유기적이라고 했다. 그러나 그렇지 않다. 빙산의 모양과 형태는 아무 목적이 없다. 그저 거대하고 한없이 무의미하다.

빙산이 느린 행렬을 이루며 피오르드를 따라 하나씩 내려온다. 배보다 높고 점점 가까이 다가온다. 나는 매번 속으로 "확실해, 이번에는 분명 충돌할 거야" 하고 생각하지만 배는 항상 우아하게 몇 도 차이로 방향을 틀고, 빙산은 좌현이나 우현으로 미끄러져 뒤로 물러난다. 지나가면서 보니 건물처럼 우뚝 솟은 모습에 하나같이 조

18

각처럼 깎은 듯하며 흰색이다. 길게 갈라진 틈은 새파란데 빙산의 더 큰 쪽은 깊은 물속에 처박혀 사파이어 빛깔을 드러낸다.

피오르드 계곡은 파도가 일렁이고 회색이다. 빙산들 사이로 그보다 작은 얼음 조각들의 출렁이는 모습이 흔들리는 보트나 천사의 날개를 닮았다. 크리스마스 장식처럼 보이지만 배가 하나를 치고 지나가자 막대기로 기름통 두드리는 소리가 난다. 피오르드 옆면은 산비탈이다. 나는 규모를 완전히 잘못 짚었다. 실로 어마어마하다. 피오르드 양쪽에 놓인 비탈은 6천 피트 높이의 봉우리로 이어진다. 대성당 첨탑처럼 생명이 없어 보이지만, 낮은 비탈에는 쫓기듯 허겁지겁 살아가는 식물들이 있고, 게다가 동물도 있다는 것을 이제는 안다. 살짝 쪼그라든 작은 빙하가 물로 내려오면서 빙퇴석과 자갈의 자국들을 남긴다. 잠잠했다가 바람이 불고, 엔진 소리가 들리고, 이어 또 하나의 빙산이 패션쇼 무대에 서는 모델처럼 거만한 모습으로 다가온다.

이번에 다가오는 빙산은 스키 점프대처럼 매끄럽고 각도 있는 경사로를 배에 제공한다. 작은 배야, 이쪽으로 올라오렴, 하고 말하는 것 같지만, 그의 초대를 거절한다. 고물 쪽으로 지나간다. 또 하나가 피오르드를 내려온다. 짙은 파란색 그림자가 진, 파격적인 케이크처럼 보인다. 이어지는 것은 3층짜리 집채만 한데 벽이 꽉 눌려서 부싯돌처럼 매끈하고 단단한 단면을 이루고 있다. 수면 아래를 보면 몸을 던지고 싶은 파란색이다. 아침에 침묵 속으로 영원히 빠져들고 싶었던 것처럼 유혹적이다. 더딘 망상, 떨쳐낼 수 없는 환상 같지만 왠지 모르게 위협적이다. 빙산이 처음 나타날 때는 다들 소리를 질러도, 옆으로 지나갈 때는 아무도 말하지 않는다. 찰칵하는 카메라 소리가 들리지만 빙산은 우리에게 하얀 허무만을 안겨준다.

얼마 뒤에 바람과 추위가 참을 수 없는 지경이 되자 나는 갑판을 떠나 좌현 쪽으로 걸어갔다. 구조선 아래에 있는, 파도가 거칠게 내리치는 문을 열고 음식과 석유 냄새가 살짝 나는 평온하고 안락한 배의 실내로 들어갔다. 문을 닫자 바람이 멎었다. 계단 두 층을 올라 조타실로 들어갔다. 여기서는 다들 고양이처럼 항상 문을 가로막고 서고, 항상 문에서 사람들을 만난다. 하지만 열두 명의 골수파들은 다르다. 자신의 덩치보다 큰 카메라를 든 거구의 독일인 의사, 핀란드 조류 관찰자, 네덜란드 사진사, 폴리, 그리고 나. 빙산을 보고 싶다는 욕망, 뭔가를 놓칠지도 모른다는 두려움이 우리를 갑판에서서 소음과 몰아치는 바람을 맞도록 내몬다. 한참을 그렇게 있다가 잠시 몸을 녹이고 싶다는 생각이 들면 그제야 안으로 다시 들어온다.

조타실에서는 따뜻하고 능숙한 평온함이 지배한다. 누구도 소리를 지르지 않는다. 항해사들은 확실히 아니다. 넓은 창문으로 돛대 너머 피오르드의 흰색 뱃머리 너머 전경이 쫙 펼쳐진다. 피오르드가 길다. 세계에서 가장 긴데 우리는 해질녘까지 계속 항해할 것이다. 여기서 보면 빙산들이 무질서하게 놓인 장벽처럼 보여 도저히 뚫고 들어갈 틈이 없을 것 같지만, 레이더는 그렇지 않다고 말한다. 나는 레이더 스크린 보는 것을 좋아하고, 배의 선장과 항해사가 레이더를 해석하는 모습을 지켜보는 것을 좋아한다.

스크린은 자그마한 텔레비전 크기이며, 빛의 반사나 눈부심을 막기 위해 보호막 처리가 되어 있다. 검은색 바탕에 피오르드 해안이 초록색으로 빛나는 두 개의 선으로 표시된다. 도로의 연석처럼 일직선이다. 빙산은 그 사이에 여기저기 놓인 초록색 점들이다. 항해사들이 창문과 레이더를 차분하게 오가며 하나씩 살피고 서로 확인하여 경로를 정한다. 조타실 뒤쪽에 우묵하게 들어간 벽감은 밤에는 커튼을 쳐서 가리는데, 여기에 책상이 있고 각도를 마음대로 조정할 수 있는 램프 아래에 해도와 나침반, 연필 등이 놓여 있다. 디지털 판독기가 위성이 송출하는 배의 위도와 경도를 알려준다. 조타실은 공공 도서관처럼 조용하다. 난방장치나 환풍기가 희미하게 윙윙거리는 소리만 계속해서 들린다.

그러나 실내에 있는 것은 좋지 않다. 몸이 따뜻해졌으면 다시 나가야 한다. 문 쪽으로 어깨를 틀고 높은 계단을 밟고 오르면 또다시 기중기에 매달린 구조선 아래에 서게 된다. 바람이 세차게 몰아쳐서 고개를 숙이고 뱃머리로 걸어가야 한다. 피오르드 양쪽의 비탈이 어느 정도 보호막이 되기 때문이다. 폴리는 커피를 마시러 잠시 들어갔다가 다시 밖에 나와 있다. 이런 고위도 지방에 여러 차례 와본 적이 있는데도 여전히 열정적이고 흥미로워한다. 그녀는 뱃머리의 작은 금속 계단 위에 서 있다.

"작살잡이 같아요!" 그녀가 말한다.

"작살로 무엇을 잡게요? 외뿔고래라도 있어요? 외뿔고래를 보고 싶은데."

"외뿔고래는 없어요." 그녀가 대답하며 살짝 웃는다.

우리는 몇몇 동물을 보았다. 작은 고리무늬바다표범ringed seal이 좁은 유빙 위에서 몸을 가누고 있었다. 이런 혹독한 세상에서도 태평스러운 표정을 지었고, 배가 다가가자 물속으로 뛰어들었다. 그전에는 핀란드 조류 관찰자를 흥분시켜 갑판에서 뛰어다니게 만든 일이 있었는데, 흰색 백송고리gyrfalcon 두 마리가 날아와 지금까지 배를 계속 따라다녔던 어린 세가락갈매기kittiwake를 공격했다. 백송고리들은 함께 작업했다. 한 마리(아래쪽에 옅은 갈색의 줄무늬가 있다)가 갈매기를 아래에서 위로 몰면 다른 한 마리가 위에서 녀석을 덮쳤다. 요란한 날갯짓과 도움의 외침이 있었지만 필사적인 갈매기가 더 민첩했다. 잽싸게 공격을 피해 청명한 공기를 가르고 푸른 하늘 높이 날아가 사라졌다. 백송고리도 곧 사라졌다. 우리는 내내 생명 없는 얼음에서 새와 동물을 찾았다. 나는 새들이 빙산을 활용하는 방식을 좋아한다. 얼음 위에 걸터앉아 평온하게 쉬며 강줄기를 따라 천천히 내려간다. 우리는 흰갈매기glaucous gull, 큰까마귀, 꼿꼿한 흰색 백송고리 또 한 마리를 보았다.

빙산이 계속 이어진다. 어떤 사람은 빙산의 냄새를 맡을 수 있다고, 오이 비슷한 냄새가 난다고 말한다. 누구든 빙산의 냄새를 맡을 수 있고 자신의 신경계 소리를 들을 수 있다고 한다. 나는 모르겠다. 빙산이 천천히, 대단히 가깝게 지나가는데도 내가 맡는 것은 거대하고 투박한 무관심의 냄새뿐이다.

* * *

마침내 초저녁에 빙산으로부터 안전한 만에 닻을 내린다. 흰색 얼음 덩어리들이 배 주위에 떠다닌다. 여기는 피오르드 해안이 더 넓고 엄청나게 장관이지는 않다. 지질의 특성이 다르다. 삐죽삐죽한 현무암 산맥 대신 너덜너덜한 얼음과 눈이 군데군데 뒤덮인 완만한 바위 언덕이 보인다.

바람은 기세가 꺾였고, 물은 고요하여 언덕의 반영을 고스란히 담아낸다. 날이 곧 어두워지겠지만, 마지막 남은 햇빛에 무신경한 사향소 일곱 마리 가족이 천천히 비탈 저편으로 걸어가는 모습이 보인다. 사진사들이 다들 갑판에 나와 렌즈를 부산하게 바꾸며 셔터를 누른다. 동물들은 그들이 뜯어먹는 초목과 같은 흑갈색이다. 수컷들은 아래쪽으로 굽어진 뿔이 축 늘어진 얼굴과 어우러져서 마치 불행하게 여장女裝을 한 것 같다. 희끄무레한 보호 털이 서리가 내린 듯 어깨를 덮고 있다.

우리는 식사를 했다. 어둠이 내리자 정박지의 물이 바뀐다. 나는 배 옆으로 몸을 숙여 25피트 아래 바다를 바라본다. 어느덧 완만하고 으스스한 초록빛이 되었는데, 그러자 갑자기 어렸을 때 오빠나 내가 자다가 오줌을 싸면 어머니가 창피를 주려고 꺼내들었던 지긋지긋한 침대 고무 시트가 떠올랐다. 40년 동안 잊고 있었던 시트가 바로 여기, 그린란드 동쪽 북위 71도의 한 피오르드에 있다. 배 주위에서 잔잔히 물결치는 바닷물이 점차 얼기 시작한다.

* * *

이제 자정이 지나 깜깜하다. 어두운 선실의 침대에 누워 있던 우리는 다시 일어나 헐렁한 바지 위에 스웨터와 재킷을 걸치고 부츠, 장갑, 모자를 쓴다. 여덟에서 열 명이 혼자나 둘씩 또다시 배의 앞쪽 갑판에 섰다. 난간에 몸을 기댄 사람도 있고 갑판 중앙에 선 사람도 있다. 전기 불빛은 없다. 승무원들이 스위치를 내린 모양이다. 어둠 속에서 권양기와 돛대에 걸리지 않도록 설비가 되어 있다.

바람은 멎었지만 공기가 무척 차갑고, 금속 갑판 바닥에 얼음이 깔려 있어서 다들 조심조심 움직인다. 말을 할 때는 속삭이는 소리로 말한다.

육지는 이제 아무런 특징도 보이지 않고 물은 검은색이다. 대신 하늘이 생동감 넘치는 모습을 드러낸다. 우리는 고개를 뒤로 젖히고 서서 경이에 빠진다.

은은한 청록색의 북극광이 하늘 높이 걸려 있다. 거울에 서린 입김처럼 별빛 총총한 하늘을 배경으로 밝게 빛나며 움직인다. 동쪽에서 서쪽까지 온 하늘을 가로질러 청록색 빛이 이동하면서 바뀌어 간다. 에메랄드 장막이 출렁이더니 휘젓지 않은 칵테일이 되어 동쪽의 어느 먼 곳을 향해 손을 뻗는다. 우리는 청중이다. 직접적으로 응시하는 사람도 있고, 긴 렌즈를 부착한 카메라를 드는 사람도 있다. 다들 뼛속을 파고드는 추위에 맞서 고개를 들고 서서는 침묵을 지킨다. 그러나 이것은 쇼가 아니라 마음의 흐름을 지켜보는 것에 가깝다. 빙산의 소극적 모습을 본 뒤에서 지성이 활발하게 돌아간다. 완결된 작품을 공연하는 것이 아니라 초안을 고치고 다시 계산하는 것이다. 실제로 오로라가 발하는 초록색은 배의 위도와 경도를 나타내는 레이더 스크린의 판독기와 똑같은 빛이어서 오로라는 자연현상보다는 오히려 과학기술의 성과처럼 보인다.

어떤 사람들은 북극광의 소리를 들을 수 있다고 말한다. 쉭쉭거리거나 휘파람 소리를 낸다고들 말한다. 침묵, 빙산, 사향소에 이어 이제 북극광까지, 북극의 현상은 참으로 경이롭다. 우리가 이곳까지 온 이유다. 우리가 한밤중에 얼어붙는 갑판에 서 있는 이유다. 불빛이 다시 이동한다. 낮게 웅성거리는 목소리, 카메라를 재빠르게 누르는 소리가 들린다.

폴리가 내 곁에 와서는 두텁게 껴입은 내 옷 위로 손가락을 힘차게 찔러댄다. 고개를 뒤로 젖히고 속삭인다. "움직이지 않고도 모습이 바뀌네요." 맞는 말이다. 문득 움직이지 않으면서 바뀌는 것이 또 무엇이 있을까 생각했다. 다들 나이가 들어가는 것이 그렇다. 삶의 태도를 바꾸는 것도 아마 그럴 것이다.

청록색이 밝게 빛난다. 옛날에 포경선들이 이 위도까지 올라와서 고래기름과 수염[1]을 잔뜩 싣고 돌아갔다. 수직으로 길게 뻗은 오로라의 모습을 보자 고래 입속에 난 수염이 생각난다. 걸러낸다. 무엇을 걸러낼까? 별들, 영혼들, 입자들. 문득 북극광이 거대한 고래이고 크게 벌린 입 속으로 우리의 배가 들어가고 있다는 상상을 한다.

우리는 나란히 서서 북극광이 쪼그라들었다가 갑자기 아코디언처럼, 혹은 능숙하게 카드를 뒤섞는 사람처럼 다시 쫙 펼쳐지는 모습을 보았다. 잽싼 움직임으로 보아 쉭쉭거리는 소리를 낼 것만 같은데 깊은 침묵만 있다. 불빛에 뭔가가 있는 것을 내가 알아보았다. 어수선한 들썩거림, 자신의 배열에 못마땅해하는 불만이다.

그나저나 다른 사람들은 어디에 있지? 갑판에 남아 있는 몇 명 말고 조타실의 창문 너머로 좀 더 많은 몇몇 사람들이 보인다. 조타실은 따뜻한 데다 유능한 승무원들과 초록색 빛을 내는 기구들이 있어서 든든하다. 다들 어디 있을까? 내 선실 동료가 양팔을 거위털 재킷 옆에 꼭 붙이고 뻣뻣하게 서서는 이렇게 속삭인다. "아마 자고 있을 거예요." 그녀는 마치 얼마 전에 들여다보고 온 사람처럼 웃는

---

1 수염고래의 경우 크릴새우를 걸러 먹도록 입속에 수염이 겹겹이 포개진 판이 있다.

다.

어쩌면 추워서일 수도 있다. 추위가 장난이 아니다. 은밀하게 몸속을 파고들어 이미 뼈가 얼얼하다. 워낙 추워서 북극광의 장관을 나와서 보라는 확성기의 간절한 요청을 사람들이 무시하기로 마음 먹었나 보다. 아니면 폴리가 말한 대로 설화석고로 만든 무덤 속의 기사처럼 선실에 누워 움직이지 않으면서 바뀌고 있는지도 모른다. 불빛이 다시 한번 모습을 바꾸고 숨을 쉰다. 누군가 탄식을 터뜨리 더니 조용히 웃고는 카메라를 누른다.

동물들은 또 어디에 있을까? 사향소, 바다표범, 백송고리 그리 고 간신히 목숨을 구한 세가락갈매기는 밤의 별들과 오로라 아래에 서 무엇을 할까? 나는 오로라가 마음에 든다. 이 초록색 들썩거림에 는 우아하면서 동시에 조급하게 쫓기는 뭔가가 있다.

* * *

언젠가 내 친구 존에게 반쯤 농담으로 우리는 왜 그렇게 쫓기듯 사는지 물은 적이 있다. 존은 낮에는 약물 중독자들과 상담하고 밤 에는 시를 쓴다. 그는 반쯤 농담으로 이렇게 답했다. "너도 알겠지 만 내 직업은 대답을 제공하는 게 아니라 더 많이 묻는 거야. 예컨 대 이런 질문을 해야지. 우리는 왜 더 쫓기지 않는 거지? 한번 생각 해 봐. 너를 구성하는 원자들은 50억 년이 살짝 못 되는 시간 동안 활기차게 북적거렸고, 그 세월 가운데 40년 남짓을 너를 자기 자신 이라고 인식하며 살았어. 그러나 곧 다시 풀이나 다른 무엇으로 존 재를 바꿀 테고, 그러면 더 이상 스스로를 너의 총합이라고 알지 못할 거야. 우리가 왜 쫓기듯 사느냐고 물었지? 나는 이렇게 묻고 싶어. 사람들은 왜 더 쫓기지 않는 거야? 다들 무슨 생각을 하고 있어?"

나는 사람들이 무슨 생각을 하는지 모르겠다. 바로 지금 내가 생각하는 것은 초록색 오로라를 입속에 넣으면 혀에서 거품이 탁 터지면서 크렘 데 멘테crème de menthe[1]의 맛이 날 것 같다는 것이다. 바로 지금 폴리와 나는 북두칠성을 통해 북극성을 찾고 있다. 재미로 하는 말이지만 우리는 옛 고래잡이들처럼 별들과 육분의를, 혹은 큰까마귀를 이용하여 집으로 돌아가지 않아도 되겠다. 북극성을 찾은 우리는 짐짓 엄숙하게 경의를 표한다. 북극성은 우리에게 북으로 가는 길을 알려줄 것이다. 그 길을 따라가면 항상 더 북쪽이다. 하늘에 유성 둘과 인공위성 하나가 보인다.

이제 우리는 추위에 몸을 떤다. 다시 한번 변덕스러운 우리의 마음이 깜박거리고 고동치면서 그만하면 충분하다고 말한다. 오늘 아침 충분한 침묵에 지금 충분한 오로라까지 고마워요. 매혹적이고 신비롭고 야성적인 자연의 경이를 충분히 즐긴 우리는 이제 실내로 들어선다.

* * *

잠을 이루지 못한 폴리와 나는 어둠 속에서 조용히 말을 나눈다. 침대에 커튼이 쳐져 있어서 폴리는 목소리만 있다. 독특한 억양과 슬픈 웃음소리만 들린다. 그녀는 몇 년 전, 지금의 나와 같은 나

---

1 박하로 만든 초록색의 독한 술.

이였을 때 갑자기 병에 걸렸다고 한다. 그 결과 깊은 의문에 휩싸여 내면을 새롭게 정비했다. 두려웠지만 후련한 경험이었다. 그녀의 말을 들으며 나는 그 사건들이 마음의 어둠속에서 북극광처럼 들썩거리는 초록색으로 펼쳐지는 모습을 그려보았다. 레이더 스크린처럼 숨겨진 것이 드러나는 것 같다. 혹은 빙산과 충돌하는 것과 비슷하다는 생각도 든다. 누군가의 인생에 불쑥 나타나는 것이다. 고개를 숙이고 묘하게 아름다운 파란색을 들여다보면 자신이 어디에 있는지 모르게 된다. 폴리는 그 사건이 일어나기 전과 마찬가지로 지금도 좋은 토양에서 작물을 키우는 일을 한다. 스스로를 '시골 농부'라고 부른다. 하지만 그녀는 삶을 다시 바라보게 된 이후로 북극과 같은 곳으로 여행을 다니려고 매년 돈을 모았다. 과일과 농작물은 없고 온통 툰드라와 바위와 얼음뿐인 북극.

"어떻게 여기까지 오게 되었죠?" 내가 묻는다.

"새들 때문이에요!" 그녀가 웃는다. 말투 때문에 마치 그녀가 거위들이 끄는 수레를 타고 달리는 것처럼 들린다.

"아쉽게도 거위를 못 봤네요⋯⋯." 내 말에 또다시 작은 웃음소리가 어둠속에서 들린다.

"그러나 이제 제 전문 분야가 되었죠!"

그녀가 묻는다. "당신은 어떻게 왔어요?"

"딱히 사연은 없어요." 그러니까 내 말은 '당신처럼 아프다거나 갑자기 재난이 닥쳤다거나 하지는 않았어요'라는 뜻이다.

"내가 여기에 왜 왔는지 잘 모르겠네요. 하지만 나는 30년 동안 절벽 꼭대기에 앉아서 수평선을 바라보았죠. 오크니, 셰틀랜드, 세인트 킬다⋯⋯."

"나도 그곳들을 알아요. 그리고 당신은 그 너머에 뭐가 있는지 알고 싶었던 거죠."

"아니요. 결코 그렇지 않았어요. 아주 최근까지도 말이에요. 그러다가 갑자기 내 지도를 바꾸고 싶더군요. 뭔가가 그냥 저절로 일어났고, 뭔가가 바뀌고 있어요."

* * *

북극광이 소리를 낼 수도 있고 아닐 수도 있지만, 나는 북극광이 우리를 깨어 있게 만들었다고 믿는다. 그 넘치는 에너지로 말이다. 아침식사를 하면서 몇몇 사람들이 내 말에 동의했지만, 이런 생각을 비웃는 사람도 있었다. 북극광은 80마일 상공에 있는데 어떻게 당신을 깨어 있게 만들 수 있죠? 그저 지구 자기장에 붙들려 입자들을 방출할 뿐이에요. 맞는 말이다. 하지만 우리들도 그렇지 않은가?

우리는 어쨌든 이 여행에서 관광객들이다. 어쩌면 더 큰 의미, 존이 말한 의미에서도 관광객들이다. 오늘 여기서 북적거리다가 내일이면 풀들과 침묵으로 바뀌는 존재.

나는 자리를 차지해서 마음이 꼭 편하지만은 않다. 안내원들의 도움으로 광대하고 낯선 풍경에 와 있지만, 이런 추위와 얼음에서는 혼자서 5분도 버티지 못할 것이다.

승객들 가운데는 의사, 치과의사, 공학자가 있다. 전문 분야가 확실한 이들이다. 그리고 나 같은 사람들은—아마 폴리도 마찬가지일 텐데—우리가 어떤 존재인지 잘 모른다. 우리가 짧은 삶을 산다는 것, 우리가 강력한 침묵의 표면을, 빙산들이 있는 수 마일 깊이의 피오르드 표면을 떠다닌다는 것, 깜빡거리는 초록색의 어떤 생명력에 이끌린다는 것 정도만 알 뿐이다.

나는 지식의 표면도 떠다닌다. 예컨대 기후과학의 지식을 겉핥기식으로 안다. 만년설의 깊이는 2마일이다. 빙핵 샘플을 채취하려고 7년 동안 그린란드 빙하를 드릴로 뚫고 들어갔던 과학자들이 2003년에 마침내 바닥에 도달했다. 이곳의 얼음은 2만 년이나 되었다. 그들은 깊은 과거를 침묵에서 건져올려 깨워서는 기후의 변화에 대해 물었다. 빙하 근처로 가서 속도와 빙하해일을 측정하고 빙산이 무너져 내리는 것을 관찰하는 사람들이 있다. 그들도 가장 외진 지역에서 걱정스러운 소식들을 가져온다. 나는 깜빡거림과 침묵을 오가며 이해의 표면을 항해한다.

* * *

저 북쪽 어딘가에서 문이 쾅 닫힌 것처럼 날씨가 급변한다. 구름이 산비탈을 낮게 오르더니 다음 날 오후에 갑자기 눈이 내리기 시작한다. 나중에 이토코르토르미우트Ittoqqortoormiit—경사진 지붕의 집들에 썰매 끄는 개들이 있는 작은 마을—주민들은 올해가 유별났다고 말할 것이다. 봄과 가을이 사라졌고, 순식간에 짧은 여름이 왔고, 다시 어느덧 겨울이 찾아왔다고 말이다. 어쩌면 거위들은 오싹한 침묵을 통해 이런 변화를 미리 알고는 떠날 시기를 골랐는지도 모른다. 백송고리도 알았을 것이다. 어쩌면 조류 관찰자들 말대로 우리는 머나먼 북쪽에서 날아오는 아주 많은 백송고리들을 보게 될 것이다. 눈이 내리고 얼어붙으면 사향소는 굶어죽을 것이라고 박물학자들이 말한다.

피오르드 양쪽 비탈이 보이지 않고 구름만 보인다. 순식간에 배의 갑판과 난간, 상부구조가 눈 아래 파묻힌다. 금속과 현대의 첨단 장비를 갖춘 선체가 온통 하얀색의 허약한 물체가 되었다. 배를 타고 오면서 처음 한 생각은 아니지만, 19세기 선원들, 고래잡이와 탐험가들, 그리고 그들이 캄캄한 북극에서 고생한 이야기들이 생각났다. 눈은 물 위에 떨어져서 녹지 않고 부드러운 헝겊처럼 뭉쳐서 자그마한 별개의 덩어리들을 만든다. 나중에는 사방의 물이 동물의 털가죽처럼 부풀어 올라 숨 쉬는 것처럼 보인다.

눈으로 덮인 수면을 보고 있자니 갑자기 훌쩍 떠나고 싶다는, 남쪽으로 가고 싶다는 강한 충동이 든다. "거위처럼 날아가고 싶어요!" 내가 폴리에게 말한다.

그녀는 낡은 내 거위털 재킷을 잡아당긴다. "거위털로 무장했으니 가능하겠어요!"

배가 밤새 어둠과 눈을 뚫고 빙산을 요리조리 피해가며 피오르드를 내려간다. 항해가 쉽지 않아 보이지만, 불침번을 서는 두 명의 승무원은 잘생긴 얼굴로 아무 표정이 없다. 시계가 좋지 않은데 오로라의 초록색으로 빛나는 레이더가 빙산의 위치를 알려준다. 승무원 한 명이 레이더를 보더니 창문으로 다가간다. 나는 그가 무슨 생각을 하는지 모른다. 가끔씩 그는 위로 손을 뻗어 천장에 달린 손잡이를 잡아당겨 바깥의 갑판에 놓인 탐조등을 조절한다. 불빛이 배의 옆을 훑고 지나가면서 어둠 속의 빙산을 비춘다. 탐조등 불빛이 떨어지는 눈송이를 만나 반짝반짝 빛난다.

한참 동안 조타실에서 이 모습을 지켜본 나는 밖으로 나갔다. 문들을 밀고 나가자 요란한 엔진 소리와 추위가 덮친다. 이번에는 앞쪽 갑판에 가지 않고 후미 쪽에 선다. 권양기 아래에 집어넣은 조디악스가 보인다. 난간과 발밑에 눈이 쌓였다. 하늘도 별도 오로라도 없고 오로지 눈뿐이다. 빙산은 이제 한층 불길한 모습이다. 묘한 위엄을 풍기며 하나씩 옆으로 미끄러진다. 배의 불빛을 받아 하얗게 빛나는 빙산이 배의 뒤편 어둠 속으로 사라진다. 어슴푸레 빛나는 점으로 줄어드는 모습이 마치 『이상한 나라의 앨리스』에 나오는 체셔 고양이의 미소 같다. 나는 그 모습을 오래도록 마음속에 담으며 따뜻한 실내로 다시 들어갔다.

2장

병리학

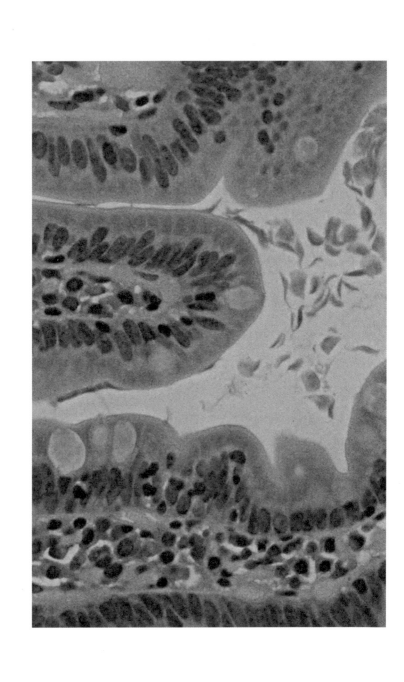

어머니가 '노인의 친구'라고 하는 폐렴으로 돌아가시기 몇 시간 전에 비가 쏟아졌다. 동네병원의 조명이 밝지 않은 작은 곁방이었다. 창문을 가린 것이 커튼이었는지 블라인드였는지 기억나지 않지만, 갑작스럽게 쉿쉿 하는 소음이 들려 방을 가로질러 창밖을 내다보았더니 10월의 밤에 수직의 물줄기가 평평한 지붕으로 퍼붓고 있었다.

그때 빗소리와 어머니 숨소리가 지금도 생각난다. 새벽 3시경이었다. 의료진들은 손을 놓은 터였다. 우리는 자연이 알아서 하도록 내버려두었다.

재앙보다 해방에 가까운 그 같은 죽음이 있고 나면 며칠은 붕 뜨고 뿌연 기분이다. 마치 어디선가 음이 너무 높아서 들리지 않는 노래가 흘러나오는 듯하다. 모든 약속이 취소되어 삶의 흐름이 묘하게 끊겼다. 장례식을 위해 전화통화를 하는 등 준비를 하고 남은 가족들과 시간을 보내는 틈틈이 나는 동네 뒤편의 언덕에 올랐다. 그곳에 가면 하구의 모습과 강 북쪽 제방에서 땅이 다시 솟아오르는 것이 보인다. 하늘과 강은 아름다웠고, 높은 음의 노래가 흘러나오는 곳이 바로 여기인 듯 뿌옜다. 자연은 평소 모습으로 다시 돌아갔다. 나무들의 색깔, 강물의 출렁거림, 들판에 앉은 개똥지빠귀에서 그것을 확인했다. 나는 '자연이 알아서 하도록 내버려둔다'는 표현에 대해 자주 생각했다. 용감한 행위처럼 들리고, 때가 되었으니 이제 받아들이라는 말 같다.

그로부터 한 달 뒤에 북쪽의 한 도시에서 학술대회가 하루 열렸다. 주제는 인류와 다른 종들의 관계로 절박한 문제였다. 정부 관료가 기조연설을 했고, 기후과학자가 끔찍한 경고를 했다. 이어 저술가들과 사회운동가들이 나서서 우리가 '자연과 다시 연결'되어야 한다고 절박하게 말했다. 인간이 자연계를 이해하거나 거기서 의미를 찾는 능력을 잃으면서 위기가 찾아왔다. 서로 간에 관계가 끊어졌다. 인간은 잘못된 길에 접어들어 파괴를 일삼고 고립되었다.

초대받은 연사들이 연설한 높은 연단 뒤로 19세기 스테인드글라스 창문이 있었다. 그 창문을 통해 우리 청중들은 유리 때문에 빨갛게 보이는 재갈매기herring gull가 가끔씩 날아가는 모습을 보았다. 지역의 사슴고기로 요리한 점심이 제공되었다. 오후에 나선 연사들은 소비주의가 열정과 경이를 대체한 상황에 개탄했다. 누군가는 바다사자와 만났던 이야기를 흥미진진하게 소개했고, 북극곰과의 황홀한 경험에 대해 털어놓은 사람도 있었다. 그는 그 자체로도 극적이었지만 우리와 다른 생물들의 관계를 위해 더 큰 의미를 나타낼 수 있다고 말했다.

크리스마스가 얼마 남지 않을 때여서 학술대회장 밖의 거리에는 쇼핑객들로 가득했고, 스테인드글라스 창문이 일찍 어두워졌다.

나는 어머니의 죽음으로 여전히 지쳐서 신경이 날카로운 상태였지만, 질의문답으로 하루가 끝났을 때 머릿속에서 어떤 생각이 들었다. 주로 우리가 다시 연결되어야 한다고 연사들이 촉구했던 '자연'에 대한 생각이었다. 자연은 정확히 무엇이고 어디에 있을까? 나는 어머니의 침대 옆에서 뭔가를 느꼈었다. 동물의 영혼 같은 것이었다. 죽음은 슬프지만 자연에 있어서 꼭 필요한 부분이다. 그러나 아이들의 백신 접종은 어떨까? 그것은 경이로운 다른 생물과의 연결을 공식적으로 끊기 위함이 아닌가? 그리고 채식주의자들을 제외하고 우리가 먹는 음식들, 가령 오늘 우리가 맛있게 먹은 사슴고기는?

집으로 돌아오는 기차는 사람들로 붐볐다. 잠깐 고장 나서 멈춰 서기도 했는데, 사람들은 하일랜드 황야를 달리는 금속 상자 안에서 서로 가깝게 붙어서도 즐거워했다. 그러나 마지막 늑대는 오래전에 사라졌다.

* * *

새해에 던디의 나인웰스 병원에서 임상병리 컨설턴트로 있는 프랭크 캐리 교수에게 연락했다. 전에도 그를 만난 적이 있는데 키가 크고 아일랜드 억양을 살짝 내보이는 그는 공정하고 사려 깊은 사람이며 좋은 선생이다. 우리는 나이와 삶의 시기가 비슷하다. 그는 내 요청이 지나치다고 생각해도 그렇다고 말하지 않았다. 그와 동료들은 자신들의 전문 분야에 외부인이 관심을 보이는 것을 반기는 듯했다. 보통은 그냥 외면한다.

나는 프랭크에게 환경운동가들과 저술가들의 모임에 갔던 이야기를 했고, '자연'의 축소된 정의가 영 마음에 들지 않는다고 했다.

세상 모든 것이 앵초와 수달은 아니지 않은가. 우리 몸속에도 기이한 모습의 생물들이 무리를 이루어 살고 가끔은 잘못되는 일도 생긴다. 수면 위로 솟구치는 돌고래뿐 아니라 발밑의 양탄자 속에서 꿈틀대는 박테리아도 있다. 나는 무슨 일이 벌어지고 있는지 내게 보여달라고 부탁했다.

2월의 어느 아침 우리는 환한 병원 복도를 함께 걸으며 얘기를 나눴다. 프랭크가 손을 뻗어 이중으로 된 문을 열더니 이렇게 말했다. "지금까지 한 번도 그것을 '자연'이라고 생각해 보지 않았네요." 어머니의 침대 옆에서, 그리고 학술대회에 가서도 한 생각이지만, 내가 그저 이해하지 못한 어떤 차이가 있는 것이 아닐까 하는 생각이 들었다.

* * *

병리학자들이 살짝 불길하게 보인다면, 그것은 텔레비전 수사물에서 드라마틱한 부검 시행자로 등장하기 때문이다. 건물 모습도 불길하기는 마찬가지다. 병리학 실험실은 불가피하게 건물 아래층 깊은 곳에 있었다. 출입구는 암호를 입력해야 들어갈 수 있었고, 스물네 시간 감시된다고 살벌하게 알리는 문구가 붙어 있었다. 그런 곳에 내가 갔다. 프랭크는 자신의 작은 사무실에서 흰색 실험실 가운을 찾아 내게 주었다. 그런 과학자 복장은 처음 입어보았다. 그는 우리가 절개실cut-up room에서 외과수술 표본들을 작업하게 될 거라고 했다. 절개실이라. 나는 한숨을 쉬었지만, 어머니의 죽음 이후 온화하게 누그러뜨린 표현들을 접하고 학술대회에서 바다사자니 북극곰이니 하는 것들에 대한 일화를 경건한 어투로 들은 뒤여서 이렇게 노골적으로 말하는 곳에 오니 오히려 반가웠다. 프랭크는 내게 비위가 좋으냐고 물었다.

문이 열리자 조용하게 웅성대는 환풍기 소리가 들렸다. 문 반대쪽 벽은 온통 창문이었는데, 흰색 블라인드가 내려져 있었고 전등불빛이 다 들어왔다. 플라스틱 쟁반과 작은 튜브, 상자가 놓인 높은 선반들이 쭉 이어진 가운데 서너 개의 기다란 작업대가 보였다. 작업대 곳곳에 초록색 플라스틱 도마가 있었다. 역시 흰색 가운을 걸친 다른 사람들이 이미 작업 중이었다. 작업대 옆에 서서 내 눈에 보이지 않는 뭔가를 처리하고 있었다. 나는 음식의 비유를 들거나 요리를 상상하지 않기로 다짐했지만, 학교에서 요리 수업—당시에는 이를 '가정학'이라고 불렀다—을 듣는 광경과 비슷했다. 분위기는 진지하면서도 유쾌했다.

캐리 교수가 나를 자신의 자리로 데려가더니 기구들이 담긴 쟁반을 가져왔다. 그는 이것을 초록색 금속판 왼쪽에 두었다. 오른쪽은 개수대였다. 쟁반 안에는 핀셋과 끝이 뭉툭한 가위가 들어 있었다. 그는 새로 소독한 반짝거리는 날을 자루에 고정시켰다. 그런 다음 어디론가 가더니 양손으로 들어야 할 만큼 커다란 회색 플라스틱 통을 들고 왔다. 그는 뚜껑을 열고 1갤런을 개수대에 부었다.

"포름알데히드예요." 그가 말했다.

"냄새가 나지 않는데요……."

"환풍기가 있으니까요. 아래로 강하게 공기를 빨아들이죠. 포름알데히드는 유독성 물질입니다. 들이마시거나 피부에 닿으면 좋지 않습니다."

이어 그는 통 안에 든 물체를 움켜잡고 도마에 올려놓았다.

물에 잠겨 축 늘어진 모습이 신체의 일부가 확실했고, 길이가 무려 10인치나 되었다. 갈색이 섞인 분홍색으로 지방질과 막이 옆에 붙어 있어서 고무처럼 보였다. 나는 내가 보고 있는 것이 무엇인지 몰랐는데, 프랭크가 곧 누군가의 결장이라고 말해주었다. 3분의 1이니 결장의 일부라고 해야겠다. 알다시피 결장은 관 모양이지만, 그것을 제거한 의사가 직장과 이어지는 아래쪽 끝을 금속 스테이플러로 봉해서 말단의 크기가 어린아이의 주먹만 했다. 위쪽의 10인치는 안이 보이게 잘라 평평하게 놓아 내부 표면이 밖으로 드러났다. 옅은 황갈색이었고, 썰물 때의 해변처럼 골이 나 있었다. 분명 자연의 작품인데도 우아함과는 거리가 멀었다. 미리 말을 듣지 못했다면 나는 그것이 수족관에서 가져온 건지, 인형극에 사용하는 건지, 자전거 수리점에서 가져왔는지 말하지 못했을 것이다.

"이거 언제 꺼냈어요?"

프랭크가 기록을 보았다. "이틀 전이네요."

"그럼 환자는 아직 위에 있겠네요."

"그렇겠죠. 맞아요."

* * *

캐리 교수는 장갑 낀 손으로 결장을 돌려보며 면밀하게 살피고 평가하기 시작했다. 나중에 잘게 썰기 전에 상태가 어땠는지 전반적인 보고서를 써야 할 것이다. 그는 반투명한 막을 손가락 세 개에 올려놓고 쭉 펴서 내게 보여주며 의사의 솜씨를 칭찬했다. 의사는 아름다운 이란 여성으로 나중에 내게 소개해 주기도 했는데, 메스로 이 막을 따라 조심스럽게 잘라 결장을 몸에서 들어냈다고 했다.

"종양이 여기 있네요." 프랭크가 그렇게 말하며 손가락 하나를 결장 말단에 집어넣었다. 그는 잠시 더듬더니 결장을 뒤집어 안쪽 벽에 붙은 딱딱하고 희끄무레한 침착물을 내게 보여주었다. 보도에 들러붙은 껌 조각처럼 별것 아닌 것처럼 보였지만, 그것이 거기에 있었다.

절개는 정해진 절차를 따랐다. 프랭크는 한 손으로 결장을 들고 긴 칼로 양쪽 끝 '가장자리'를 살짝 떼어냈다. 나중에 현미경으로 조사할 것이다. 종양이 악성으로 판명되고 암세포가 표본의 가장자리 1밀리미터 이내에서 발견되면 환자의 몸속에도 암세포가 남아 있을 가능성이 있었다. 그에 따라 치료 과정이 결정될 것이다. 이어 그는 종양을 엄지손톱 크기의 조각들로 잘라 금속판 위에 순서대로 놓았다. 그런 다음 림프절을 찾기 시작했다.

림프절을 찾는 것은 까다로울 게 없다. 만약 암이 전이되었다면 림프계를 통해 전이되는 것이므로 림프절을 현미경으로 들여다봄으로써 어느 정도까지 퍼졌는지 알 수 있다. 프랭크는 결장 여기저기를 과감히 자르기 시작했다. 축 늘어진 조각들을 칼날로 들어 금속판의 깨끗한 곳으로 옮긴 다음 손가락 끝으로 가장자리의 지방질을 눌러서 폈다. 나는 프랭크가 작업하는 모습을 보면서 음식의 비유를 생각하지 않으려고 또다시 애썼지만 소용없었다. 판의 한쪽 끝에 쌓여 있는 결장 조각들은 살구버섯처럼 보였고, 그의 손가락에 짓눌린 지방질은 코티지치즈 같았다. '자연'일 수도 있겠지만 아무튼 기분 좋은 느낌은 아니었다. 하긴 우리는 포식자이자 잡식동물이고, 우리 몸은 고깃덩어리, 음식으로 만들어졌다. 그리고 결장은 우리 동물의 몸이 음식을 처리하는 곳이다. 프랭크는 한번은 이런 말을 했다. "우리가 얼마나 동물과 닮았는지 놀랄 정도예요. 이것을 돼지의 결장이라고 해도 믿겠어요. 우리는 가끔 그냥 흥미를 위해 가축들의 표본을 가져오기도 합니다."

"그러니까 사실 놀랄 이유가 없어요."

우리가 동물과 닮았다는 것이? 당연히 그렇다. 그런데도 우리는 여전히 놀란다.

림프절은 렌즈콩이나 쌀알의 느낌이 난다. 잘 짓눌러지지 않으며 옅은 갈색이다. 프랭크는 이런 동물의 부위를 찾아서 순서대로 차곡차곡 놓았다. 색이 더 노랄 뿐 젖니를 배열해 놓은 것과 비슷해 보였다. 림프절 하나가 유독 컸는데 좋지 않은 징조였다.

흡족한 그는 금속판을 기울여 결장의 잔여물을 비닐봉지에 쓸어 담았다. 가장자리와 종양 샘플, 림프절은 작은 플라스틱 상자에 담았다. 이렇게 해서 왁스로 고정시키고, 잘라내고, 염색하고, 현미경으로 들여다볼 준비를 마쳤다. 누군가의 재앙이 누군가에게는 일상이다.

나는 내 앞에서 잘리고 있는 결장—아름다운 모습은 아니었다—과 나 자신을 분리하려고 속으로 무던히 애써야 했다. 그것이 무엇을 의미하는지 생각하려고 했다. 위층에서 겁에 질려 '실험실의 결과'를 초조하게 기다리고 있을 사람을 생각했다. 방 안의 다른 사람들은 유방에서 잘라낸 혹과 맹장을 작업하고 있었다. 나는 프랭크에게 이야기를 많이 했다. 우리가 공감의 노력을 기울여야 한다고 했다. 실험실에서 그가 작업하고 내가 지켜보는 동안 우리는 우리가 아는 암을 앓은 사람들에 대해 이야기했다. 내 가족 중에도 그런 사람이 있었다. 끔찍한 고통의 시간, 달라진 삶의 풍경, 뜻밖의 사랑의 고백.

* * *

2주 뒤에야 나는 병리학 실험실을 다시 찾았다. 이른 봄꽃이 시들었고 저녁 해가 길어졌다. 그날 한 이웃이 암으로 죽은 젊은 직장 동료의 장례식에 가야 한다며 아들을 잠시 맡아달라고 부탁했다. 이번에 캐리 교수는 다음 단계로 들어가자고 했다. 현미경을 통해 세포를 들여다보는 조직학 단계였다. 오늘 우리가 보는 것은 간이었다. 그의 사무실 컴퓨터 스크린에서 쓸개가 붙은 제법 큰 간의 일부를 보았다. 간을 잘라내고 나서 찍은 것으로 아직 절개하기 전이었다. 3인치 정도 되는 단면은 불에 지져서 살짝 검게 탄 자국이 남아 있었다. 작은 가닥들이 늘어진 것이 보였는데 동맥을 묶은 것이었다. 문득 암벽에 버려진 등반 장비가 생각났다. 결장과 마찬가지로 종양 때문에 제거했다. 이번에는 상당히 컸다. 종양이 주먹 쥔 손처럼 간에서 불룩하게 튀어 나왔다.

캐리 교수가 볼펜으로 이 부위를 가리키며 말했다. "좋아요, 혹시 멀미해요?" 이번에는 비위가 아니라 멀미다.

현미경은 두 사람이 같은 슬라이드를 볼 수 있도록 헤드가 둘이었다. 현미경에 익숙하지 않은 사람에게는 마치 꿈속에 빠져드는 것 같았다. 나는 모든 것이 분홍색인 다른 세상으로 들어갔다. 높은 곳에서 분홍색 시골 풍경을 내려다보았다. 북쪽과 남쪽에 제방이 있는 하구가 보였다. 하구에는 날개 모양으로 생긴 섬들이 있었다. 혹은 썰물 때의 모래언덕처럼 보이기도 했다. 놀라웠다. 익숙한 곳의 지도를 보는 느낌이랄까. 매가 내려다보는 우리 동네 강 모습이었다.

"테이 강 같아요!" 내가 말했다. "썰물이고 모래언덕이 보여요."

"모래언덕 이름이 마음에 드네요……." 캐리 교수가 말했다. "이제 우리는 정상적인 것에서 시작해서 비정상적인 것으로 넘어갈 겁니다……. 남쪽을 봐요."

마법의 양탄자에 오른 듯 우리는 하구의 남쪽으로 날아갔고, 거기서 프랭크는 세포의 배열이 얼마나 가지런하고 차분한지 내게 보여주었다. 샘플은 헤마톡실린과 에오신으로 염색했다. 세포핵과 세포질을 표시하기 위해 일반적으로 사용하는 유기 염색약이다. 프랭크는 파란색과 자주색을 구별할 수 있었지만, 나는 색에 대한 감각이 떨어져서 그런지 내 눈에는 전부 분홍색 계열로 보였다. 그러나 밝게 보였고 위에서 내려다보는 정돈된, 흔치 않은 땅의 모습이었다. 핵의 흔적과 세포를 지탱해 주는 섬유조직 레티쿨린reticulin의 흔적이 보였다. 나는 레티쿨린이 오래도록 이곳을 지킨 강둑이라고 상상했다. 여기서는 세포들이 자연이 의도한 대로 일하고 있었다. 걸러내고 치우고 저장하고 생산하는, 일상적이면서 경이로운 임무를 무의식적으로 행했다.

"여기는 건강한 조직이에요. 잘 기억해요!"

그런 다음 우리는 강을 건너 북쪽으로 이동했다. 강은 소장에서 간으로 들어오는 정맥이었다. 강의 북쪽 제방에서 우리는 멈춰서 다른 종류의 공간을 둘러보았다. 빽빽하고 난잡했고 정신없을 만큼 어둑한 점들이 많았다. 프랭크가 굳이 말하지 않아도 종양이라는 것을 알았다. 비록 여기도 움직임은 없었고 색깔이 제법 예뻤지만 왠지 모르게 불길하고 부산한 느낌이었다. 지나치게 많은 세포핵들이 조밀하게 몰려 있었고, 프랭크의 지적대로 '설계 구조'가 부적절했다. 세포 구성과 모양이 획 돌아간 데다 세포를 지탱해 주는 조직은 보이지 않았다.

그가 말했다. "다행인 것은 이것이 여전히 간세포라는 겁니다. 그러니까 다른 곳의 일차 종양이 전이된 것이 아니라는 말이죠. 여전히 간처럼 행동하려고 애쓰고 있어요. 하지만……."

그는 잠시 조용히 들여다보더니 말을 이었다. "암cancer은 게crab라는 말에서 유래했어요. 암 종양이 주위 조직으로 집게발처럼 뻗어가기 때문에 이렇게 부릅니다. 우리가 암이라고 진단을 내렸으면 종양이 완결적인지, 즉 '압축적인지', 아니면 집게발을 펴고 있는지 살펴봐야 합니다. 절개할 때만 해도 완결적으로 보여서 기분이 좋았는데, 여기 봐요……."

우리는 갑자기 고도를 낮춰 해안에서 강으로 구부러진, 살짝 방파제처럼 보이는 지형 위에 다다랐다. 배율을 확대하자 여기도 빽빽했고 아까와 같은 조밀한 종양 조직들이 보였다. "그리고 여기도요." 이제 그는 내가 모래언덕이 생각나서 좋아한 지역에 집중했다. 레킷 레이디Reckit Lady, 셰어 애즈 데이스Shair as Daith 같은 오래되고 딱 들어맞는 스코틀랜드 이름들. 여기서도 우리는 똑같은 종류의 조직을 확인했다.

"혈관침범이 있네요."

프랭크는 뭔가를 적고는 말했다. "예전에 잠깐 수습 연구원을 됐었는데, 그녀는 이런 것을 발견할 때마다 '세상에 어쩌면 좋아, 어쩌면 좋아.' 하고 말했죠. 이제 다른 것을 보여드리죠."

온통 나쁜 소식 같았지만 나는 현미경으로 돌아가 프랭크의 숙달된 시선을 따라갔다. 건강한 간에서 그는 두 개의 작은 점으로 나를 이끌었다. 배율을 확대하자 대칭적인 상이 마치 토끼 두 마리가 권투하는 모습처럼 보였다.

"이것이 정상적으로 분열하는 세포예요. 염색체들이 동등하게 일렬로 늘어서 있죠. 마침 분열되는 때에 맞춰서 포착했네요. 이게 바로 생명입니다. 그런데 여기를 봐요."

또다시 우리는 북쪽으로 방향을 틀어 종양을 넘었다. 프랭크는 수많은 덩어리 중에서 자신이 원하는 것을 곧바로 찾았다. 역시 분열하는 세포였는데, 이것이 권투하는 두 마리 토끼라면 한 녀석이 훨씬 더 크고 힘이 세 보였다. 그는 보고서에 "비정상적 세포분열상"이라고 적었다. 세포분열이 너무 빠르고 너무 많다는 뜻이었다.

나는 등을 기대고 앉아 눈을 문질렀다.

"그러니까 그렇게 되는 건가요?" 나는 침울하게 물었다. 그가 죽느냐는 뜻이었다. 정맥에 갈고리를 건 자그마한 것, 빼곡하게 들어찬 섬, 슬라이드 유리에 묻은 얼룩 하나 때문에 말이다.

프랭크는 내 질문에 놀란 듯했다. "전혀 그렇지 않아요! 그는 조짐이 좋아요. 종양을 성공적으로 제거했고, 우리가 방금 본 것으로 확실하게 어떻다 예측할 수는 없어요⋯⋯. 그는 화학요법을 받을 겁니다. 그리고 아시다시피 간은 재생되지요. 비록 많은 부위를 잘라냈지만 다시 자랄 겁니다."

프랭크가 슬라이드를 쟁반에 적절한 순서로 치우는 동안 나는 그의 사무실을 둘러보며 눈을 쉬게 했다. 실험실 가운 두 개가 못에 걸려 있었고, 책과 서류철로 가득한 책장, 병리학 참고서, 한 아이를 그린 드로잉, 자전거 헬멧, 옅은 블라인드가 쳐진 창문이 눈에 들어왔다. 착각인 줄 알았지만 내 몸은 내가 날고 있었다고 믿었다. 정신 없이 고도를 바꾸고 방향을 틀어서 속이 불편했다. 불편했지만 기분은 좋았다.

"좀 더 볼래요? 감염에 관심 있다고 했죠? 당신을 위해서 감염된 샘플 두 개를 옆에 치워놓았어요."

"친절하시군요."

이번에 아래에 펼쳐진 풍경은 황홀한 사파이어 푸른빛이었다. 북쪽으로 면한 해안선이 보였고, 1마일가량 내륙—이렇게 말할 수 있다면—으로 들어간 곳에 규칙적인 간격의 타원형들이 해안을 향해 있었다. 꼭 분화구나 스포츠 경기장처럼 보였다. 프랭크는 나름 차분하고 조리 있게 설명했다. 그가 '주상柱狀 구조'에 대해 이야기했는데, 그가 타원형을 말하고 있다는 것을 내가 이해하기까지 시간이 좀 걸렸다. 기둥들을 수평으로 잘라놓은 것으로 산 분비선이었다. 우리는 누군가의 위 내벽에 와 있었다.

타원형 구조 사이에 골짜기들이 해안으로 난 것이 보였다. 프랭크는 이런 계곡에 있는 뭔가를 내게 보여주려고 했는데, 나는 처음에는 알아보지 못했다. 이 현미경에는 대상을 가리키는 커서가 없었으므로 여러 차례 끈질기게 시도해야 했다. 풍경과 언어가 어우러진 대단히 인간적인 순간이었다. 한 사람이 다른 사람의 시선을 풍경 속에서 안내하는 것 말이다. 내가 본 풍경은 참으로 황홀했다. 삼각주와 습지, 반도와 고리 모양의 산호섬. 그 안에는 있는 보이지 않는 풍경까지. 여러분은 우주의 비밀을, 인체와 지구의 신비로운 결합을 몰래 들여다보고 있다고 상상할지도 모르겠지만, 내가 감히 말하자면 그것은 우리의 눈과 관계가 있다. 사바나 초원을 살펴보도록 적응된 수렵 채집인의 눈으로 언덕 사면의 계곡들을 들여다본다. 아주 자그마한 것을 풍경처럼 보일 때까지 확대하면 이제 우리는 활동에 나설 수 있다.

"저기 있네요!" 프랭크가 말했다. "시골 풍경 같지 않나요? 풀을 뜯어 먹고 있어요!"

나도 보았다. 대단히 어둡고 확대했는데도 여전히 작은 타원형 점들 예닐곱 개가 푸른 계곡에 걸쳐 있었다. 까마득히 위에서 바라본 툰드라의 사향소 같았다.

"이것은 헬리코박터 파일로리Helicobacter pylori입니다. 박테리아죠. 위벽을 자극해서 위산을 과하게 분비하도록 만들어 위궤양의 원인이 됩니다. 지금은 이렇게 확실하지만 1984년에야 발견되었답니다. 오스트레일리아 병리학자가 염증으로 부어오른 위장과 이 균 사이의 관계를 알아냈어요. 그는 살짝 미치광이였어요. 그래서 아무도 그의 말을 진지하게 받아들이지 않았고, 박테리아가 위궤양을 일으킬 수 있다는 것을 믿지 않았죠. 하지만…… 그는 또 다른 정신 나간 학자와 작업해서 함께 노벨상을 받았습니다. 덕분에 수많은 사람들의 목숨을 구했죠. 요점은 사람은 자신이 기대하는 것, 자신에게 익숙한 것을 보기 마련이라는 겁니다. 가끔은 순진한 눈으로, 보다 느긋한 마음으로 세상을 대할 필요가 있어요……."

"위궤양으로 죽을 수도 있나요?"

"그럼요. 토혈을 일으키죠."

풀을 뜯어 먹는다는 표현이 딱 맞는 말이었다. 비록 김자Giemsa 라고 하는 염색약 때문에 풍경이 밝은 청색을 나타냈지만, 일요일 밤 방영되는 야생 다큐멘터리에서 볼 수 있는 이미지와 비슷했다. 전원적이면서 야생적인 모습이다. 너무도 명백한 이 모습을 사람들 은 뒤늦게 발견했다. 우리의 위 속에 있는 황야를 자유롭게 탐험하 기 전에 사람들은 달에 먼저 갔다.

"이것들의 기능, 목적이 뭔지 궁금하지 않으신지……."

"목적 같은 것은 없어요. 의식적인 존재가 아니니까요. 그냥 그 렇게 존재하는 겁니다. 이 박테리아는 수많은 세월 동안 우리와 함 께 공진화했습니다. 위산 속에서 살도록 적응했죠. 이런 위를 보고 '지적 창조'의 증거로 받아들이는 사람들이 있어요. 몸속에 산 주머 니를 달고 살면서도 아무런 해를 입지 않으니까요. 하지만 그렇게 진화한 겁니다. 이 생명체는 그것과 함께 살도록 진화했고요."

"그럼 이제 어떻게 되는 거죠?"

"항생제 치료를 할 겁니다."

"우리가 아직 보지 못한 다른 것들, 다른 연관 관계도 있다고 생각하세요?"

"물론이죠. 자 이제, 다른 것을 볼래요?"

물어볼 것도 없다. 우리는 낯선 새 해안을 더 둘러보았다. 몸속 에 자리한 자연. 차라리 그것 없이 살고 싶은 자연. 내가 만약 병리 학자라면 방 안에 항상 그 여자를 두고는 고대 그리스 합창단처럼 '세상에 어쩌면 좋아.' 하고 계속 말하도록 시켜야 할 것 같다. 밝은 빛과 보석 같은 색채, 지형, 동식물상에 매료될까 두렵기 때문이다. 외지고 중립적인 원인에 푹 빠져서 그것이 가져오는 결과를 행여 까맣게 잊고 말 것이다.

또다시 프랭크가 슬라이드를 교체했고, 세상이 분홍색으로 바뀌었다. 우리는 소장에 있었는데 이번에는 내가 문제가 되는 녀석을 보는 데 아무런 어려움이 없었다. 울퉁불퉁한 해안선을 전함처럼 누비고 다녔다. 분홍색의 불룩한 삼각형 모양이었고 가느다란 꼬리가 달렸다. 현미경으로 보는데도 흉포한 인상을 주기에 충분했다. 나는 그렇게 말했다.

"아, 당신이 보는 것에 인격을 부여하는군요. 이건 그냥 단세포의 원생동물이에요."

"도덕적으로 옳다 그르다 할 수는 없지요."

"그래요. 이것은 지아르디아Giardia에요. 아시아에 가보셨죠……. 여기에 감염되면 위경련이 일고 계속 설사가 납니다. 사람의 진을 빼놓죠. 게다가 만성적이고요. 죽지는 않지만 무척 괴롭습니다……. 아시아와 아프리카의 풍토병인데 가끔 이곳 우물과 샘물에도 나타납니다. 가축들도 감염됩니다. 양이나 사슴이 그렇죠."

그는 한참 동안 찬찬히 들여다보더니 현미경에서 눈을 떼고 갑자기 흥분하여 말했다. "이건 페스트네요."

페스트라. 꽤나 암울하다. 자신의 은밀한 신체가 침입당해 일부가 잘리고, 썰리고 남은 부위는 비닐봉지에 쓸어 담기는 것을 누가 원하겠는가? 하지만 목숨을 건지기까지 갈 길이 멀다. 거리 저편이나 세상 어딘가에 사는 자기 이웃이 항생제 치료를 받으면서 속에서 피를 토하는 것을 원하는 사람은 없다. 우리는 질병이 우리의 방식으로 우리를 춤추게 하기를 원한다. 그리고 도덕적으로 살고 싶다면 그것을 멈추어야 한다. 권투하는 토끼처럼 서로 닮은 쌍둥이 진실이다.

강을 따라 집으로 돌아가면서 가엾은 사람의 간세포에서 이런 모습을 보았더라면 얼마나 좋았을까 상상했다. 강은 밀물이었고 모래언덕은 없었다. 이리저리 연결되고 풍경과 박테리아를 담은 몸속 세계를 상상했다. 바깥세상도 갑자기 문이 열리듯 활짝 펼쳐졌다. 나는 운전하면서 궁금증이 일었고 지금도 마찬가지다. 우리가 그저 보지 못하는 것들이 대체 무엇일까?

* * *

세 번째 방문 때 프랭크는 불편한 초대를 전했다. 지난번에 내가 만난 적이 있는 그의 동료 스튜어트 플레밍 교수가 그날 아침 부검을 실시한다고 했다.

우리는 서로를 쳐다보았다.

"한번 생각해 봐요." 프랭크가 말했다. 나는 한참 동안 말이 없다가 이렇게 물었다. "당신 생각은 어때요?"

그가 침묵을 지킬 차례였다. 그러고 나서 말했다. "나중에 두 시간 뒤 그가 작업을 다 마치고 나면 잠깐 일이 분 들여다볼까요?"

한참을 이리저리 생각했다. 왜 거절해야 하지? 오싹하고 뭔가 죄 짓는 기분이니까. 애초에 내 동기부터 순수하지 않았을 수도 있다. 한가한 호기심을 채우려고, 저녁식사 때 좋은 이야깃거리를 얻으려고 이곳에 왔다. 수요일에도 친구들 앞에서 떠들지 않았던가! 그렇다면 왜 참관해야 하지? 그것은…… 아직 매듭짓지 못한 뭔가가 남았으니까.

특색 없는 문에 암호를 입력하는 숫자판이 붙어 있었다. 팻말도 없었고, 감시되고 있음을 알리는 안내문도 없었다. 그냥 벽에 문 하나만 달랑 있었다. 프랭크가 숫자를 입력하는 동안 나는 곧 보게 될 것에 대한 두려움으로 가슴이 쿵쿵 뛰었다.

"우리가 무엇을 보게 되나요?"

"아직요, 여긴 아무것도 없어요."

좁은 계단을 (당연히) 내려가 모퉁이를 돌았다. 맨 아래에 또 하나의 문이 있었다. 문을 열자 작은 현관이 나왔고, 사람들 이름이 빨간 펜으로 적힌 흰색 로커들이 보였다. 장의사들이 와서 가져가기를 기다리는 시체들이었다. 짐꾼 한 명이 지나가는 우리에게 쾌활한 인사를 던졌다. 모퉁이에서 프랭크가 내게 손을 뻗어 잠깐 기다리라고 하고는 어디론가 갔다.

당연히 그들은 치우는 중이었다. 이것저것 숨기고 씻길 시간이 필요했을 테니까 말이다. 나는 오늘 실험실 가운을 입고 오지 않아서 갑자기 어색한 기분이 들었다. 다들 진지한 차림인데 나 혼자 지나치게 밝은 치마에 캐주얼한 상의를 걸쳤다. 주위의 모든 것이 말끔했고 금속으로 된 물건이 많았다. 프랭크가 다시 왔다. "이제 들어와도 돼요."

살아 있는 사람과 가려진 죽은 사람이 등장하는 모습이 마치 회화나 의식의 한 장면처럼 보였다. 넓고 깨끗하고 탁 트인 공간에 흰색 천을 덮은 시신이 왼쪽 금속 테이블 위에 놓여 있었다. 뒤쪽 벽에 초록색 가운을 걸치고 모자를 쓴 여자가 우리를 슬쩍 보고는 작업하던 개수대로 다시 돌아섰다. 그녀 위에 참관자들이 볼 수 있도록 창문이 나 있었다. 초록색 수술복을 걸친 플레밍 교수는 내 쪽으로 바퀴 달린 금속 쟁반을 밀었다. 그제야 거기에 무엇이 놓여 있는지 보였다. 그가 말했다. "괜찮아요?" 그것은 기절하지 않을 거죠? 하는 의미로 들렸다. 가끔 기절하는 사람이 있는 모양이다.

"괜찮아요." 내가 말했다.

그가 위에 놓인 것을 가리켰다. "이것은 심장이고, 이것은 왼쪽 폐입니다." 그가 손가락을 벌리고 쟁반에서 심장을 슬쩍 잡아 당겼다. 핏자국이 남았다. "내가 잘라낸 겁니다. 보여요?" 그는 평소 다루던 대상답게 노련하게 밖으로 드러난 심장을 접어 작은 가방처럼 만들었다. 소매치기가 지갑을 몰래 슬쩍하는 장면이 떠올랐다. 나는 고개를 끄덕였다. 심장이 어떻게 만들어졌는지 천천히 다시 들여다보고 싶은 마음도 있었지만, 왠지 그렇게 부탁하는 것이 부적절해 보였다. 게다가 신선하고 고약한 냄새 때문에 솔직히 인정하고 싶지 않은 원초적인 반응이 일어났다.

나는 심장과 그 토실토실한 내벽의 질감, 무기력한 모습에서 고개를 들어 플레밍 교수가 말할 때 그의 눈을 보았고, 다시 심장을 내려다보았다. 산 자와 죽은 자가 극명하게 다가왔다. 천에 덮인 죽은 자의 모습이 온몸으로 느껴졌다.

폐는 상상했던 것보다 작았고 질감이 훨씬 부드러웠다. 붉은 기운이 가득한 가운데 검은색 가닥들이 보였다.

"그건 그냥 탄소 침착물이에요. 도시에 사는 사람은 누구든지 폐에 그런 게 있죠."

이제 냄새가 지독해졌다. 핏빛으로 물든 장미다.

"그리고 이건……?" 내가 물었다.

여러분은 혈전증이라고 들어보았을 것이다. 그는 잘린 심장에서 짙은 색 덩어리를 손으로 가리켰다.

"우심방에 혈전증이 있네요. 심장도 비대해졌고요. 630그램으로 이 정도 몸집의 평균 남자보다 족히 3분의 1가량 더 크군요. 그를 이렇게 만든 질환이 있었을 겁니다……."

우리 몸은 그저 고깃덩어리일 뿐이라고 했던 생각이 다시 떠올랐다. 살과 신체를 이루는 물질, 결장, 간, 심장이 새로운 경이로 다가왔다. 여러분이 펌프나 가스 교환 시스템 혹은 영양소를 흡수하는 장치를 설계해야 하는 입장이라면, 고기를 이용한다는 생각은 결단코 하지 않을 것이다.

"그의 부인이 부검을 요청했어요. 사인을 알고 싶다고요. 그는 오랫동안 병에 시달리긴 했지만 대단히 급작스럽게 죽었어요. 부인이 그를 곁에서 돌봤죠. 그녀는 자신이 뭔가 할 수 있었던 일을 놓치지 않았는지 알고 싶어 해요……."

차가운 기관들이 차가운 쟁반에 놓여 있었다. 그것들은 소리치지 않았고, 어떤 대단한 의미를 나타내지도 않았다. 밋밋하고 말랑말랑하고 유약한 존재로 고기 냄새를 피울 뿐이었다. 부인의 죄를 사해주는 마지막 호의를 베풀고 나면 그것들은 다시 신체로 돌아가 화장되거나 매장되어 자연으로 돌아갈 터였다.

우리 모두 고개를 끄덕였다. 그만하면 됐다.

"배고프지 않아요?" 프랭크가 물었다. "우리 나가서 샌드위치 먹어요. 여기서는 그게 전통이랍니다."

* * *

"언젠가 죽을 수밖에 없는 우리의 운명을 보여주는 자연의 증거." 플레밍 교수는 그렇게 말했다. 심장, 폐, 결장은 돼지의 것일 수도 있었다. 그것은 거래다. 우리가 살아서 기쁨과 발견을 누린다면, 그것은 암과 감염과 고통에서 자유롭지 않은 동물의 몸으로 그렇게 하는 것이다. 이 같은 거래를 아무도 기억하지 않을 뿐, 우리가 타협하지 않은 것은 아니다.

직원들 휴게실에 천을 댄 낮은 벤치와 냉수기가 있었다. 창문 너머로 주차장과 새로 지은 주택들이 보였다. 나뭇잎 하나가 바람에 날아와 창문에 딱 붙었고, 갈매기 한 마리가 공중에서 방향을 틀었다. 누가 알겠는가. 학술대회 연사들처럼 누군가 나서서 인간이 아닌 존재를 위해 자비를 구하고 우리의 탐욕을 멈추도록 요청해야 할지. 설령 그의 배낭 속에 항생제와 소독약이 들어 있을지라도 말이다. 혹은 어쩌면 휴전의 시작인지도 모른다.

의사들의 대화가 곧 병원의 정치와 끔찍한 관리자 문제로 바뀌었다. 그만하면 충분히 있었다. 하루에 인체의 경이를 충분히 보았다. 나는 면회시간이 시작되어 로비가 방문객들로 북적이기 시작할 때 자리를 떴다. 심장 냄새가 나를 계속 따라다녔다. 한동안 늑대처럼 도무지 떨쳐낼 수 없었고, 어디서든, 친척들과 친구들을 찾아 가는 노인과 중년, 팔에 안긴 아기한테서도 그 냄새를 맡았다. 내가 죽음을 피할 수 없는 거친 종족의 일원이라는 사실이, 건강한 몸으로 힘차게 다시 밖으로 나가 선선한 3월의 산들바람을 맞을 수 있다는 사실이 놀랄 만큼 좋게 느껴졌다.

3장

들판의 여자

시간이 깊다는 관념, 기억이 파묻혀 있다는 관념이 자연스럽게 자리 잡은 탓에 신석기시대와 청동기시대 물품들은 스코틀랜드 국립박물관에서 창문 없는 지하실을 차지한다. 그러므로 선사시대를 방문하려는 사람은 나선형 계단을 이용하든지 승강기를 타고 건물의 무게, 이후 오랜 세월의 무게가 얹힌 아래로 내려가야 한다.

그곳에 가면 입체 모형물 하나가 당시 세상의 모습을 보여준다. 박제된 늑대 두 마리가 숲을 돌아다니며 멧돼지를 찾는다. 테이프에서는 늑대가 울부짖는 소리, 딱따구리가 나무 쪼는 소리가 나온다. 맞은편 유리 상자에 지금은 멸종된 야생 소 오록스aurochs의 거대한 두개골이 놓여 있다. 마치 주물공장에서 주조한 것처럼 보여 위층의 '산업혁명' 구역에 있어야 할 것 같다. 이 두개골은 지금 내가 살고 있는, 중심가와 초등학교가 하나뿐인 작은 마을에서 발견되었다. 작년에 진흙으로 덮인 이곳의 강바닥에서 청동기시대 때부터 묻혀 있던 통나무배가 조심스럽게 끌어 올려졌다.

나는 특별한 뭔가를 보러 박물관에 왔지만 오늘은 다른 것에 마음이 팔린다. 처음에는 늑대와 오록스였고, 지금은 고래 뼈로 칼자루 끝을 만든 반짝이는 청동 단검이 나를 매료시킨다. 습지에서 발견한 것의 복제품이라고 이름표에 적혀 있다. 4천 년 동안 땅속에서 부식되기 전에 얼마나 새롭고 멋진 물품이었을지 상상되고도 남는다. 그러다가 나는 마침내 내가 원하는 것을 찾았다.

점토로 만든 사발이다. 고고학자들이 상상력을 발휘하여 '음식 담는 그릇'이라고 부르는 바로 그것. 키가 높은 유리 상자에 진열되어 있었는데, 크고 작은 다른 여러 사발들이 함께 선반에 능숙하게 정렬되어 있었다. 여러분이 이런 것을 좋아하지 않는다면 마냥 지루한 박물관 진열품의 전형일 뿐이다.

내가 보러 간 사발은 또 하나와 함께 나머지 것들과 살짝 구별되도록 상자 앞쪽에 나와 있었다. 왠지 각별하게 논의할 필요가 있는 듯해 보였다. 둘 다 적갈색에 높이가 7인치 정도였는데, 하나가 좀 더 두툼했고 살짝 옆으로 기울어진 모습을 했다. 둘 다 곳곳에 줄무늬 띠와 반달 모양의 문양으로 장식되어 있었다. 거의 일치하는 이런 장식이 서로 형제자매임을 말해 주었다. 4천 년 가까이 되었고 다른 지역에서 한 세기 간격을 두고 발견되었지만, 청동기시대의 이 두 사발은 같은 도공의 작품임이 거의 틀림없어 보인다. 하나는 포스 강 남쪽 제방에서, 다른 하나는 더 북쪽인 퍼스셔 카운티의 언Earn 강 인근에서 발견되었다. 고고학자들이 '출토지findspot'라고 부르는 이 두 곳은 직선거리로 20마일밖에 되지 않는다. 아마도 도공의 작업장이 있는 제3의 장소에서 훨씬 먼 거리를 거쳐 이 두 곳으로 사발이 전달되었으리라 추정된다. 복잡한 강줄기를 따라 배로 날랐거나, 늑대가 멧돼지를 쫓았을지도 모르는 산비탈과 수목이 우거진 계곡을 걸어서 가져갔을 것이다.

오랫동안 땅속에 묻혀 있던 사발들은 지금 깨끗한 상태로 유리 상자에 놓여 있다. 안에는 그림자만 비칠 뿐 아무것도 담겨 있지 않다. 이것이 능숙한 도공의 작품이라면, 아마도 사신의 명령을 받아 만들어졌을 가능성이 높다. 사람들과 소식과 물품의 왕래는 만만치 않은 일이긴 했지만 우리가 생각하는 것보다 더 빠르게 이루어졌을 것이다.

* * *

유적으로 대표되는 과거를 내가 처음으로 인식한 것은 십 대 시절이었다. 당시 나는 선돌, 봉분, 레이라인ley line[1] 같은 것에 푹 빠졌었다. 마니아들은 이런 것을 가리켜 거창하게 '지구의 미스터리'라고 불렀다. 나는 우물이나 방어용 토루 같은 것을 찾아 나서려고 따뜻한 부모님 거실에서 나와 동네 샛길과 언덕을 누비고 다녔다. 더플코트, 스웨이드 부츠, 나팔바지 등 습기를 쭉 빨아들이는 끔찍한 복장으로 무장하고 2, 3, 5천 년 동안 사람이 살았던 도시 변두리의 주택 단지 근처를 돌았다. 한번은 자전거를 타고, 지금은 공항 근처 고속도로 교차로를 우회하는 길이 난 고분을 찾았다. 펜틀랜드 언덕을 올라 지도에 '토루'라고 되어 있는 몇몇 배수로와 둑을 탐사했고, 크리스마스 다음 날에는 그냥 집을 나오고 싶어서 몇 마일을 걸어 작은 구멍이 곳곳에 파여 있는 돌을 찾았다. 수천 년 전에는 지대가 지금보다 높았지만, 지금은 주위로 1930년대에 개발된 단층주택들이 둘러싸고 있었다. 눈이 살짝 내렸다. 내 눈에 보인 것은 단층주택들에 주눅이 든 선돌이 아니었다. 나는 눈으로 질척해진 이 교외의

---

1 눈에 보이지 않는 신비한 에너지를 내는 구조물들이 정렬하고 있다는 가상의 선.

땅에서도 고대의 에너지가 조용히 끈질기게 고동치고 있다고 상상했다.

그러던 1979년 5월의 어느 날, 아마도 내 열일곱 번째 생일이었던 것 같다. 나는 마지막 시험을 대충 치르고는 미래에 대한 별 생각 없이 아무렇지 않게 학교를 떠났다. 하루나 이틀 뒤에 어머니가 30마일을 운전해서 나를 퍼스셔의 시골로 데려갔다. 전에 어머니는 도서관 사서를 해보라고 했다. 책을 좋아하는 아이에게 상투적으로 하는 말이었다. 나는 책을 즐겨 읽었다. 자동차 뒷좌석에 던져놓은 배낭에 톰 울프의 『전자 쿨-에이드 환각제 테스트The Electric Kool-Aid Acid Test』가 꽂혀 있었다. 그날 어머니는 내게 비서를 양성하는 전문대학을 추천했다. 그 순간 적의에 찬 실망의 눈물이 내 눈가를 적셨다. 내게 대학 진학을 권하는 사람은 아무도 없었다.

지금에서야 깨달은 바이지만 우리가 폭스바겐 파사트로 달렸던 길은 장식이 들어간 음식 그릇 두 개가 발견된 지역을 가르는 길과 거의 똑같았다. 우리도 강가 계곡과 산비탈을 달렸다. 고속도로를 따라 강 상류로 가서 스털링을 지나 오칠 힐스의 외곽을 돌았다. 스트라살란 계곡으로 들어가 앨런 워터를 건넜고, 계속해서 농경지와 오래된 마을들을 지났다. 낯선 땅이었다. 우리는 거대한 나무들이 그늘을 드리운 좁은 도로를 달렸고, 이제까지 본 어떤 집보다 큰 한적한 개인 주택들의 진입로와 정문을 지나쳤다. 파란색 선거 포스터가 아직도 도로변 나무들에 붙어 있었는데, 열흘 전 마거릿 대처가 당선되면서 맡은 바 소임을 다했으므로 곧 제거될 터였다.

편지를 주고받고 지시사항을 전달받았을 것이다. 나는 자원자를 모집한다는 광고를 보고 지원했고, 5월 중순 이날 오라는 통보를 받았을 것이다. 그런데 자세한 사항이 전혀 기억나지 않는다. "용접해서 붙인 것 말고 주물 공정으로 만든" 모종삽을 들고 오라는 말만 생각난다. 나는 그것이 무슨 뜻인지 짐작하지 못했고, 왠지 고대의 금속 마법을 연상시키는 것 같다고 생각했다. 주물로 만든 모종삽이 더 튼튼하므로 삽으로 하는 작업이 많으리라는 뜻이었을 뿐이다.

우리는 네 개의 아치로 된 아름답고 오래된 다리로 언 강을 건넜고, 이어 키 큰 소나무가 쭉 늘어선 도로 아래에서 오른쪽으로 방향을 틀었다. 오른쪽은 강이었고, 반 마일을 달리자 왼쪽에 특별할 것 없는 시골길이 시작되었다. 우리는 그리로 들어갔다. 오르막길로 접어들더니 곧 평평하게 고른 농지가 나왔다. 우리가 오르막 정상에 올랐을 때 갑자기 오칠 힐스의 긴 능선이 보였다. 5마일 남쪽에서 다른 광경을 다 막았다. 야트막하지만 단호하게 이어진 이런 언덕들이 지평선을 이루었다. 북쪽으로는 더 높고 삐죽삐죽한 언덕들이 더 많이 보였다. 하일랜드의 시작이었다. 이 모든 것, 즉 강 건너기, 평평하게 고른 땅, 둥그렇게 에워싸고 솟아오른 지평선이 하나같이 의미가 있었지만, 나는 당시에는 그것을 몰랐다.

우리가 도착한 곳은 전쟁 때 군인들이 막사로 쓰는 곳 같았고, 히피 공동체 같기도 했다. 주위에 아무도 없었다. 길은 제법 크고 낡은 양식의 농가 뒷마당으로 이어졌다. 버려진 것처럼 보였지만 확실히 사용하고 있었다. L자 형태로 회색 돌을 쌓아서 지었고 지붕이 경사졌다. 동쪽 지붕 옆면이 나 있는 곳에 몇 그루의 나무가 보였다. 서쪽에는 아치형의 헛간이 있었다. 이동식 주택 두 대가 근처 주차장에 있었고, 사람이 사는 듯한, 군용 구급차를 개조한 차도 보였다. 노란색으로 칠했고 난로 연통이 지붕에서 나와 있었다. 일렬로 늘어선 단풍나무 너머 들판에 갓 파낸 흙이 낮게 쌓여 있는 것이 보였다.

농가의 문은 열려 있었지만 문지방에 깊은 웅덩이가 있었다. 물이 집안으로 들어오는 것을 막으려고 모래주머니를 앞에 쌓아 놓았다. 우리는 웅덩이를 넘어 어둑한 부엌으로 들어섰다. 긴 식탁 양쪽에 벤치가 있었고 창가 쪽에 개수대가 있었다. 반바지와 티셔츠를 걸친 여자가 냄비를 젓고 있었다. 그녀는 돌아서서 나와 어머니를 슬쩍 쳐다보았다. 내 눈에 스물여덟 정도로 보였다. 나는 우리가 오게 된 사연을 설명했는데, 처음에는 그녀의 말을 알아듣지 못했다. 여기 있는 많은 사람들은 내가 한 번도 들어보지 못한 억양으로 말하는 떠돌이들이었다. 런던이나 데번 지방 출신이었고, 여기 이 여자처럼 딱 부러지는 옛날식 사립학교 말투로 말하는 사람도 있었다. 어머니가 쾌활하게 말했다. "걱정 말아요. 나는 여기 머물지 않을 겁니다!" 그녀는 걱정하지 않았다.

* * *

사람들이 발굴하고 있었던 것은 '헨지henge'였다. 헨지는 '경첩hinge', '내걸다to hang'는 뜻으로, 거석들 위에 또 다른 거석이 가로로 얹힌 스톤헨지에 처음 사용되면서 선돌이나 나무기둥들이 둥그렇게 둘러서 있고 주위에 배수로와 아마도 둑도 쌓은 신석기시대 구조물을 가리키는 말이 되었다. 깊이가 제법 되기도 하는 배수로를 가로질러 둑길로 들어가는 입구가 있기도 했다. 헨지는 드물지 않게 발견되지만, 무슨 목적에서 만들었는지는 여전히 알쏭달쏭하고 영원히 밝혀지지 않을 수도 있다. 의식을 위해 사용되었다는 추정이 많다. 스톤헨지 같은 것은 태양이나 달의 현상이 일어나는 쪽을 향해 있지만, 30년 전에는 그것도 의견이 분분했다.

노스 메인스 농장에 있는 이 헨지는 공중에서 발견—혹은 재발견—되었다. 2년 전 1977년에 고대역사 기념물에 대한 왕립위원회 Royal Commission on Ancient and Historical Monuments가 전 국토를 대상으로 항공 측량을 실시했다. 앙투안 드 생텍쥐페리가 예의 거만하게 "비행기는 우리에게 지구의 진짜 얼굴을 드러내보였다"라고 말했을 때, 이 말은 자신이 발밑으로 내려다본 사하라 사막과 물결치는 대양이 광대했고, 이에 비해 인간의 거주지는 하찮게 보였다는 뜻이다. 그런데 자그마하고 사라져버린, 은밀한 인간의 흔적들도 역시 드러났다. 땅위를 걸을 때는 보이지 않던 선사시대 유적이 높은 곳에서는 보일 수 있다.

'작물 흔적crop mark'이라는 말이 있다. 비행기에서 찍은 흑백사진에서 이 헨지가 들판이 문신을 새긴 듯 두텁고 짙은 동그라미 형태로 나타났다. 살아 있는 사람의 기억처럼 작물 흔적도 변덕스러워서 날씨와 계절에 따라 다르게 반응한다. 오래전에 땅에 가해진 교란 때문에 그곳에 심은 곡식 줄기가 1야드 떨어진 곳의 다른 곡식 줄기보다 크게 자랄 수 있다. 그것은 비밀을 알고 있다. 다른 사람들이 다 잊은 비밀, 그것이 하늘에다가 폭로한 비밀을.

* * *

그해 여름의 기억은 당연하게도 이제 단편들만 떠오른다. 어떤 이미지, '맛', 몇 명의 이름들, 햇빛과 바람을 한없이 맞았다는 느낌, 새로운 흥분과 가능성을 마주한 설렘.

현장은 작업이 한창 진행 중이었다. 가지런히 흙을 파내고 구멍들을 내고 폐물들을 한쪽에 쌓아 놓았다. 농가에서 500야드 떨어진 단풍나무 너머에 있었다. 평평하게 고른 바로 그 지대로, 나무들이 늘어선 꾸불꾸불한 개울로 가파르게 떨어지는 좁은 길 언저리에서 가까웠다. 한쪽은 언 강, 다른 한쪽은 매카니 워터였다. 그리고 저 멀리 산등성이가 보였다. 정확히 동쪽에 스트래선의 농지와 나무들로 들어찬 경사지가 있었다. 길고 비옥한 스트래선 계곡은 마침내 테이 만에 이르러 북해로 흘러든다.

우리는 낮 동안 작업했고 긴긴 여름밤은 우리의 것이었다. 해가 지고 선선해지면 바깥을 자유롭게 돌아다녔고, 다음 날 아침 작업이 다시 시작될 때까지 편안하게 지냈다. 스무 명가량이 농가의 바닥에 누워서 자다가 아침이면 열 맞춰 현장으로 나갔다. 그런 생활이 참 좋았다.

얼마 전 치른 시험은 벌써 내 기억에서 지워졌다. 석기시대가 비서 대학보다 내게 더 가까웠다.

5월인데도 날이 차고 바람이 몹시 불었다. 자주 비가 내려 나무로 지은 현장 옆의 오두막 두 채에 발이 묶이기도 했다. 우리는 그곳에서 차를 마시고, 담배를 말아 피우고, 문 너머로 비 내리는 광경을 쳐다보았다. 작업이 끝나면 먼지투성이에 지친 몸을 이끌고 농가로 열 맞춰 돌아왔다. 순번을 정해 매일 두 명이 서너 시쯤 일을 먼저 마치고 농가 부엌으로 돌아가 지루한 음식 준비를 거들었다. 그곳에서 우리가 무엇을 먹었나? 장은 누가 봤을까? 모르겠다.

농가는 철거될 예정이었다. 우리는 그렇게 들었다. 한동안 비어 있었던 게 틀림없었는데, 당시에는 버려진 농가 건물이 곳곳에 많았다. 사람들이 계속해서 시골을 떠나고 있었고, 낡은 방앗간, 마구간, 헛간 같은 것을 보수해서 사용하려는 욕구는 아직 없었다. 그러니까 집을 관리할 필요를 별로 느끼지 못했고, 젊은이들이 이렇게 불쑥 찾아온 것은 마지막 영광 같은 것이었다. 부동산 중개인이 '원래부터 있는 것'이라고 하는 벽난로, 덧문, 양판문이 있었는지 모르겠다. 온통 갈색 광택제를 칠했고 맨바닥이어서 누워서 자고 춤추기 좋았다. 방이 다섯 개 정도 있었는데, 방마다 기본적인 낡은 매트리스, 배낭, 침낭이 갖춰져 있었다. 아래층에 넓은 라운지 두 개가 있었고, 그중 하나는 좀 더 오래 머문 자원자들, 햇빛과 비바람에 찌든 히피들 차지였다. 그들은 낡은 자동차 좌석 두 개를 그곳에 갖다 놓았다.

그들 중에 우리가 바람둥이 피트라고 불렀던, 머리를 길게 기른 남자가 있었다. 그는 다른 모든 여자들에게 그랬듯이 나에게도 집적거렸다. 내 등이 돌아섰을 때 그가 옆걸음질 쳐서 내게 다가와 슬그머니 나를 팔로 껴안고는 걸걸한 목소리로 나랑 같이 잘래, 하고 물었다. 웃으며 내가 안 된다고 했을 때 내 얼굴에 닿았던 그의 머리카락의 감촉과 파촐리 향이 지금도 생각난다. 그러자 그는 "그럼 할 수 없지." 하고는 다른 데로 갔다. 당시 나는 『전자 쿨-에이드 환각제 테스트』를 열심히 읽었던 터라 그의 문에 유쾌하게 나붙은 인용구를 알아보았다. 켄 키지[1]의 유명한 말장난이었다. "어떤 좌회전도 말짱한 정신으로 할 수 없음No left turn unstoned."

농가에 머무는 스무 명가량의 '땅 파는 일꾼digger'들을 위해 욕

---

1 톰 울프의 책은 켄 키지와 그의 무리가 벌인 환각제 모험을 취재한 논픽션이다.

실이 마련되어 있었고, 씻고 빨래할 수 있는 시설과 야외 화장실도 분명 있었겠지만, 자세한 것은 역시 기억나지 않는다. 부족장, 그러니까 우리를 지휘하는 이들은 이십 대 후반이었다. 모두가 어렸다. 어떻게 그렇게 어린 사람들이 이 모든 것을 해냈는지 놀라울 따름이다. 전쟁 때처럼, 신석기시대처럼 말이다.

* * *

어떤 돌도 뒤집지 않고 그냥 두지 않았다No stone was left unturned. 그것이 우리가 그곳에 간 이유였다. 신석기시대 기념물이 4천 년 동안 땅속에 묻혀 있었고, 우리의 임무는 그것을 재빠르고 세심하게 해체하는 것이었다. 헨지는 네 개의 구역으로 나뉘었다. 고고학자 한 명씩 각 구역을 맡아 지휘하고 총 감독 고든 바클리에게 상황을 보고했다. 이들 진짜 고고학자들은 이동식 주택에서 따로 지내면서 우리에게 무엇을 해야 할지 지시했고, 소나기가 지나가면 우리를 다시 작업장으로 끌고 갔다.

주로 나는 지름 25미터의 성소聖所 구역에서 작업했다. 울타리 안쪽을 이루는 불과 1센티미터 깊이로 단단하게 다져진 하층토를 세심하게 모종삽으로 긁어내는 작업이었다. 대여섯 명이 이런 일을 했다. 나는 머리카락을 얼굴에 늘어뜨리고 바닥에 무릎을 꿇은 채 주물로 만든 새 모종삽을 들고 흙을 긁어냈다. 나무기둥들이 남아 있었다면 우리가 작업한 곳은 스물네 개의 그것들이 빙 둘러선 원의 안쪽이었을 것이다. 기둥에는 아마도 나뭇가지를 길게 엮어서 울타리를 만들어놓았을 것이다. 기둥 바로 바깥에는 거의 3미터 깊이의 배수로가 해자처럼 있었고, 다시 그 주위로 6피트 높이의 둑을 쌓아 방어했을 것이다. 신석기시대 구조물은 원래 그런 식이었다. 매일 몇몇 일꾼들이 바깥쪽 배수로에 와서는 오랜 세월에 걸쳐 안에 쌓인 것들을 치웠다. 하루 종일 구멍을 팠던 나는 그들이 부럽지 않았다. 기둥을 박은 구멍과 배수로 끝이 다 비워지면 파낸 흙을 외바퀴손수레에 싣고 폐물 더미에 갖다 버렸다. 나는 지금도 외바퀴손수레라면 지긋지긋하다.

이것이 우리가 한 일이었다. 1제곱미터 남짓한 땅뙈기에 얼굴을 묻고 모종삽 모서리로 흙을 조심조심 긁어냈는데, 움푹 들어가거나 긁힌 자국을 내지 않도록, 또 한쪽 면이 다른 쪽보다 기울어지지 않도록 힘을 균등하게 가하려고 애썼다. 남들보다 땅 파는 일을 잘하는 일꾼이 있었다. '일꾼'이라고 해서 17세기 영국에서 일었던 공동체 운동[1]이 연상되기도 하고, 그들 중에는 누덕누덕한 옷을 걸치고 머리를 길게 기른 이들도 많았지만, 여기에도 서열이 존재했다. 경력을 나타내는 표시는 날이 닳아서 단검처럼 선 모종삽이었다. 도구가 이 정도 되면 한 곳에 몇 주 머무르며 일했다가 다른 현장으로 이동해서 또 몇 주 일하는 생활을 반 년 정도 할 수 있다. 오른손에 들린 것은 예민한 도구다. 흙속에 감춰진 돌이나 도기 조각을 눈으로 보기 전에 먼저 느끼거나 듣는 법을 배운다. 가끔은 모종삽 모서리가 훑고 지나갈 때 작은 조약돌이 튕겨지는 경우도 있지만, 이제 막 모습을 드러내는, 아직 흙속에 파묻힌 더 큰 돌은 작은 지진의 떨림을 여러분 팔에 전달한다. 이것이 바로 우리가 원했던 그것, '물

---

1 청교도 혁명이 끝나고 토지 공동 소유와 재산 공유를 주장한 급진주의자들을 디거스(Diggers)라고 불렀다.

품' 발견의 흥분이었다.

기둥을 박은 구멍과 배수로에 대해서도 할 말이 많지만, 오래전 그곳에서 실제로 무슨 일이 일어났는지, 몇 년도에 일어났는지, 누가 그렇게 먼 곳까지 찾아갔는지, 배를 타고 갔는지 걸어서 갔는지, 그들은 그곳을 무엇이라고 불렀는지, 우리가 작업했던 성소 구역에 들어가도록 허락된 이들과 성당 밖의 군중들처럼 어느 정도 거리를 두고 서야 했던 이들 사이에 구별이 있었는지, 우리는 잘 모른다. 대담한 이론들이 분분할 뿐이다. 다만 사회적 구별이 대단히 오래전부터 존재했던 것이 아닐까 하는 의심은 든다.

5월의 마지막 주에 배수로 발굴 작업을 했다. 기둥을 박은 구멍을 다 비우고 측량하고 촬영하고, 에워싸인 지역을 조심스럽게 긁어냈다. 4천 년 전에 구멍을 파고 나무기둥을 박은 곳은 토양의 색깔과 질감이 바뀐 것으로 알아볼 수 있었다. 기둥들은 오랜 세월이 지나는 동안 그냥 썩어서 없어졌다. 다른 헨지들처럼 장대하게 불길에 타버리지 않았다. 사람들이 흙 위로 몸을 숙여 방위각을 재는 경위의를 들여다보고, 종이에 뭔가를 적어 보드에 붙였다. 이런 일을 하며 일주일에 몇 파운드의 용돈과 숙식을 제공받았다. 한동안은 이게 삶이구나 싶었다. 그때그때 임기응변으로 대처해야 했지만, 공동체보다 목적이 분명했고, 서로 간에 갈등이 불거지기에는 함께한 기간이 너무 짧았다.

우리가 한 일은 대부분 그저 치우는 것이었지만, 거기에도 나름의 만족감이 있었다. 요는 손으로 하는 작업이라는 것이었다. 나는 토양의 층을 뒤로 긁어낼 때 모종삽 끝에서 올라오는 충격과 흙의 감촉이 좋았다. 물론 마음속으로 온통 휴식 시간만 기다리고 얼굴에 자꾸 흘러내리는 머리카락에 짜증날 때가 많았다. 그러나 가끔은 그 미세한 풍경, 한참 높은 곳에서 내려다보는 축소판 사하라 사막에 정신이 팔리기도 했다. 가끔 허리를 펴고 주위를 둘러보고는 내가 와 있는 곳이 퍼스셔의 한 들판이라는 사실에 깜짝 놀랐다. 변하지 않고 굳건하게 서 있는 산등성이를 바라보았다. 모종삽을 들고 허리를 숙인 우리가 저 넓은 세상의 중심인 것만 같아서 좋았다. 허황된 상상만은 아니었다. 울타리를 치고 의식을 올린 이곳이 바로 여기에 지어진 데는 그만한 이유가 있었을 테니 말이다. 선사시대 사람들이 비행기가 있어서 지구의 표면을 살펴보지는 않았겠지만, 그들은 확실히 풍경을 읽을 줄 알았다.

* * *

몇 장의 사진을 본다. 먼저 열두 명의 일꾼들이 바닥에 앉아 다리를 뻗고 오두막의 나무 벽에 등을 기대고 있는 사진이다. 재킷과 흩날리는 머리카락, 가늘게 치켜뜬 눈으로 판단하건대 화창하고 바람이 거세게 불고 시원한 날이다. 서른 살이 채 안 된 이들은 머그잔을 들고 있다. 휴식 시간에 차를 마시는 의식을 거행 중이다. 5분 뒤면 다시 작업장으로 불려갈 것이다.

다음은 규모를 보려고 배수로에 내려가 있는 젊은 남자의 사진이다. 사근사근해 보이고 말랐고 빨강머리다. 그의 이름은 생각나지 않는다. 배수로 끝에 있는 벽이 그의 키보다 3분의 1가량 높다. 아마도 9피트는 될 것 같다.

그런 배수로에서는 4천 년 전 어느 날 한 일꾼이 작업을 마치고 다른 일꾼이 작업을 이어받은 곳이 어디인지 알 수 있다. 많은 것이 바뀌지만 많은 것이 그대로다. 그는 배수로에서 기어 나와 우리가 보는 것과 같은 산등성이를 보고, 숲과 빈터가 있는 같은 긴 강 계곡을 보았을 것이다. 어쩌면 그는 개울로 가서 먼지를 씻어내고, 물 한 잔 마시고, 어쩌면 식사 전에 땅에 드러누워 구름을 보았을지도 모른다.

감독은 보고서에서 100명 정도가 조로 구성되어 헨지를 건설했을 것이라고 추산했다. 비슷한 규모의 팀이 다시 동원되어 두 계절에 걸쳐 헨지를 해체했다.

세 번째 사진은 네 명의 일꾼이 농가 밖에서 찬란한 저녁 햇빛을 받으며 춤추고 있는 모습을 보여준다. 그들의 그림자가 마당을 가로질러 길게 뻗어 있다.

* * *

헨지를 발굴해야 했던 이유는 아브로 랭커스터였다. 우리가 들은 바로는 그랬다. 땅을 소유한 윌리엄 로버츠가 자신의 랭커스터를 위해 활주로를 부지 위쪽으로 넓히고 싶어서 공사를 진행시켰다.

부지에서 서쪽으로 보면 같은 높이에 거대한 격납고 두 개와 잔디 활주로, 바람자루가 있었다. 스트라살란 항공기 박물관이라고 하는, 주로 제2차 세계대전 항공기들을 개인적으로 모아놓은 박물관의 일부였다. 박물관은 대중에게 개방되었고, 격납고에 가면 스피트파이어 두 대와 드 하빌랜드 모스키토, 라이산더, 호커 허리케인이 있었다. 허리케인은 여전히 가동했고 작업하는 우리의 머리 위로 자주 날아갔다. 헨지와 주위 담장 위를 낮게 날아 활주로에 착륙하여 격납고에서 멈췄다. 우리는 달콤하게 으르렁대는 그 엔진 소리에 점차 익숙해졌다. 공습 사이렌 소리만큼이나 이미지를 자극하는 전시의 소리였다. 그런데 이제 윌리엄이 랭커스터를 손에 넣었다고 했다.

랭커스터에 대해 우리가 무슨 말을 할 수 있을까? 무척이나 아름다운 항공기라는 평을 듣는다. 소리도 대단히 아름답다. 영국 본토 항공전[1] 때 가동된 허리케인은 롤스로이스 멀린 v2 엔진 하나만 장착되었는데, 랭커스터는 네 개가 날개에 장착되어 1400마력을 자랑한다. 전투기 자체 무게만도 4만 파운드로 속도를 끌어올리고 비행할 준비를 하면 땅이 흔들린다. 현재 활주로가 감당하기에는 벅찼다. 하지만 활주로가 확장되었을 때엔 랭커스터는 매각되어 캐나다에서 날고 있었다. 그러나 조사를 통해 이 헨지, 오랫동안 숨겨져 있던 들판의 비밀이 드러났다. 윌리엄은 사용하지 않는 농가를 제공했고, 우리는 그곳에서 '구제 발굴'을 진행했다. 머나먼 과거의 물품들을 파괴되기 전에 인양했다는 말이다.

모종삽을 들고 신석기, 청동기시대 유적지에 구부리고 앉아 작업한 우리들 중에 전쟁 때 살았던 사람은 없었다. 전쟁은 부모 세대와 조부모 세대의 일이었다. 우리는 까마득한 옛날에 더 관심이 갔다. 흙을 자세히 살펴보며 선사시대 과거에 대한 사소한 단서를 찾았다. 작업을 다 마치면 무거운 폭격기가 요란하게 이곳으로 들어올 터였다.

당연하게도 우리는 가끔 이탈한 기분이 들었다. 물론 장소는 그

---

1 제2차 세계대전 초기에 나치 독일과 영국 공군 사이에서 벌어진 대규모 항공전.

대로이고, 지형은 거의 바뀌지 않았다. 야트막한 산등성이, 우리가 작업했던 산 위의 들판, 쌍둥이처럼 흐르는 두 개의 강, 소나무와 떼까마귀, 모든 것이 예전과 같았다. 그러나 시간의 흐름에서 이탈하여 지금 우리가 어느 시대를 살고 있는지 헷갈리는 것은 어쩔 수 없었다. 발밑의 흙은 신석기시대 헨지로 이제 청동기시대 유물들도 하나둘 나오고 있었다. 공중에서는 허리케인이 잔디 활주로에서 힘차게 날아올라 '최고의 순간'의 소리를 냈다. 1960년대 히피 공동체와 '모든 사유지 폐지'를 내세웠던 17세기 급진주의자들의 느낌도 있었다. 그리고 이제 이 모든 것의 대립항인 마거릿 대처가 다우닝 스트리트에서 개혁의 빗자루를 휘두를 참이었다.

영국 본토 항공전을 앞두고 윈스턴 처칠은 연설에서 이렇게 말했다. "우리가 과거와 현재를 싸우도록 하면 미래를 잃는 것을 보게 될 것입니다." 싸움은 없었다. 과거, 다양한 과거들이 모두 현재에 있었으니까. 약간의 상상력만 있으면 시간의 층을 모두 벗겨낼 수 있다는 것을, 내가 선돌을 방문하고 있다는 상상 속에서 느꼈다.

길고 한가로운 어느 저녁에 나는 남자 친구와 같이 농가에서 몰래 빠져나왔다. 우리는 발굴 현장을 완전히 벗어나 가파르고 좁은 길을 내려가 매카니 워터 옆의 초원에 다다랐다. 그곳은 그때도 그랬지만 지금도 작은 나무들이 늘어선 개울이다. 쉽게 개울을 건너 저편에 자리한 초원으로 가니 세상에서 고립된 장소 같았다. 그곳에서 우리는 미나리아재비가 핀 곳에 쓸쓸하게 버려져 있는, 항공기 박물관에 있어야 하는 비행기의 동체를 발견했다. 같이 간 친구는 DC10이라고 했다. 나는 그때까지 한 번도 비행기를 타본 적이 없었다. 마침 주위에 사람도 없고 해서 우리는 몰래 조종석으로 기어

올라가 하늘을 나는 시늉을 했다.

* * *

'물품'의 발견은 크나큰 흥분을 안겨준다. 모종삽 아래에서 정체를 알지 못하는 무언가가, 진정한 땅의 미스터리가 모습을 드러내기 시작한다. 그것은 그저 돌의 표면일 수도 있고, 흙 색깔이 바뀐 것일 수도 있다. 한때 불탄 자국이 영원히 검게 남은 화로일 수도 있다. 손으로 먼지를 걷어내고 살펴본다. 고고학자의 능력은 의미 있는 것과 무의미한 것, 인간의 의도가 들어간 것과 자연발생적이거나 우연한 것을 구별할 줄 아는 것이다. 그들은 돌 읽는 법을 배우지만 돌은 종종 말이 없다. 그러나 무자비한 일이다. 수수께끼가 드러나더라도 결국에는 해체되기 때문이다.

네 명의 보조 고고학자들은 저마다 매일 일지에 자기 구역에서 진행되는 작업 상황과 발굴한 '물품'에 대해 기록했다. 작업일지는 지금도 남아 있다. 옅은 황갈색 A4 노트북이다. '공공 서비스를 위해 제공'되었다고 적혀 있어서 그 자체가 역사적 물품이기도 하다. 물품이 될 만한 뭔가가 발굴되면 번호가 할당되었다. 그러므로 일지에 적힌 번호를 확인하면 날마다 어떤 식으로 작업이 진행되었는지 따라갈 수 있다. 많은 물품들이 불쑥 나타났다가 샴페인 거품처럼 사라진다.

기록에 보면 나 같은 자원자들은 '일꾼', '무리', 심지어 냉소적으로 '작업단원'이라고 다양하게 지칭된다. 455번 물품을 어떤 '작업단원'이 맨 처음 발견했는지 생각나지 않는다. 일지에도 그런 건

적혀 있지 않다. 비천한 일꾼에게는 '물품'을 믿고 맡길 수 없었다. 흥미로운 뭔가가 울타리를 빠져나오는 개처럼 거꾸로 모습을 드러내는 것 같으면 보다 노련한 작업자가 와서 떠맡았다. 물품이 언제 서서히 밝혀졌는지는 모두가 알았다. 우리의 대화의 주제이자 그곳 삶의 중심이었으니 당연한 말이다.

455번 물품은 존이라고 하는 유쾌한 사내가 맡게 되었다. 존이 여러 명이었는데 다들 별칭을 갖고 있었다. 고기를 입에 대지 않았던 채식주의자 존, 실제로 조종사 면허증을 갖고 있어서 뭔지 모를 매력을 풍겼던 조종사 존이 있었다. 전쟁 때의 항공기들이 정기적으로 날아다니는 곳이었으므로 그에게는 각별한 기쁨이었을 것이다. 그러나 455를 작업한 것은 천막살이 존이었다. "존이 마침내 물품을 맡게 되었다." 일지에 적힌 말이다. 뒤에 가면 이렇게 적혀 있다. "존의 물품은 호들갑 떨 만한 가치가 있다!"

나머지 우리들은 흙을 긁어내고 치우는 일에 매달렸지만, 예컨대 외바퀴손수레를 비우고 오는 길에 어슬렁거리며 다른 사람의 작업을 구경하는 것은 얼마든지 가능했다. 다른 사람의 자그마한 사막을 살펴보거나 기둥을 박은 구멍을 들여다보곤 했다. 그러므로 신석기시대 유적지 내에서 다른 것들, 즉 여전히 선사시대지만 훨씬 나중의 것들도 나왔다는 것을 모두가 알았다. 그 말은 맨 처음 이곳을 지었던 사람들이 죽고 오랜 세월이 지난 뒤에도 계속해서 강력한 힘을 발휘하며 사용되었다는 뜻이다. 실제로 2500년 동안 단속적으로 사용되었다. 헨지가 무엇이었든 간에 사람들의 관습과 기억 속에 상당히 오래도록 남아 있었다.

455번 물품은 모종삽 모서리에 돌 긁히는 소리로 시작했다. 납작한 돌이 하나, 또 하나 나왔고, 이렇게 발굴된 돌들을 모아놓고 보니 길이 5피트, 폭 4피트 타원형 꼴로 돌들을 깔아놓은 것이었다. 중요한 장소에 있었다. 울타리를 에워싼 지역의 정확히 중심은 아니지만 그 안쪽이었다.

여기에는 절차가 있었다. 매번 새로운 층이 드러날 때마다 흙을 치우고, 종이에 적고, 사진을 촬영하고, 아래에 있는 다른 층이 노출되도록 적절하게 들어냈다. 이어 똑같이 기록하고 촬영하고 들어내는 과정이 이어지면 다음 단계의 돌들이 밖으로 드러났다. 여러 다른 시간대를 사는 묘한 감흥에 더해 이렇게 해체를 통해 건설의 내러티브를 거꾸로 되짚어보는 과정이 있었다.

이런 식으로 납작한 돌들이 깔린 구역을 다 걷어내자 그 밑에 보다 안정적인 흙과 돌이 나왔고, 이어지는 층은 단 하나의 거대한 회색 바위였다. 아주 크고 무거워서 그곳에 끼워 넣으려면 건장한 남자 여러 명이 동원되었을 것이다. 남다른 존재감이 있었고, 이제는 석관을 덮는 갓돌임을 모두가 알았다.

죽은 자를 처리하는 방법으로 '화장'과 구분되는, 라틴어에서 온 '토장inhumation'이라는 말을 나는 그곳에서 배웠다. 그러나 고어 '석관cist'은 이미 알고 있었다. 'kist'라고 해서 궤, 상자를 가리키는 말로 스코틀랜드에서 사용되고 있었기 때문이다. 우리는 존이 발굴하고 있는 것이 청동기시대 매장지임을 금세 깨달았다. 자잘한 돌들을 걷어내자 수천 년 동안 관을 덮고 있던 거대하고 둥근 갓돌이 모습을 드러냈다.

날씨는 계절에 어울리지 않게 쌀쌀하고 바람이 심하게 불었다. 하지만 하루 종일 밖에서 일한 우리들은 여기에도 익숙해졌다. 오칠 힐스의 긴 능선 위에 회색 구름이 모여들면 전체 풍경이 침울하고 강렬해졌다. 소낙비가 지나갔을 때 우리는 일을 했다. 기둥과 배수로 작업은 순조로웠고, 이제 현장에 주목할 것이 생겼다. '지구의 미스터리'가 바로 여기 있었다. 지난 3500년 동안 은밀하게 어둠 속에 묻혀 있던 뭔가가 곧 모습을 드러낼 터였다.

며칠 동안 존은 정성 들여 갓돌을 깨끗이 닦았다. 그는 언제라도 작업하다 말고 고개를 들고 쾌활하게 작업 상황을 보고할 준비가 되어 있었다. 고고학자들은 보존 상태에 흥분했다. 망가지거나 무너져 내린 데가 전혀 없었다. 존이 갓돌 주위의 땅을 말끔하게 치워 마치 거대한 알이 땅속에 놓인 것처럼 보였다. 이제 들어올리기만 하면 되었다. 내일이 그날이었다.

나는 묘한 기대감에 들떴다. 많은 이들이 나와 마찬가지였다. 우리는 어렸고 이 매장지는 대단히 오래된 것이었다. 노련한 작업자들도 큰 관심을 보였다. 그들은 엽기적이면서 애절한 이야기들을 많이 알고 있었다. 요크의 한 현장에서 작업하다가 실수로 곡괭이를 하수관에 떨어뜨린 일꾼에 대해 들었다. 그곳은 하수관이 아니라 중세시대 납관으로 드러났다. "저 물컹한 초록색 진창은 뭐지?" 그가 물었다. "시체구나." 그는 기절했다! 청동기시대 여자가 자신의 아기와 함께 백조 날개에 누운 채로 매장되었던 이야기도 있다.

5월의 마지막 날이었다. 지난주 오락가락하던 날씨는 이제 잔뜩 찌푸린 날씨로 접어들었다. 우리는 평소대로 아침 9시에 둘씩 셋씩 짝지어 현장으로 갔다. 나무로 된 정문을 지나 단풍나무 너머 들판을 거쳐 흙이 파헤쳐지고 맨살이 드러난 헨지에 다다랐다. 배수로 안에, 기둥 구멍들이 빙 둘러선 성소 안에, 움푹 들어간 곳에 갓돌이

대기하고 있었다. 우리는 모종삽과 화판과 줄자를 들고 각자 맡은 일들을 시작했다. 낮게 걸린 어둑한 구름이 온 하늘을 뒤덮었고, 산 등성이가 흐릿하게 보였다.

* * *

그날의 기억이 생생하게 나지만, 내가 이야기에 살을 붙이고 고딕 판타지의 요소를 슬쩍 집어넣지 않았나 하는 생각을 자주 한다. 그런데 최근에 그 자리에 있었던 친구, DC10을 같이 보았던 바로 그 친구가 사실을 바로잡아주었다. 그날은 정말이지 이상한 날이었다.

갓돌 주변을 정리하는 일이 아직 남았다. 한 시간가량 걸렸고, 준비를 마친 10시경에 도구를 내려놓고 현장을 정리하라는 연락이 왔다. 하늘은 더욱 어두워져서 5월보다는 11월에 가까웠다. 날이 더웠고 바람은 없었다. 그때 지역의 한 회사가 보유한 작은 노란색 기중기가 요란한 소리를 내며 왔다.

우리 '일꾼'들은 한쪽에 모여서 이례적인 일을 맡게 된 기중기 조종사가 근심 어린 고고학자들과 상의하는 모습을 지켜보았다. 그들은 함께 돌을 들여다보고, 쭈그리고 앉았고, 옹기종기 서서 뭔가를 논의했다. 문제가 있었다. 갓돌을 지지하는 돌 하나가 틀어져서 흙이 석관으로 흘러들었던 것이다. 까딱하다가는 구조가 와해되고 내용물이 망가질 위험이 있었으므로 궂은 날씨에도 불구하고 일을 서둘러야 했다. 폐물 더미와 저 뒤의 검은 언덕을 배경으로 보니 노란색 기계 장치 기중기가 현대성의 묘한 금자탑으로 보였다.

마침내 모든 준비가 끝났다. 이것은 내가 기억하는 부분이다. 기중기가 거대한 갓돌을 잡고 들어올리기 시작했다. 하지만 그 순간, 우리가 무덤을 침해하려는 찰나에 요란한 천둥소리가 산등성이에서 굴러 떨어졌다. 기중기가 갓돌을 들어 폐물 더미 위에 놓을 때 산등성이가 못마땅한 심기를 드러냈고, 우리가 석관에 무엇이 들어 있는지 보려고 앞으로 나아갔을 때 더 많은 천둥이 몰아치며 거대한 빗방울이 떨어지기 시작했다. 그래서 우리는 즉시 방수포를 끌어 무덤에 덮었다. 또다시 우리 시야에서 사라졌다.

* * *

나는 사무직 취직, 비서 대학 진학이 싫어서 도망쳤다. 오크니 제도의 춥고 어두운 한 시골집에서 그해 겨울을 보내며 「토장」이라는 제목의 짧은 시를 썼다.

아무도 알지 못했다.
그가 눈을 떴는지, 어둠을 인식했는지,
주위를 둘러보고는
그가 죽은 줄 알고 옆에 놓아둔 벌꿀 술을
찾아서 마셨는지 알지 못했다.

석관의 개봉은 내 마음속에 오래도록 여운을 남겼다. 가능성으로 충만해 있던 그 여름 전체가 기억에서 지워지지 않았다. 그럴 만도 한 것이 당시 나는 학교를 막 졸업하고 부모님 집을 막 벗어난 열일곱 살이었다. 내 삶의 전환점이었고, 헨지는 정말로 경첩이었다. 시험을 잘 치른 것이 전혀 아니었으므로 똑똑한 가족이나 든든하게 지원해 주는 교사가 없었던 나는 대학에 진학해야겠다는 생각을 진지하게 하지 않았다.

대신 실업수당을 받는 방법이 있었다. 점점 더 불어나는, 정말 일자리를 잃은 수많은 사람들 틈에 숨어서 매주 약간의 돈을 받을 수 있었다. 그렇게 사는 사람들이 있었다. 예술가, 일꾼, 등산가, 자칭 시인이자 음악가, 무정부주의자, 페미니스트 등 고정된 일자리를 갖는 것, 사회에 순응하는 것을 죽음처럼 느꼈던 사람들은 이런 삶을 선택했다.

천둥이 몰아치는 가운데 석관을 개봉하는 것은 짜릿하고 일탈적인 흥분을 안겨주었다. 시를 쓰는 것도 요란하지 않다 뿐이지 비슷했다. 단어의 무게와 힘, 소리의 유희, 진정한 뭔가가 조심스럽게 모습을 드러낸다는 느낌, 항상 '의미'를 나타내지는 않지만 예컨대 자아나 의식 같은 것을 참되게 표현하는 인공품의 느낌을 준다. 그리고 마찬가지로 짜릿했다.

석관 안에는 남자가 아니라 여자가 있었다. 내가 만약 시에서 '그' 대신 '그녀'라고 썼다면, 내 시는 일종의 은유처럼, 나 자신에 관한 시처럼 읽혔을 것이다. 하지만 그것은 내가 아니었다. 석관에 든 시신이 주인공이었다.

* * *

그녀는 관습에 따라 다리를 올려 쭈그린 자세를 하고 오른쪽으로 눕혀 있었고, 머리가 석관의 위쪽에 세게 눌린 상태였다. 우리는 두개골과 긴 다리뼈를 내려다보았다. 상태가 말짱했고 돌 상자 바닥에서 희미하게 아른거려 으스스하면서도 사랑스러웠다. 그러나 두개골이 옆으로 돌려진 모습이 왠지 불편해 보였다. 각도가 잘못되었다. 시신을 석관에 넣고 나서 누군가가 팔을 뻗어 죽은 여자의 얼굴을 위를 보도록, 그리고 동쪽으로 향하도록 돌려놓았다. 그런 다음 그녀 옆에 줄무늬 문양으로 장식한 사발을 놓았다. 안에는 달콤한 벌꿀 술로 채워놓았다. 그리고 갓돌을 그 위에 덮었다.

맡은 일을 잘 해냈다. 음식 그릇 말이다. 오랜 세월 옆을 지켰다. 아마도 무거운 갓돌을 올리는 순간에 일어났다고 짐작되는데, 사발이 옆으로 넘어지면서 두개골과 서로 마주 보게 되었다. 입을 맞대고 긴 대화를 나누는 것처럼 사발과 두개골이 서로를 바라보고 있었다.

* * *

천둥은 날씨를 식히는 것이 아니라 여름의 시작을 예고하는 듯했다. 6월이 되자 맑고 푸른 하늘이 열렸고 갈수록 더워졌다. 시간이 촉박해서 현장의 작업이 빠르게 계속되었다. 계획을 세우고 흙을 걷어내고 사진을 찍고 기록했다. 비행하기 딱 좋은 날씨로 유서 깊은 비행기들이 하늘을 날았다. 발굴을 마치면 아무것도 남지 않을 것이다. 증거를 보면 신석기시대 유적들과 안에 넓은 공간을 둔 돌무덤들은 그냥 잊힌 것이 아니라 의식에 따라 폐쇄된 것이 많다. 원을 이룬 기둥들은 불의 장인이 손수 태워 없앴고, 봉분 입구는 돌들을 쌓아 막았다. 이 작업도 그것과 비슷해 보였다. 우리는 의식에 따라 원상태로 되돌리는 일을 했다.

일이 끝나자 대부분의 '일꾼'들은 6월 중순에 현장을 떠났다. 물론 마지막으로 파티가 있었고, 낮이 가장 긴 계절이었으므로 밤에도 그리 어둡지 않았다. 우리는 밤새 놀았고, 새벽에 두어 명이 더 큰 언 강으로 내려가 오래된 다리의 아치 아래에 앉았다. 새벽에 다리 밑을 흐르는 물은 공단처럼 매끄럽고 무척이나 옅은 회색이었다. 박쥐 몇 마리가 아치에서 날아다녔다. 진심 어린 대화를 나눈 것을 기억하는데 무슨 내용이었는지는 생각나지 않는다.

몇몇 사람들은 남쪽으로 갔다. 하지에 맞춰 스톤헨지에 가서 태양이 힐스톤 위로 떠오르는 것을 보며 신비에 젖고 싶다고 했다. 레이라인에 열광하는 자들과 이를 비웃는 자들 사이에는 항상 설전이 오가게 마련이다. 그러나 하루 종일 밖에서 신석기시대 흙을 손톱에 묻히고 사는 일꾼들은 우스꽝스러운 예복을 차려입은 '드루이드'[1]보다도 사물의 영혼에 더 가까웠다.

나는 스톤헨지에 가지 않고 약쟁이 피트라는 긴 머리 청년과 함께 노스 메인스를 떠났다. 우리는 차를 얻어 타고 30마일 떨어진 해안으로 가서는 바다로 뻗은 곳에서 잠을 잤다. 작은 땅 뙈기에 온 신경을 집중하다가 모처럼 바다를 보니 어찌나 광활하던지.

다른 고고학 유적지를 찾아 떠난 사람들도 있었다. 일종의 황금시대였다. 이곳저곳 떠돌며 '일꾼'으로 살아가는 삶이 불가능하지 않았고, 한동안은 특히 젊은이들에게는 그런 삶이 고역스럽지도 않았다. 유적지마다 정보 교환이 이루어졌다. 그런 점에서 헨지는 4천

1 고대 켈트족의 종교를 추종하는 사람.

년 전과 같은 기능을 수행했다고 할 수 있다. 무슨 용도였든 간에 그곳은 로맨스와 힘든 노동과 파티가 있고, 거대한 음식 냄비가 있고, 자신들이 무엇을 하는지 아는 것 같은 감독들의 온화한 원망이 펼쳐지는 곳이기도 했다. 그곳에서 일하지 않을 때 지낸 우리의 삶은 그야말로 신석기시대나 청동기시대에 가까웠다. 기둥 구멍과 뼈를 분석하는 일보다 더.

* * *

랭커스터 폭격기를 선사시대 헨지, 무덤 위로 날게 하는 처사에 대해 다양한 해석이 가능하지만, 내 생각에는 이유가 뻔하다. 엽기적인 취미 이상도 이하도 아니다. 그리고 이런저런 해석을 해봤자 우리가 이미 알고 있는 것 이상의 답이 나오지 않는다. 우리가 아는 것은 이런 것이다. 우리는 자신에게 붙들려 있고 자신의 과거와 기원에 집착하는 종이다. 우리는 흙이라는 안식처에서 파편들을 가져다가 박물관에 살며시 둘 수 있다. 대도시의 커다란 박물관은 문명의 상징이다.

또한 우리는 이런 도시들에 폭탄을 퍼붓고 그 시민들을 녹여 커트 보니것이 말한 '역겨운 스튜'로 만들 수 있다. 보니것은 드레스덴에서 전쟁 포로였고, 미국 폭격기와 랭커스터가 최악의 일을 저지른 후 시체들을 치우는 일을 했다. 비행기는 확실히 지구의 얼굴을 드러내보였지만, 우리가 가진 능력의 맨살도 폭로했다. 우리는 석관에 팔을 뻗어 죽은 여자의 얼굴을 빛이 들어오는 쪽으로 돌리고, 달콤한 음식이 든 사발을 그 옆에 놓아 그녀가 저세상으로 편히 가도록 도울 수 있다. 드레스덴에서 사람들은 안전한 곳을 찾아 지하실로, 석관으로 모여 들었다가 화를 당했다. 시체를 치워 매장하는 것은 불가능했다. 그들은 화염방사기로 무장한 사람을 내보냈다.

* * *

30년 전에는 몰랐는데 신석기시대 유적은 두 개의 강이 합류하는 지점에 세워진 경우가 많았다. 그래서 노스 메인스를 다시 찾아서 다리를 건널 때 색다른 느낌이 있었다. 선사시대 사람들은 자그마한 배를 타고 강을 건넜을 테고, 그것은 산등성이로 에워싸인 세상의 중심으로 들어가는 예식과 같은 의미를 가졌을 것이다.

이번에도 5월이었다. 길도 같았고, 떼까마귀가 까악까악 울었고, 농가는 철거되기는커녕 새로 창문을 달고 사람들이 계속 사용한 듯했다. 경비행기 한 대가 이륙해서 상공을 돌기 시작했을 때는 거의 웃음이 나왔다. 하긴 30년의 세월은 아무것도 아니다. 허리케인이 아니라 파란색 세스너였다. 농가 저편의 들판에는 단풍나무들이 새 잎을 달고 여전히 서 있었다. 그 너머 전에 헨지가 있던 곳에 활주로 흔적이 전혀 보이지 않았다.

초인종을 눌렀는데 대답이 없었다. 나는 단풍나무 아래로 가서 아무것도 없는 들판에서 헨지가 있던 곳이 정확히 어디였는지 생각해 내려고 애썼다.

헨지는 물론 사라졌다. 그런데 활주로도 만들어지지 않았던 것 같다. 아니면 금세 다시 파냈거나. 랭커스터는 여기에 왔지만, 발굴이 끝나고 몇 년 지나지 않아 항공기 박물관이 문을 닫으면서 소장품이 모두 매각되었다. 랭커스터는 남쪽으로 갔다. 격납고 지붕이 주저앉았고, 남은 것은 조각조각 나뉘어 재활용되었다.

헨지는 사라졌지만 보고서는 누구든 볼 수 있고 사진도 철해 놓았다. 청동기시대 여자의 뼈는 시내의 한 창고의 마분지 상자에 들어 있다. 그리고 음식 그릇은 자매와 만나 스코틀랜드 국립박물관에 전시되고 있다. 이곳과는 아무 관계가 없다.

여기는 예나 지금이나 똑같다. 나는 평평하게 고른 들판 중앙으로 걸어갔다. 사방을 둘러싼 산등성이와 동쪽으로 흐르는 두 개의 강이 보이는 이곳은 신석기시대 사람들이 예리하게 이해한 바로 그 풍경, 청동기시대 여자가 누웠던 바로 그 흙이다. 그날 우리가 달렸던 강가 계곡, 한때 오록스가 돌아다녔던 곳이 동쪽으로 희미하게 보인다.

우리는 풍경 속에 위치하고 시간 속에 놓인다. 그러나 그 안에서도 자유롭게 움직일 여지는 있다. 어느 정도는 스스로 운명을 결정할 수 있다. 나는 운 좋게도 그것을 배웠다.

4장

가넷 서식지

한 해

볼거리가 모두
깨어나
들썩이고 있었다.

바다 언저리 근처에서
윌리엄 카를로스 윌리엄스

서식지가 눈에 확 들어왔다. 반 마일 앞에 줄지어 늘어선 새들의 모습이 여름 공기에 환하고 희게 빛났다. 우리가 새들을 향해 섬을 걸어가는 동안 마치 깃털이 우수수 떨어지는 것처럼 보였다. 수 마일 떨어진 바다에서도 확연히 보일 것이다. 우리는 유원지에 온 것처럼 흥분했다. 절벽 끝에 가까이 다가갈수록 요란한 소리가 더 크게 들렸고, 바람이 더 많은 냄새를 우리에게 실어 날랐다.

남쪽으로 향하고 500피트 높이로 솟아오른 절벽들이 햇빛에 전면을 드러냈다. 절벽은 바다를 향해 뻗고 우묵하게 들어간 지형을 이루었다. 우리는 가장 넓은 곳으로 나아가 뒤를 돌아 새들이 활용하고 있는 가마솥을 보았다. 무척이나 지저분하고 소란스러웠다. 새들의 공동주택은 배설물로 들러붙어 반들반들했고, 비행 중인 새들의 그림자가 회반죽을 바른 벽에 날개를 그렸다. 이런 잔잔한 그림자 아래로 수천 마리의 더 많은 가넷gannet[1]이 절벽의 가장자리를 따라 층을 이루며 날갯짓했다. 날아다니는 새들은 완벽하게 말이 없었다. 절벽에 앉은 새들은 요란하게 칭얼거렸다. 계속해서 인사를 나누고 계속해서 말다툼을 벌였다. 서로에 대해, 절도와 습격에 대해, 공허한 미래가 그들에게 압박하는 번식하라는 요구의 수모에 대해!

팀과 나는 서로를 쳐다보며 웃었다. 우리가 원한 바로 그것이었다. 6월 중순에 절정을 이룬 바닷새의 서식지 모습이다.

앞서 우리는 '60'이라고 적힌 도로 표지판이 나타내는 상상의 선을 넘었다. 제한속도가 아니라 위도를 표시한 것이다. 오늘밤에는 어둠이 없고 셰틀랜드 사람들이 '한여름의 어둑함simmer dim'이라고 부르는 황혼에 물든 고요함, 마치 태양이 숨을 멈추고 있는 듯한 순간이 한밤중에 한두 시간 나타날 것이다. 하지만 지금은 한낮인데다가 올 들어 가장 무더운 날이다. 태양이 높이 떠서 바다에 빛을 뿌리고 절벽을 비춘다. 모든 돌, 모든 새, 모든 꽃 하나하나가 햇빛에 반짝거린다. 경사진 절벽 꼭대기에 서 있는 우리 주위로 분홍색 아르메리아thrift가 활짝 피었다. 꽃다발이 바람에 하늘하늘 떨고 있다.

내가 어렸을 때 놋쇠로 된 3펜스 동전이 아직도 사용되었는데, 동전의 문양 중에 아르메리아가 있었다. 당연하게도 세 송이가 동전 뒷면에 새겨져 있었다. 아버지가 동전의 수수한 액수와 '절약thrift'이라는 꽃의 이름이 어떻게 연결되는지 재치 있게 말장난하셨던 것이

1 대서양과 오세아니아 인근에 서식하는 바닷새.

기억난다. 그러나 지금 우리 앞에 보이는 것은 풍부함과 사치다. 뭉게구름이 깔린 높은 하늘 아래 펼쳐진 바다, 폭포처럼 연이어 쏟아지는 빛, 수천 마리의 바닷새가 공공연히 떠들어대는 소리가 우리를 압도한다. 가끔 향긋한 꽃냄새가 감질나게 우리를 사로잡기도 하지만, 산들바람에 주로 실려 오는 것은 암모니아와 새똥 냄새다. 새똥과 분홍색 아르메리아, 여름의 냄새다.

팀과 나는 절벽 끄트머리 근처 문짝만 한 납작한 돌에 앉아 말없이 보기 시작했다. 쌍안경을 썼다 벗었다 하며 각자 사적이고 시각적인 세계로 들어섰다. 한참 아래 물가에 바위들과 퇴적물들이 보였고 파도가 그 주위로 부서졌다.

절벽 끝 바로 아래, 우리가 앉은 데서 불과 몇 야드 떨어진 곳으로 가넷이 차례차례 날개를 퍼덕이며 지나갔다. 쭉 뻗은 부리와 매서운 눈초리를 하고 모퉁이를 돌아 마치 급보라도 전하듯 전속력으로 날았다. 우리는 가넷의 눈이 보일 만큼 가까이 있었는데, 녀석들은 시력이 좋았지만 우리를 본체만체했다. 우리는 아무것도 아니었다. 우리는 육지의 존재이고, 가넷은 육지를 무시한다. 하지만 봄만 되면 뭐에 홀린 듯 대대로 지내는 절벽과 퇴적물로 돌아온다. 그리고 야단스럽고 성가시게 각각의 쌍이 한 마리의 새끼를 키우며 여름을 보낸다.

몇 분 뒤에 내가 말했다. "오래전 일 같네."

"뭐가 말이야?"

나는 새들로 빼곡한 절벽 사면을 가리켰다. 애 키우던 때가 생각났던 것이다. 양수가 터지고 기저귀를 갈고 모유를 토하던 기억이 났다. "다 끝난 일이야!" 나는 웃었다. "적어도 내게는."

* * *

팀과 나는 서로의 아이가 갓난아기였을 때부터 알고 지낸 친구다. 그는 BBC의 라디오 프로듀서다. 사실 우리가 만난 것도 그가 방송에 내보낼 '라디오 시'를 내게 써달라고 부탁하면서였다. 나는 그일을 꼭 해보고 싶었다. 내가 건재하다는 것을 느끼고 싶었다. 아이때문에 내 마음이 온통 먹이고 씻기고 치우는 생각밖에 없어서 내진짜 삶은 내동댕이친 것처럼 여겨졌었다.

이제 우리는 일 년에 한 번씩 새들을 보러 떠난다. 오늘도 그렇게 나선 것이다. 다행히도 날씨가 좋아서 우리는 새끼를 키우는 가넷의 소란함을 마음껏 보고 있다. 조류학자가 아닌 내게 서식지는 그야말로 소란과 볼거리로 가득한 장관이었다. 수많은 삽화가 내 앞의 절벽 사면을 스크린 삼아 펼쳐졌다. 도착과 떠남, 유대와 다툼, 싸움이 있다. 목을 높게 치켜들고 서로를 반기는 녀석도 있었고, 공중에 떠 있는 녀석도 있었다. 마치 눈에 보이지 않는 못이 날개를 떠받치듯 날개 아래로 몸통과 목을 내리고 있다. 우리는 눈앞에서 펼쳐지는 모습을 그냥 지켜보았다. 바다오리와 북극도둑갈매기Arctic skua도 있었다. 팀은 뛰어난 조류 관찰자로 예기치 않은 것을 좋아한다. 희귀한 것이 나타나면 그것을 알아보고 말해준다.

* * *

서식지가 유지되려면 계속해서 먹을 것과 물자를 공수해야 한다. 시시각각 새들은 우리 쪽 모퉁이를 돌아 서식지로 날아갔다. 몸집이 작지 않았고 머뭇거림도 없었다. 공중에 있든 절벽 바위에서 소란을 떨든 그들은 각자의 공간을 제대로 통제했다.

그들은 우어 우어 하며 목구멍 저 아래에서 소리를 냈다. 몇몇이 도착하면 다른 몇몇이 재빨리 날아 조용히 바다로 곧장 날아갔다. 나는 각자의 모습을 지켜보려고, 저마다의 특정한 내러티브를 따라가려고 애썼지만 소용없었다. 각각의 이야기가 다른 이야기로 이어졌기 때문이다. 마치 말을 더듬는 것처럼 개체가 반복됨으로써 전체가 증폭되고 드러났다. 절벽에서 각각의 쌍은 이웃하는 쌍과 겨우 닿지 않을 정도로 정확한 공간을 차지했고, 이런 공간은 잘 지켜졌다. 한 마리가 거대한 날개를 퍼덕이며 내려앉을 때마다 이웃들은 일제히 고함을 질렀고, 그것이 연쇄반응을 일으켜 절벽 전체가 들썩거렸다. 더 공격적으로 울어댔고 날갯짓했고 긴 부리를 치켜들었다.

그러나 이런 성가신 상황에서도 많은 새들이 앉아서 새끼를 품었다. 나는 그들이 새끼를 품은 것으로 보았다. 배 아래에, 까만 물갈퀴가 달린 발 아래에 알이 있는 것으로 보았다. 몸을 접고 자리를 잡으면 녀석들은 스코틀랜드 사람들이 'dwam'이라고 부르는 멍한 백일몽 상태에 들어설 수 있다. 모든 소음을 차단하고 안쪽으로 돌아 바로 앞의 절벽 사면을 바라본다. 가넷이 날개를 접으면 날개 끝이 뒤쪽에서 열십자 형태를 이룬다. 흰색 얼룩으로 빼곡하게 들어찬 절벽 곳곳에 해초로 만든 둥지가 보였고, 각각의 둥지는 검은색 십자가로 표시되었다.

"밧줄을 매단 녀석 생각나?" 내가 팀에게 물었다. 그는 끌어안은 무릎에 팔꿈치를 올리고 집중하며 쌍안경으로 바다를 보고 있었다. 그는 고개를 끄덕였다. 잊지 않은 것이다. 2년 전 우리가 배를 타고 여행했을 때 6에서 8피트 길이의 밧줄을 입에 문 가넷 한 마리가 머리 위로 날아가는 것을 본 적이 있다. 버려진 밧줄을 물고기로 착각하고 달려들어 삼키려 했던 모양이다. 지금도 녀석의 모습이 생생하게 떠오른다. 열십자 모양의 몸통과 부리에서 축 늘어진 밧줄의 실루엣은 마치 재앙을 몰고 오듯 으스스했다.

"여기도 플라스틱 오물들이 많네. 저기 좀 봐!"

가넷의 둥지는 그냥 해초를 고리 모양으로 엮은 것이다. 허연 배설물 자국 위에 해초를 놓고 앉았는데, 오렌지색, 파란색 나일론 끈 조각과 그물 조각이 둥지에 엮여 들어갔다. 그 가운데 소포를 묶는 데 쓰고 칼로 자르면 팅겨지는 납작한 끈이 보였다. 흰색 절벽을 배경으로 파란색 선을 그린 데다 한쪽 끝이 바람에 흔들려 내 시선을 사로잡았다. 이웃하는 새도 그것을 알아챘다. 옆으로 몰래 부리를 뻗어 살살 조심스럽게 훔쳐갔다. 눈이 있는 생물인지라 그들은 자신이 원하는 것을 보고 자신이 보는 것을 원한다. 우리 인간들과 똑같다.

바로 그때 평소보다 훨씬 요란한 소동이 일어났다. 절벽 중간에서 두 마리 새가 싸우고 있었는데 이번에는 꽤 심각했다. 서로 커다란 부리를 부딪치며 몸싸움을 벌였고, 둘 다 무거운 날개를 퍼덕여 바위에서 떨어지지 않으려고 애썼다. 그러나 한 마리가 넘어져서 절벽 아래로 굴러 떨어지기 시작했다. 다른 새들이 층층이 늘어선 지점 아래로 추락했다. 혼란스럽게 바다로 떨어지는 것을 그냥 지켜보는 수밖에 없었다. 그 순간 내 머릿속에 한 이미지가 떠올랐다. 브뤼헐의 〈이카로스의 추락이 있는 풍경〉이라는 그림이었다. 거기 보면 흰색 깃털 날개를 두른 이카로스는 이미 물속에 처박혀 죽어가고 있다. 가엾은 두 다리만 물 위로 튀어나와 있다. 그런데 아무도 알아채지 못한다. 지나가는 배도, 저 멀리 보이는 흰색 도시도, 전경에서 밭을 가는 농부도. 그림은 세상에서 한 소년—혹은 한 마리 새—의 운명 따위는 아무것도 아니라고 말한다. 추락하던 가넷은 날개를 펼쳐 공중에 떠서 무리들에 섰었다.

나는 쌍안경을 다시 내려놓았다. 기진맥진했다. 흥미진진했지만 기진맥진했다. 그들에게 이 새끼 키우는 일이 대체 뭐란 말인가. 신경이 곤두서고 옥신각신 다투고 암수 갈등이 벌어진다. 어린 것은 아직 알을 깨고 나오지도 않았다. 녀석들의 소음이 따뜻한 오후 공기를 흔들었다. 긴 부리를 온갖 각도로 치켜든다. 모두가 우아하고 먼 곳을 살피고 서로의 시선이 엇갈리는, 귀족 왕가의 초상화 같다. 계절이 끝날 때까지 이 모든 것이 계속될 것이다. 어린 것이 독립하고 어미 새가 자신의 다른 삶, 그러니까 바다를 조용히 탐사하는 일을 하려면 9월은 되어야 한다.

"그냥 무시하고 사는 녀석이 있을까? 날아와서 이 모든 광경을 쓰윽 보더니 질려서 다시 바다로 돌아가는 가넷 말이야."

"세상에, 저 끔찍한 소리와 사람들 좀 보게, 이렇게 생각하지는 않겠지."

"본능에 휘둘려 사는 거야. 그들은 선택할 수 없어."

"실제로 바닷새의 동성애에 대해 많은 연구가 진행 중이라고 들었어."

우리는 좀 더 앉아서 조용히 구경했다. 새들 소리와 파도 소리만 들렸다. 팀이 소리쳤다. "넓적꼬리도둑갈매기Pomarine skua다! 바위 너머 저쪽에…… 왼쪽으로 날아가는 까만 녀석, 파도 위를 낮게 날고 있네……. 봤어? 스푼 말이야?"

그가 말하는 것은 스푼 모양으로 휘어진 꼬리 쪽 깃털이다. 나는 새를 잠깐 보았는데 스푼은 보지 못했다. 시각이 예전만큼 그렇게 예리하지 못하다.

오후도 중반을 향해 갔다. 바람과 햇빛이 얼굴에 쏟아졌다. 서쪽으로 셰틀랜드 본토의 뾰족한 곳들이 남쪽을 향해 멀어져 가는 것이 보였다. 동쪽으로 정확히 항해하거나 날면 노르웨이 베르겐이다. 태양이 여전히 높이 떠 있었다. 우리는 도시락 싸온 것을 풀어 바위를 식탁 삼아 놓고 치즈와 귀리비스킷과 사과를 먹었다. 이따금 거대한 파도가 저 아래서 우렁찬 진동을 보냈다. 아르메리아가 바위 사이에 피었고, 새들이 오고 갔고, 소음과 냄새가 스모그처럼 서식지에서 올라왔다. 가넷은 먹을 것을 찾아 멀리까지 날 수 있다. 그들의 숫자가 그럭저럭 잘 유지되는 이유다. 빈곤한 바다에서 새끼들을 힘겹게 먹여 살리는 것은 바다오리, 바다쇠오리, 세가락갈매기다.

간만에 애 키우는 시절에 대해 생각했다. 태어나고 첫 몇 주 정신없이 보내는 시절 말이다. 모든 것이 가넷 때문에 일어난 상상이다. 나는 항상 가넷의 삶을 부러워했다. 해안이나 배 위에서 보면 우리와 완전히 다른 삶처럼 보인다. 소박하고 엄격한 대기, 빛, 파도와 더불어 사는 삶. 먹구름을 배경으로 반짝거리거나 단검처럼 몸을 접어 물고기를 향해 돌진할 때 가넷은 몸이 아니라 마음처럼, 동물이 아니라 광물처럼 보인다. 나는 한 마리 가넷이 외로이 바다를 탐문하는 모습을 지켜보는 것이 좋다. 나이 지긋한 귀족 시인이 고뇌하며 시상을 떠올리는 모습 같다. 그런데 여기에 그들이 떼 지어 있다. 이렇게 노골적으로 함께 떠들어대는 소리를 들으니 정말 우습다. 그렇다. 몹시 긴장하고 시끄럽고 짜증나고 좌절한 가넷조차 무질서하게 보이는 가정적 질서에 빼곡하게 들어앉아 있는 것이다.

배부르게 먹고 나서 나는 손을 재킷에 닦고 쌍안경을 다시 집어들었다. 이번에는 지저분하고 요란한 절벽이 아니라 그 아래 바다를 내려다보았다. 거기에도 더 많은 가넷이 있었다. 아직 완전한 어른이 아닌 녀석들이 절벽 아래 평평한 바위를 차지하고 있었다. 처음으로 바다를 돌아다니다가 번식 본능에 이끌려 돌아온 얼룩덜룩한 깃털의 새가 스무 마리 정도 보였다. 아직 번식하기에는 어렸지만 호기심을 보이기에는 충분한 나이였다. 파도가 부서지는 앞에 더 많은 어른 새들이 출렁이는 물살에 몸을 맡기고 있었다. 쌍안경으로는 한 번에 서너 마리만 보였다. 흰색 가슴이 저마다 햇빛을 받아 환히 빛났고, 이에 대조되어 바닷물은 아주 짙은 파란색으로 보였다.

평화롭다는 것을 제외하면 그곳을 볼 이유가 딱히 없었다. 새들은 서식지에 비해 그곳이 평화롭다고 여겼던 모양이다. 어쩌면 소동에 다시 뛰어들기 전에 잠시 한가로운 시간을 보내고 있는지도 모른다.

가넷이 200야드 뻗은 물살을 타는 모습을 절벽 위에서 별 생각 없이 지켜보았다. 사실은 시간이 어떻게 되었는지 궁금해졌다. 그날 섬을 떠나는 마지막 배를 타려면 서둘러야 했다. 물론 시계에 따른 시간이다. 태양은 아직도 몇 시간은 높이 떠 있을 것이다. 작은 파도가 계속 밀려 들어왔고, 그 위에서 가넷의 몸이 들렸다 내려갔다 했다.

그 순간 그때까지 없었던 뭔가가 내 시야에 들어온 것을 알아챘다. 마치 누군가 내 어깨에 팔을 짚고는 쉬고 있는 새들 사이에 연필로 재빠르게 수직선을 그은 듯했다. 그게 전부였다. 재빠르게 그은 선. 나는 신기루, 빛의 속임수인 줄 알았다. 살짝 일렁이고 있었다. 그럼 깃발이 떨어져 나간 물고기 바구니인가. 그렇다면 까딱거릴 텐데 그렇지는 않았다.

아무것도 아닐 수도 있었다. 그래서 나는 아무 말 없이, 그러나 계속 지켜보았다. 눈이 예리한 박물학자들이 하는 말이다. 계속 지켜보라. 눈에 띄는 것이 별로 없더라도 계속 지켜보라. 그러면 여러분의 눈이 흔한 것을 터득하고, 그래서 이례적인 것이 나타날 때 여러분에게 말해줄 것이다.

내 눈은 저 아래 파도를 타는 가넷이 있고 그들 사이에 묘한 것, 연필로 그은 수직선이 있다고 말해주었다. 이렇게 말없이 잠자코 집중해서 보는 것은 몇 초간 이어졌을 뿐이지만 그보다 길게 느껴졌다. 나는 가넷이 내는 소음과 파도와 하늘은 차단한 채 절벽 위에서 수백 피트 아래 바다까지 연결된 내 시야의 좁은 터널에만 호기심을 갖고 집중했다. 순간들이 펼쳐지는 것을 느낄 수 있었다. 검은 선이 확연히 점차 커졌다. 존재감을 획득하기 시작했다. 그때 근처에 있던 새 두 마리가 날개를 퍼덕이며 날아오를 채비를 했다. 방해를 받은 것이다. 그들 아래에서, 수면 아래에서 뭔가가 일어나고 있었다. 새들이 느릿느릿 공중으로 날아올랐고, 그 순간 검은 선이 실체를 드러냈다. 나는 그것이 무엇인지 알아보았다.

* * *

애 키우는 시절은 끝났다. 내 아들은 이제 휴대폰을 갖고 농담을 할 만큼 컸다. 나중에 아들에게 메시지를 보냈다. "범고래 다섯 마리 보았음!" 그는 이렇게 답장을 보냈다. "하루 일한 것치고 나쁘지 않네!" 아들의 키는 이제 내 눈을 똑바로 볼 만큼 자랐고, 그는 웃으며 이렇게 말한다. "3년 후면 나는 결혼도 하고 운전도 할 수 있어!" "좋겠네, 하지만 그 전에 바닥에 벗어놓은 더러운 속옷부터 치우시지?"

팀은 내가 소리를 지르자마자, 그를 툭툭 치며 호들갑스럽게 지느러미에 흥분하자마자 범고래를 알아보았다. 이제 세 개의 지느러미가 물 밖으로 보였다. 새까맣고 반들반들한 수컷의 지느러미, 사람 키 높이의 지느러미가 햇빛을 받아 눈부시게 빛났다. 느릿한 바다의 움직임을 타고 범고래가 모습을 드러냈다. 지느러미에 이어 등이 수면 위로 올라오며 바닷물을 널찍한 등 양쪽으로 쏟아냈다. 이어 범고래의 안쪽, 흰색과 검은색이 어우러진 안쪽이 보였다. 세 마리가 일치된 동작으로 몸을 젖히자 팀이 내 옆으로 오더니 소리쳤다. "두 마리가 더 있어, 바로 뒤에!" 정말 두 개의 지느러미가 수면 위로 올라오고 있었다. 수컷의 것보다 길이가 짧고 더 구부러진 형태였다. 뒤에 나온 두 마리는 뭔가 은밀하게 주고받는 분위기여서 혹시 어미와 새끼가 아닐까 하는 생각이 들었다. 고래들은 차례차례 물을 뿜더니 물속으로 다시 들어갔고, 그 위로 물이 뒤덮였다.

한동안은 바다밖에 없었다. 가넷이 목을 쭉 빼고 우리 아래로 지나갔다. 그러다가 오른쪽 저편에서 처음에 나왔던 범고래 세 마리가 나란히 수면 위로 다시 솟구쳐 빛과 새가 있는 가시적 세상으로 들어왔다.

팀은 갈매기들이 농부의 쟁기를 따라다니듯 한 무리의 가넷이 범고래를 쫓는 것 같다고 말했다. 정말 그랬다. 그러나 위압적인 범고래를 보고 나자 방금 전만 해도 그토록 인상적이던 가넷이 갑자기 헐렁하고 보잘것없는 존재로 보였다. 그리고 고래는 딱 필요한 만큼만 자신의 모습을 드러냈다. 훨씬 많은 몸통은 물을 뿜을 때도 수면 아래에 감춰져 있었다. 하지만 새들은 그곳에 뚜렷한 모습으로 보였다.

행렬은 동쪽으로 섬의 곡선을 따라 나아갔다. 배를 타러 부두에 가려면 그쪽으로 가야했으므로 우리는 서둘러 짐을 챙겨 시끌벅적한 가넷을 남겨두고 들판을 달리기 시작했다. 바위와 분홍색 아르메리아 꽃을 뛰어 넘고, 토끼 굴을 피하고, 계속 달리면서도 우리의 왼쪽 아래 물에서 이동하는 녀석들을 시야에서 놓치지 않으려 했다. 마침내 녀석들이 숨을 쉬려고 수면으로 올라왔다. "저기 있다!" 그들은 넓고 느슨하게 펼쳐진 바다와 하늘의 파란색을 배경으로 엄격하고 꽉 짜인 흑백의 모습이었다. 한참 동안 모습을 보이다가 이윽고 천천히 물속으로 들어가 사라졌다. 나는 멈춰 서서 숨을 헐떡이며 수평선 먼 곳을 바라보았다. 이 모든 것은 바다의 작은 모퉁이에서 벌어진 일이지만, 바다가 갑자기 달라진 것 같았다. 전보다 훨씬 광대하고 생동감 있고 이해심과 표현력이 풍부해 보였다.

우리는 1마일을 달려 언덕을 내려갔고, 숨차고 뿌듯하게 바위 해안에 서서 바다를 바라보았다. 하지만 범고래는 인간의 눈으로 보기에는 너무 밝은 환한 빛의 지대로 넘어간 뒤였다.

* * *

가넷이 반짝반짝 빛난다. 빛이 있으면 어디서든 기꺼이 모습을 보이는, 시각을 위해 만들어진 존재다. 눈이 둥글고 묘한 푸른색 테두리를 하여 사납게 보인다. 가넷은 빛을 반사하는 수면 아래를 꿰뚫어보도록 적응했다. 그곳에서 자신이 원하는 것을 취한다. 그리고 원하지 않는 것도. 귀족 시인보다는 싼 물건을 찾아다니는 상인 같다. "버터 스푼, 배틀도어battledore[1] 채, 골프공, 장난감 채찍, 자그마한 바구니, 그물 짜는 바늘"은 가넷의 둥지에서 발견된 특이한 물품들의 일부에 지나지 않는다. 그러나 기묘한 이 목록은 한 세기 전 조류학자 J. H. 거니가 『가넷The Gannet』이라는 진지한 학술 서적을 출간하면서 모은 것이다. 당시까지 그 새에 대해 알려진 역사와 자연사의 모든 것이 이 책에 담겨 있다. 배틀도어는 테니스 라켓 비슷한 것인데, 가넷은 그것으로 무엇을 하려 했을까? 물건을 모으는 습성은 거기서 그치지 않아 조각난 폴리프로필렌 밧줄과 나일론 그물도 있다. 가끔 아직 날지 못하는 새끼가 이런 물건에 뒤엉켜 절벽 끝에 매달려 죽기도 한다.

* * *

나는 범고래가 가족 단위로 산다는 것을 나중에 읽고는 그냥 타성적으로 지배적인 수컷 하나가 암컷 한두 마리와 '그의' 암컷들과 자식들을 거느린다고 생각했는데 그런 것이 아니었다. 범고래는 모계사회를 이루었다. 아들이 엄마 곁에 계속 머물렀다. 별일 없으면 일이 년 뒤에 내 아들은 나보다 키가 더 자랄 것이다. 아들이 나와

---

1 배드민턴처럼 셔틀콕을 채로 치고 받는 놀이.

키를 재고 흡족해하면 나는 아들의 가슴을 툭 치며 이렇게 말할 것이다. "네가 범고래가 아닌 게 다행인 줄 알아, 자식아."

우리는 또한 범고래가 거처를 정해놓고 섬들 주변을 정기적으로 돌며 산다는 것도 배웠다. 드문 예는 아니었다. 그러나 나는 거대한 지느러미, 은밀한 기적이 내 눈 앞에 모습을 드러냈던 순간을 생생히 기억한다. 세상이 내게 던져준 선물 때문에 며칠 동안 내 몸이 달라지고 흐느적거리는 기분이었고 짜릿했다.

정말로 희귀한 것은 팀이 발견한 스푼이 있는 넓적꼬리도둑갈매기였다. 노스 섬에서 녀석을 목격한 것은 처음이었다.

* * *

어둠이 일찍 찾아와 창문에 내려앉는 겨울이면 나는 가끔씩 육지에 갇힌 기분이 들어, 가넷을 혹은 가넷 서식지를 생각한다. 가넷이 둥지를 트는 정박지는 해안 도처에 있다. 그 가운데는 수백 년 된 곳도 있다. 그래스홈Grassholm, 리틀 스켈리그Little Skellig, 아일사 크레이그Ailsa Craig, 나는 운을 맞춰 열거할 수 있다. 세인트 킬다의 스탁 리Stac Lee와 스탁 안 아르민Stac an Armin, 대서양에 있는 술라 스게어Sula Sgeir와 술레 스탁Sule Stack, 그리고 가넷을 뜻하는 '솔란solan'에서 이름을 가져온 섬들. 셰틀랜드 제도 최북단의 허마네스Hermaness, 노스Noss, 트루프 헤드Troup Head, 바스 록The Bass Rock, 뱀튼Bempton은 수직 바위기둥과 바다절벽과 위가 평평한 바위들로 이루어진 지형이다. 그중 바스 록은 사실 그렇게 외진 곳도 아니다. 도시에서 제법 가깝다. 에든버러의 존 루이스 백화점 창문에서 포스 만 쪽으로 보면 신호등 불빛처럼 반짝이는 새똥 더미가 보인다. 가넷 서식지를 등대 상상하듯 머릿속에 떠올릴 수 있다. 거친 바다를 향해 있는 낭만적인 전초기지. 그러나 다부진 남자다운 모습은 아니다. 가넷 서식지는 야생적이고 넓은 지역에 걸쳐 있지만, 가정적이고 야비하고 요란하고 계절의 영향을 받는다.

내 아들은 훌쩍 자랐고, 딸은 내 눈에 보이지 않는 여자애들 특유의 설렘과 긴장의 망 속에서 살아간다. 누가 누구에게 무슨 말을 했는지, 누가 무슨 메시지를 보냈는지 조마조마하게 살피고, 친구들과 싸우고 화해하고 사회 불안에 시달리는 일이 종종 있다. 나는 그런 건 중요하지 않다고 말하고 싶다. "중요한 일이야!" 내 딸의 말이 맞다.

가넷의 운명은 어떻게 될까? 새끼가 너무 늦게 알에서 나오면, 어미는 그냥 바위에 버려두고 본능에 따라 다시 바다로 가버릴 수 있다. "모든 것이 꽤나 한가롭게 / 재앙으로부터 등을 돌린다."[1] 그리고 봄이 오고 아르메리아가 다시 피면 번식하라는 명령을 수행하러 돌아온다.

* * *

박물학자 에드워드 O. 윌슨에 따르면 우리를 구원할 수도 있는 것은 기이한 습성이다. 우리가 이제 막 알아차리기 시작한 "인간 본성이 미래 세대에게 주는 거의 기적과도 같은 선물"이라고 해야 할 것이다. 여기서 인간 본성은 여성의 본성을 말한다. 우리는 '번식'하

1 브뢰헐의 이카로스 그림을 주제로 하여 W. H. 오든이 쓴 시 일부.

지 않는다. 여성들이 선택권과 건강과 번영의 척도를 갖게 되자 즉시 아이를 더 적게 낳거나 낳지 않는 방향으로 나아갔다. 윌슨은 이 것을 "보편적이고 본능적인 선택"이라고 부른다. 그는 이어지는 세기에 여성들의 권한과 유아 의료 복지가 확대되면 인류의 숫자가 안정적으로 유지되다가 떨어질 수 있다고 말한다. 그러면 인류가 지구에 요구하는 부담도 줄어들어 파국을 면하고, 우리 자신과 수많은 다른 종들을 미래로 이끌 수 있게 된다. 좋은 전망이다. 일종의 절약이다. 한두 자녀만 건강한 성인으로 키우고 여러분은 자유롭게 다시 바다를 바라보는 일로 돌아갈 수 있다.

가끔은 범고래도 생각한다. 이것은 다른 종류의 전망으로 갑작스럽고 예기치 못한 것이다. 범고래는 흑백으로 눈에 띄지 않을 수 없고 필요한 만큼만 자신의 모습을 드러낸다. 내가 범고래 떼를 다시 보게 된다면 사람 키만 한 멋진 수컷 지느러미를 다르게 볼 것이다. 어느 쪽이 무리를 이끄는 암컷인지 알아볼 것이다.

그렇게 우리는 지낸다. 이듬해 여름이면 가넷은 바다에서 서식지로 돌아와 괜한 야단법석을 또다시 반복할 것이다. 가끔은 혼자서, 가끔은 길고 재빠른 리본처럼 서로 꼬리를 물고 다급하게 날개를 퍼덕이고 목을 쭉 뻗어 파도 위를 날아갈 것이다.

5장

빛

매년 2월 셋째 주만 되면 빛이 돌아왔음을 실감하게 되는 날이 있다. 하루로 그칠 때도 있고, 며칠 이어질 때가 더 많다. 마침내 어떤 시점에 다다라 태양이 갑자기 하늘 더 높은 곳에서 세상을 향해 빛을 뿌린다. 오늘 일요일이 바로 그런 날이다. 비록 나무들은 여전히 황량하게 잎을 떨어뜨린 채로 있고, 잔디는 메마르고 추위에 상했지만 말이다.

태양은 한낮에도 남서쪽 언덕 위에 낮게 걸려 있다. 빛이 남서쪽에서 쏟아지는데 바람과 같은 방향이다. 햇빛과 바람이 같은 방향에서 함께 도착하는 것이다. 재빨리 이동하는 구름의 하늘에서 빛과 공기가 신속한 팀을 이뤄 몰려든다. 바람은 풀을 들어올리고 앙상한 나뭇가지를 움직이며 태양이 그 위에 빛을 내린다. 이 모든 것이 한 번의 동작으로 이루어진다. 빛과 공기는 동일한 실체가 가진 다른 양상이다. 빛은 면도칼처럼 날카롭게 풀들과 버드나무, 사과나무, 자작나무 가지에 파고든다. 정원은 온통 왼쪽을 향하고 있는 빛의 필라멘트. 예컨대 거미줄에서 이런 빛줄기를 볼 수 있는데, 광채라고 부르기에는 지나치게 딱딱하고 금속성이다. 아무튼 정원 전체가 상쾌하게 봄맞이 대청소를 했다. 200야드 떨어진 호랑가시나무는 여전히 잎을 달고 있다. 바람이 잎을 흔들고 태양이 그 밑을 환히 밝힌다. 신선한 바람 때문에 모든 것이 움직인다.

이제 마을의 갈까마귀들이 일제히 몰려와 바람을 만끽하며 서로에게 재잘거린다. 한 여자아이의 목소리가 내 귀에 들린다. 정원에서 내 딸과 놀고 있는 네 아이 가운데 하나다. 놀이와 두려움에 묘하게 걸쳐 있는 소리다. 그들은 무슨 놀이를 하고 있을까? 술래잡기? 그게 뭐 중요한가. '정원에서 논다'는 내 딸의 말이 반갑다. 열한 살이기 때문이다. 일이 년 뒤면 이제 '노는 것'이 허락되지 않을 나이이고, 그들은 다른 곳에서 원하는 것을 찾을 터이므로 정원은 썰렁해질 것이다. 몇 년 동안 그들은 온통 스스로에게 정신이 팔린 어두운 터널에 들어서게 될 것이다.

아이들 모습은 나무들과 날카롭게 파고드는 빛에 가려 보이지 않는다. 해가 바뀌었다. 바람을 타고 온 빛의 필라멘트와 금속성 리본은 겨우 한 시간 있었지만, 그것으로 충분하다.

6장

발살렌

베르겐 자연사박물관은 대학 옆의 언덕 꼭대기에 위치하고 있어서 옛 시가지의 대부분을 내려다보고 있다. 바꾸어 말하면 거의 모든 곳에서 장대한 아치형 창문의 건물이 보인다는 뜻이다. 가파른 거리를 내려가면 곧장 항구와 어시장이 나온다. 박물관은 19세기 중반 정원 비슷하게 가꿔놓은 부지에 옛 고전주의 양식으로 지어진 건물이다. 정면은 회색빛 도는 옅은 노란색으로 칠했고, 창문 주위에 회색 문설주를 세웠다. 1865년 개장한 이래로 외관이든 내부든 바뀐 것이 많지 않다.

베르겐에 날이 풀려 모래 섞인 눈 더미가 거리 모퉁이마다 높이 쌓여 있던 3월의 흐린 날, 나는 위압적인 정문을 밀어서 열고 위층으로 올라갔다. 계단 벽면은 나무판에 올린 사슴의 두개골과 뿔들로 가득했고, 인간의 해골 하나가 마치 문지기처럼 유리 상자에 담겨 있었는데, 내게 입장권을 요구하지는 않았다. 나는 19세기 박물관에 가면 꼭 있는 박제된 새들 옆을 지났다. 흰올빼미snowy owl 한 마리가 솜털로 뒤덮인 새끼들에게 오래전에 죽은 흐릿한 눈의 큰까마귀를 먹이로 주고 있었다.

그런 다음 가장 명망 있는 방으로 들어섰다. 메인 홀이다. 두 배

높고 이중으로 된 문을 열고 들어선 나는 깜짝 놀랐다. 건축가는 대규모 무도회나 시민 모임을 열 수 있도록 장대한 방을 계획했던 모양이다. 두꺼운 나무 바닥, 정교한 기둥머리를 올린 크림색 기둥들, 아치와 아치형 창문들이 눈에 들어왔다. 그러나 건축가가 의도했던 균형은 고래들 때문에 헝클어졌다. 정확히 말하면 고래 뼈들이다. '발살렌Hvalsalen'으로 들어서면 바로 위쪽에 나란히 거대한 수염고래 두 마리의 턱뼈가 있다. 가장 혹독한 쟁기를 끌기 위해 멍에를 쓰고 있는 우람한 황소 같다. 턱뼈만이 아니다. 뼈대 전체, 가슴뼈, 거대한 부채처럼 생긴 어깨뼈와 지느러미뼈가 양옆으로 있고, 꼬리를 물고 길게 이어진 등뼈도 보인다. 뼈들은 세월이 흘러 갈색이 되었다. 한두 마리가 아니라 무려 스물네 마리의 고래목 뼈가 빼곡하게 들어차 있다. 스물네 마리! 고래가 무슨 정어리도 아니고! 몇몇은 동쪽을, 몇몇은 서쪽을 향해 있다. 돌고래도 있고, 바닥에는 위압적인 아가미를 가진 돌묵상어basking shark 박제가 침대 다리 같은 것에 받쳐져 있다. 한쪽 모퉁이에 빽빽하고 복잡하게 뒤얽힌 향유고래 두개골이 보인다.

발살렌, '고래 홀'이라는 뜻이다. 달리 무슨 이름으로 불리겠는가? 온갖 고래들의 총 집합소이다. 보리고래, 혹등고래, 참고래, 긴수염고래, 밍크고래 같은 수염고래들, 몸집이 가장 크다는 대왕고래도 있다. 이빨고래들도 당연히 있다. 향유고래, 병코고래, 외뿔고래, 흰돌고래, 북대서양부리고래beaked Sowerby's whale. 돌고래가 벽에 붙어 있었는데 범고래와 병코고래에 비교하면 앙증맞게 보일 지경이다.

한 번도 보지 못했던 이런 고래들의 뼈가 내 머리 위에 매달려 있었다.

다른 해양생물들을 담아둔 유리 상자도 있었다. 하지만 나는 해면동물, 게, 불가사리에는 거의 눈이 가지 않았다. 공중에 내걸린 뼈들의 금욕적인 장대함에 온통 마음이 빼앗겼기 때문이다.

대왕고래가 단연 큰 몸집으로 눈길을 끌었다. 나는 그 아래를 걸으며 몇 걸음이 나오는지 세어보기로 했다. 먼저 양옆으로 부드러운 아치를 그리는 턱과 입천장 아래를 걸었다. 한때 수염이 붙어 있던 곳이다. 이어 단단하고 복잡한 생김새의 두개골과, 아래로 곡선을 그리며 떨어지고 지금은 공기만 에워싸고 있는 불룩한 가슴뼈가 나왔다. 나는 계속해서 걸으며 수를 셌다. 돌묵상어 옆을 지나면서 차가운 피부를 몰래 만져보았다. 사포처럼 거칠거칠했다. 작고 유연한 돌고래를 지나 문을 향해 걸음을 옮겼다. 아직도 대왕고래가 위에 있었다. 돌묵상어 위에 거대한 개복치가 철사에 매달려 있었는데, 묘한 생김새가 꼭 눈 달린 검은 달 같았다. 계속해서 걸음을 옮겨 등뼈가 끝날 때까지 셌다. 총 57보였다. 동물이라기보다 차라리 내러티브라고 해야겠다. 늙은 선원의 이야기.

중앙의 한 기둥에 노르웨이어와 영어로 말끔하게 적힌 글이 보였다. "동물을 만지지 마시오." 그러나 그러기에는 이미 늦었다. 고래작살로 마구잡이로 잡아들인 터이기 때문이다. 하긴 그것 말고 다른 무엇으로 고래를 잡았겠는가? 포경 산업의 시절에 사실상 모든 고래들은 폭력으로 죽음을 맞았다. 19세기에 산업용 수요와 수집 욕구가 결합한 결과였다. 참고래도 있었다. 포경에 적합하다고 해서 어처구니없게 '참right'이라는 이름이 붙은 녀석이다. 창문이 아치를 이룬 위쪽에 비좁게 홀로 매달려 있었다.

옛날식 박물관답게 옆에 손 글씨로 적어놓은 팻말을 제외하면

별다른 설명이나 정보를 찾아볼 수 없었다. '긴수염고래, 1867년, 15.7m', '대왕고래, 24m, 핀마르크 1879년'.

묵직한 무게를 자랑하는 뼈들이 널렸음에도 고래 홀의 인상은 마치 꿈속 같았다. 거대한 구조물들은 치욕스럽기는커녕 오히려 관객을 안으로 끌어들이는 매력이 있었다. 한 세기 동안 아무런 간섭도 받지 않으면서 그곳은 어느덧 침묵과 기억의 장소로 탈바꿈했다. 사실을 방대하게 진술한 곳이 되었다. "고래는 우리의 과거입니다. 이곳은 현재 우리의 모습입니다. 이곳에서 잠시 시간을 보내면 여러분도 바다의 거대한 포유류가 된다는 것이 어떤 기분인지, 자신의 몸을 지탱하기 위해 바다를 필요로 한다는 것이, 바다의 호의에 힘입어 그토록 크게 자란다는 것이 어떤 기분인지 느끼게 됩니다."

고래에 치인 나는 깊은 창문턱에 앉았다. 뒤로 작은 창유리를 통해 차가운 안개 낀 마을의 모습이 보였다. 내 위로는 참고래가 걸려 있었다. 나 말고 다른 사람은 홀에 들어오지 않아서 한동안 나 혼자였다. 그러다가 어린 학생들의 높은 말소리와 발자국 소리가 들렸다. 이런 분위기도 깨지겠구나 생각했는데, 아이들과 선생들은 도중에 다른 쪽으로 갔다. 얕고 물살이 빠른 여울처럼 발살렌을 잽싸게 지나갔다.

나는 나무로 된 거대한 정문을 통해 박물관을 나와 조약돌이 깔린 앞마당을 지났다. 참으로 묘한 곳이었다. 고래 뼈들의 존재감에 압도되어 정신이 멍해진 나는 무엇을 할지, 어디로 가야 할지 몰라 추위에 가만히 서 있었다.

무슨 이유에서인지 다시 건물을 돌아보았다. 1층에 세 개의 아치형 창문 너머로 유령 같은 형체가 보였다. 창유리에 세로로 길게 닿은 하얀 해골의 손이 온 마을에 다 보였다. 그것은 참고래의 가슴 지느러미였다.

나는 마음을 다잡고 돌아서서 다시 안으로 들어갔다.

* * *

큐레이터를 찾아서 물어볼 만큼 고래 뼈에 관심 있는 사람이 정말 없는 모양이다. 두 명이 일을 멈추고 친절하게 나를 맞이한 것을 보니 말이다. 어쩌면 고래 전시에 화가 난 관람객을 상대할까 봐 두려워서 두 명이 왔는지도 모른다. 전형적인 노르웨이 젊은이다운 건장하고 강인해 보이는 친구가 나에게 인사를 건넸다. 테리에 리슬레반트라고 하는 조류학자였다. 그 옆에는 그보다 연상이고 키가 작고 까무잡잡한 여성이 있었다. 이름은 안네 카린 후프트하머, 뼈를 연구하는 골학骨學의 수장이었다. 말하자면 그녀가 고래 홀의 책임자였다. 고래는 여러분이 생각하는 것보다 훨씬 골학과 관계가 많다.

그들이 나를 다시 위층의 고래 홀로 데려갔고, 거기서 나는 30분가량 혼자 느긋하게 가이드를 대동한 투어를 즐겼다. 우리는 고래에 대해, 고래의 유물에 대해 이야기했다. 그들은 베르겐 박물관이 세계에서 고래 표본을 가장 많이 보유하고 있는 곳이라고 했는데, 이 사실은 거의 알려지지 않았다. 실은 박물관 전체가 고래를 토대로 만들어졌다. 다른 전시품들은 전 세계에 고래 표본을 거래하고 받은 것이다. 예를 들어 스위스에도 보냈다고 한다. 나는 스위스가 그 대가로 무엇을 주었는지, 육지로 둘러싸인 스위스인들이 고래의 갈비뼈를 받고는 그것이 무엇인지 알아보았는지 물어보는 것을 깜빡했다. 바다를 전혀 보지 못한 사람들이 오디세우스의 노를 키질하는 도구로 착각했듯이 말이다.

그들은 내게 희귀한 '오른손잡이' 외뿔고래를 보여주었다. 왼쪽이 아니라 오른쪽 이가 자라서 뿔이 된 녀석이다. 그들은 거대한 등뼈 아래에 매달려 있는 작고 연약한 고래의 골반뼈를 가리켰다. 후프트하머 박사는 이것이 진화 생물학자들에게 특별한 관심을 끄는 것이며 표본이 드물다고 했다. 수백만 년 전 진화 역사의 초창기 때 고래가 육지 생활을 한 흔적이다. 고래가 바다로 돌아가면서 다리가 없어졌고 골반은 이렇게 줄어들었다.

후프트하머 박사는 한 유리 상자 앞에서 걸음을 멈추고 "이거 본 적 있어요?" 하고 물었다. 상자 안에 든 것은 지름이 2피트인 공 모양의 물체로 거대하게 부풀어 오른 멍든 눈처럼 흉해 보였다. 바로 범고래의 심장이었다. 시뻘겋고 검은 생물의 엔진으로 대동맥이 잔가지처럼 밖으로 뻗어 있었다.

"모형 아닌가요?"

"아니에요. 실물이랍니다. 하지만 우리는 그것을 어떻게 보존했는지 모릅니다. 화학약품 때문에 감히 열어서 알아볼 수도 없어요."

나는 범고래가 스코틀랜드 섬 주위에서 파도를 타고 빠르게 지나가는 것을 본 적이 있으므로 저 거대한 심장이 실제로 박동하는 모습을 상상할 수 있다고 그녀에게 말하고 싶었다. 에든버러의 의학 박물관에서 내가 자주 본 인체의 형태와 모습들, 이런 스케일은 아니지만 모두 나름의 의미가 있는, 유리병에 담긴 그렇고 그런 부위들에 대해 말하고 싶었다.

포경 문제가 민감한 사안인 줄은 몰랐다. 노르웨이인들은 여전히 밍크고래를 사냥하고, 언덕 아래 어시장에 가면 누구든 고래 고기를 구입할 수 있다. 하지만 회피할 수는 없는 문제여서 나는 이런 식으로 이야기를 꺼냈다. "내가 알기로 여기 있는 고래들은 모두 사냥을⋯⋯."

"사실 발살렌은 의문점이 많답니다. 기록이 없어요⋯⋯. 고래를 어떻게 잡았는지⋯⋯ 어떻게 여기 오게 되었는지⋯⋯ 어떻게 전시를 준비했는지."

우리가 문 쪽으로 발길을 돌려 혹등고래 턱 밑에 섰을 때 테리에가 말했다. "박물관이 문을 닫는다는 이야기 들었어요?"

"아니요! 처음 듣는 이야긴데요⋯⋯. 영원히 문을 닫나요?"

"4년간 닫아요. 보수하고 새로 꾸미려고요. 건물도 전시물도 전부 다. 우리 모두 이사를 나갈 겁니다!"

130년이 지나서 새로운 전시 공간을 마련하려고 사무실과 실험실이 짐을 싸서 다른 곳으로 간다고 했다. 적절한 때가 되면 밝고 현대화된 자연사박물관이 다시 문을 열 것이다.

때맞춰 내가 여기를 찾은 것은 운이 좋다고 해야겠다. 나는 무례함을 무릅쓰고 이렇게 말했다. "나는 이 고래 홀이 바뀌지 않았으면 좋겠어요. 여기에는 뭐랄까⋯⋯ 분위기가 있어요."

원한다면 형이상학적 분위기라고 할 수도 있다. 인간이 다른 생물들에게 보이는 태도, 그들의 고통과 우리의 탐욕스러움, 그들의 형태의 묘한 아름다움에 대해 찬찬히 생각해 볼 수 있는 곳이다. 이것이 내가 느낀 바였지만, 방금 만났을 뿐인, 그것도 이곳을 책임지는 엄격한 사고방식의 두 노르웨이 과학자에게 이런 생각을 털어놓고 싶지는 않았다.

두 사람은 뭔가를 서로 논의하기 시작했다. 노르웨이어였지만 분위기로 봐서 발살렌의 미래에 대해 이야기를 나누는 듯했다. 갑자기 그들이 웃었고, 안네가 만족스럽다는 미소로 나를 돌아보았다. 실제로 전에 이런 논의가 있었고 그녀의 의견이 승리했던 모양이다. 그녀가 "최소주의자"라고 부른 이들을 설득한 것이다. 발살렌은 바뀌지 않을 것이다.

"좋네요."

"새롭게 단장한 옛 전시물이 될 겁니다!"

하지만 그녀가 말하기를 꼭 해야 하는 작업이 있다고 했다.

"전시물이 대단히 더러워요. 위험하기도 하고요. 아마 넘어질지도 몰라요! 여기 봐요."

그녀는 나를 아치형 창문으로 데려가서는 참고래를 가리켰다. 거리에서 내가 보았던, 나를 다시 이곳으로 돌아오게 만든 녀석이다. 가엾게도 참고래는 무참히 패배했다. 지금 그녀의 설명을 들으며 보니 갈비뼈에 금이 가고 갈라지고 조각이 떨어져나간 것이 보인다.

"손상된 곳이 많아요. 그리고 저기 보면……."

안네는 긴수염고래의 등뼈에서 점차 가늘어지는 마지막 몇 야드를 손으로 가리켰다. 등골뼈의 크기가 줄어들면서 색깔은 더 진해져서 마지막 등골뼈는 당밀처럼 갈색이었고 끈적거려 보였다.

"그리고 여기, 이 갈색 보이죠? 기름이에요. 아직도 기름이 나와요. 오물이 기름에 딱 들러붙어서……."

"아직도 나온다고요?"

가엾어라, 이제 그만할 때도 되었건만. 기계에 기름칠하고 거리와 응접실에서 불을 밝히고 비누와 마가린 제조에 사용되었던 바로 그 고래기름이다. 바로 그 기름이 죽은 지 한 세기가 지난 지금도 계속 나오고 있는 것이다.

그렇게 된 사연이었다. 얼마 후면 발살렌이 문을 닫을 것이다. 세계 곳곳의 보존 관리 전문가들로 구성된 팀이 꾸려지고 그들이 이곳에 와서 2년간 고래 작업에 매달릴 것이다. 그들은 오랜 세월에 걸쳐 쌓인 때와 기름과 먼지를 조심스럽게 닦아낼 것이다. 뼈대를 해부적으로 올바르게 매달도록 할 것이다. 고래 전시에 대해서도 더 많이 배우게 될 것이다. 뼈 자체는 물론이고 엄청난 무게를 지탱하는 사슬과 접착물도 꼼꼼하게 살필 것이다. 그래야 행여 고래 턱이 누군가의 머리에 떨어지는 불상사를 막을 수 있다.

"높이를 낮춰서 작업할 건가요?"

"그건 불가능해요. 그랬다가는 무너져요."

보존 팀은 대신 비계와 발판을 설치해서 고래들 사이에서 작업할 것이다.

"고래를 청소한다는 것이 보통 일이 아니네요."

테리에는 그해 나중에, 그러니까 보존 팀이 여기서 한창 작업하고 있을 때 내가 와서 봐도 좋다고 했다. 그들도 방문객을 반길 것이라고 했다.

* * *

5개월 후, 8월이 끝나갈 무렵 베르겐의 공기에 벌써 가을 분위기가 스며들기 시작할 때, 나는 해치를 열고 합판 바닥으로 기어 올라가 발살렌의 창문에 섰다. 말끔하게 청소를 마친 참고래가 내 옆에 있었다. 놀랄 만큼 환했다. 짙은 노란색 빛을 뿜어내는 듯했다. 순간 내 머릿속에는 '버터 같다'는 표현이 생각났다. 뼈가 말이다.

내 옆에는 작업 총감독 고든 터너 워커가 팔짱을 끼고 배심원의 판결을 기다리는 표정으로 서 있었다.

사슬에 매달려 우리 앞에 있는 고래, 매끈하고 반질반질하게 닦인 뼈들이 노란색 빛을 발하는 모습이 영락없이 버터를 연상시켰다.

"정말 밝아 보이네요!" 내가 말했다.

"화학약품으로 처리해서 아래쪽에서 빛이 반사되어 그렇게 보일 겁니다. 와, 먼지가 2킬로그램이나 나왔어요. 통탄할 일이죠. 무게를 재봤답니다! 말이 보존이지 처리 방식만 정해지면 근사해 보이는 집안일이나 마찬가집니다."

나는 좀 더 가까이 다가갔다. 침묵, 신성한 기운 같은 것이 해골에서 뿜어져 나왔다. 뼈가 거기에 붙어 있던 살들을 상기시키는 듯했다. 무릎을 꿇고 갈비뼈 속을 들여다보면 무슨 용수철로 된 거대한 통 같다. 어깨 높이로 방을 가로지르는 등뼈 옆을 걸을 수도 있다. 쓰러진 노거수의 몸통처럼 널찍한 등골뼈가 이어져 있다. 등골뼈와 등골뼈 사이에는 코르크를 끼워 놓았는데, 살아 있을 때 연골이 있던 부분이다.

"형태가 환상적이네요." 내가 가시돌기를 손으로 쓰다듬으며 말했다. "마치 투구에 달린 깃털 같다고나 할까요. 로마 병사들이 일렬로 행진하는 것처럼 보여요."

"그만해요!" 고든이 웃으며 말했다. "자꾸 상상하게 만들지 말아요. 나는 뼈를 사랑해요."

좀 더 들여다보았다. 그리고 가까이 다가가자 무슨 냄새가 난다는 것을 알아챘다. 따뜻하고 경미한, 불쾌하지는 않은 냄새. 청소하면서 오랫동안 뼈 안에 갇혀 있던 것이 해방되어 밖으로 조금씩 빠져나오는 것 같았다. 무슨 냄새 같은데, 맞다, 오래전 초등학교에 막 들어갔을 때 이와 비슷한 냄새를 맡았던 생각이 났다.

내 앞에 있는 등골뼈가 오돌토돌하고 썩 차갑지는 않고 아주 살짝 왁스를 칠한 것 같았다.

"왁스 크레용 냄새네요! 뭉툭한 크레용."

"그것도 아마 고래기름으로 만들었을 겁니다." 고든이 말했다. "대부분의 것들이 그렇죠."

우리는 잠시 말이 없었다.

그가 말했다. "참고래가 왜 참고래라고 불리는지 알죠?"

나는 고개를 끄덕였다. 해골에서 19세기의 광채가 흘러나오는 듯했다. 빅토리아시대 거리 모퉁이에서 고래기름을 태우는 램프가 만들어내는 불빛을 상상하면 된다.

"그래요, 연기 속에 사라진 고래가 백만 마리는 될 겁니다. 고작 이것을 얻으려고 말입니다."

* * *

고든은 요크셔 출신으로 노르웨이에서 여러 해를 보낸 보존 전문가이다. 그가 곧 내게 밝히는바 뼈에 대한 사랑에서다. 그것이 그의 전문 분야였다. 고고학적 뼈. "뼈는 제가 열정적으로 빠져 있는 대상입니다. 아름다운 재료이자 놀라운 재료죠……."

우리는 40대 후반으로 나이가 거의 같았다. 그는 온통 검은색으로 무장했다. 검은 바지, 검은 티셔츠, 때가 꼬깃꼬깃 묻은 검정 비니까지. 그와 팀이 방문객을 반겼는지는 모르겠지만, 작업 일정이 이어진 가운데서도 그들은 너그럽게 이틀 동안 나의 호기심을 채워주었다.

우리는 해가 비치는 창문에 참고래를 두고 바닥으로 내려왔다. 창문 옆 공간에 칸막이를 치고 '고래 보존 연구소'라는 임시 작업장으로 쓰고 있어서 우리는 그곳을 통과하여 발살렌으로 들어섰다.

고래 팀이 작업 중인 홀은 자연광이 들어오지 않아서 전보다 더 어둡고 신비로운 분위기였다. 무대 장치 같은 느낌도 살짝 들었다. 유리 상자는 합판을 쳐서 막아놓았고, 아크등 불빛이 비계로 쌓은 기둥으로 흘러들어 천장에 고래의 으스스한 그림자가 비쳤다. 바닥에서 15피트 높이로 설치된 금속 발판이 첫 세 마리 고래 아래로 쭉 지나갔다. 그 위에서 사람 목소리와 음악과 진공청소기 소리가 들렸다 끊어졌다 했다.

우리는 돌묵상어 옆을 지났다. 먼지가 내려앉지 않도록 천을 씌워 동굴 같은 곳에 놓아 꼭 지하 저장고에 있는 미사일처럼 보였다. 고든이 나를 또 다른 사다리로 데려갔다. 위로 올라가 작은 문을 여니 금속판으로 된 발판이 나왔다. 덩치가 가장 큰 수염고래 세 마리 밑으로 연결되었다. 문 가까운 쪽에 보리고래와 혹등고래가 나란히 있었고, 그 옆으로 대왕고래의 어마어마한 턱뼈가 고개를 내밀었다. 그 너머에는 일군의 다른 고래들이 또 있었다. 팀이 작업을 계속하면 발판을 서쪽으로 옮기면서 청결함의 느린 파도가 고래들을 휩쓸 것이다.

자신의 공간에 홀로 있는 참고래는 반짝반짝 빛나는 목적지였다. 이 엄청난 작업이 끝나고 나면 어떤 모습으로 탈바꿈하게 될지 보여주는 목적지. 아무튼 지금은 사다리를 타고 올라가는 것이 묘하고 진귀한 폐품들로 가득한 상점으로 들어서는 것 같았다. 마치 콩나무 줄기를 타고 때의 왕국으로 들어서는 기분이었다. 바닥에서는 뼈의 위쪽 부분에 얼마나 많은 기름과 먼지가 들러붙어 있는지 보이지 않았다. 아래에서 고래들의 금욕적인 모습으로 보였던 것은 이제 엄청난 피로로 다가왔다.

　그들은 계속해서 작업에 매달렸다. 보리고래의 갈비뼈 한 쪽에 서서 도구들이 널린 가판대와 진공청소기를 옆에 두고 마치 털을 다듬기라도 하듯 일했다. 덴마크와 스웨덴 출신의 젊은 여성 시나 필과 마리엘레 베리였다. 시나가 마스크를 벗고 나에게 인사했다. 마리엘레처럼 그녀도 일꾼의 복장을 했다. 금발 머리를 뒤로 묶었고, 상의와 바지가 하나로 된 작업복 주머니에서 칫솔이 비어져 나와 나로 하여금 웃게 만들었다.

　"설마 그 칫솔로 고래를 청소하는 것은 아니겠죠?"

　"아주 중요한 도구예요!" 그녀가 웃었다.

　"칫솔이요?"

　"이쑤시개도요!"

　"면봉도 있어요!"

　"처음에는 드라이아이스와 레이저로 하려고 했는데 잘 안 되더군요. 그래서 집안에서 쓰는 화학물질로 돌아갔습니다. 암모니아, 에탄올, 솔, 물, 스펀지를 이용해요."

*　*　*

　　나는 그곳에서 이틀을 있었다. 시나가 무릎을 덧댄 작업복을 내게 빌려주었고, 내가 고래 해골들 사이를 살금살금 돌아다니도록 허락했다. 가끔 나는 작업하고 있는 그들과 잡담을 나누었고, 박물관 어둠 속을 혼자 배회하기도 했다. 친절하게도 그들이 내게 뭔가를 보여주기도 했다. 예컨대 장소가 장소다 보니 대화가 고래수염으로 흘렀을 때, 고든이 내게 고래수염을 실제로 본 적이 있느냐고 물었다. 예전에 할머니의 코르셋 뼈대에서 본 것을 제외하면 보지 못했다. 내 말에 그는 창고로 가더니 꼭 찢어진 타이어 조각처럼 생긴 것을 들고 왔다. 화물차가 펑크 나면 도로 가장자리에 나뒹구는 그것과 닮아 보였다. 사람 손톱과 똑같은 물질로 만들어졌고, 손으로 톡톡 쳐도 될 만큼 단단했다. 하지만 살아 있을 때는 고래가 입을 계속해서 물을 향해 벌리고 있으므로 수염이 부드럽고, 거대한 고래 혀로 핥아서 너덜너덜 해어진 상태다.

　　이렇게 발판에 올라서서 고래들을 보니 해부적 구조에서 차이가 드러나고 그들에 대한 감정이 느껴졌다. 순전히 사슬에 매달린 해골만 보고도 그들이 살았을 때 성격이 어땠을지 상상할 수 있을 것 같았다. 이것은 일종의 골상학[1]으로 어쩌면 무의미하겠지만, 보리고래에 대해서는 모두가 하나같이 우아한 생명체로 여겼다. 시나는 스펀지로 길고 날씬한 갈비뼈를 쓰다듬으며 '여성스럽다'고 했고, 고든은 '여리고 우아하다'는 표현을 썼다. 보리고래의 갈비뼈는 참고래보다 가냘프고 확실히 혹등고래보다 호리호리했다. 가장 아

1　골격으로 사람의 성격을 판단하는 사이비 학문.

발살렌　　　　　　　　　　　　　　　　　　　　　　　　125

래쪽 갈비뼈가 넓게 벌려져 있어서 고래에게 이런 표현을 쓴다는 것이 우습지만 거미처럼 보였다. 공중으로 살포시 떠오를 것 같았다.

보리고래 옆에 있으니 혹등고래는 살짝 우스꽝스러운 존재였다. 체격이 다부졌고, 그리고 지저분했다. 실제 삶에서 혹등고래는 흥미로운 성격이다. 물 밖으로 살포시 솟아올라 위쪽 세상에서 무슨 일이 벌어지는지 염탐하고 지느러미를 세워 요란하게 흔든다. 녀석의 뼈에, 특히 어깨뼈에 다부지고 탄탄한 느낌이 들었다. 유난히 지저분하게 보였지만 그의 차례가 되면 말끔해질 것이다. "이건 금방 끝나겠어." 그들이 말했다. "그런 다음에 대왕고래로 넘어가지." 지금 자신의 차례를 기다리는 혹등고래는 유용한 지름길, 샛길이었다. 작업자들이 번거롭게 사다리와 작은 문을 지날 것 없이 발판의 건너편으로 넘어가려고 혹등고래의 갈비뼈 사이를 기어 흉강으로 들어가 구부정하게 배로 나왔다.

나는 발살렌이 여러모로 의문스러운 곳이라는 것을 곳곳에서 들어서 알았다. 고래가 어떻게 베르겐까지 왔는지, 계단을 통해 위로 올렸다면 조각조각 나눠서 운반했을 텐데 어떻게 준비했는지, 어떻게 고래를 높이 끌어올려 천장에 매달았는지에 대해 기록이 거의 없다시피 하다.

수수께끼인데 고든은 내가 마지못해 인정할 수밖에 없는 사실을 지적했다. 내가 환히 빛나는 가없은 참고래에 감탄하고 있을 때였다. 그가 말했다. "나는 뼈를 사랑하지만 또 하나 사랑하는 게 있어요. 뭔지 알아요? 바로 이 사슬이랍니다."

"정말로요?"

"네. 금속 가공물도 좋아해요. 고고학과 관련된 금속, 특히 쇠를 좋아하죠. 여기 사슬 좀 보세요! 고래가 마치 제지해야 하는 거인들 같죠. 모두가 손으로 만들고 벼린 것이랍니다. 우리는 고래가 어떻게 이곳에 오게 되었는지는 잘 모르지만, 쇠를 아주 솜씨 좋게 다룰 줄 아는 사람이 현장에 있었던 게 확실해요. 못들도 봐요! 뼈대를 흐트러지지 않게 잡고 있는 모든 쇠붙이들이 다 손으로 만든 겁니다. 지금은 이렇게 할 수 없어요. 제가 볼 때 이곳 발살렌은 고래들에게 바쳐진 '유일한' 기념비 장소인 동시에, 이 대장장이의 솜씨를 만천하에 보여주는 현장입니다."

나는 고든의 말뜻을 알 것 같았다. 고래들은 지금 기념비적인 침묵 속에서 입을 닫고 있지만, 하나하나가 엄청나게 공을 들인, 불과 증기와 쨍그랑하는 대장장이의 해머로 가공된 산물인 셈이다. 위험하기도 하고. 발살렌은 규모가 크지는 않았다. 그런 곳에서 대왕고래를 보니 마치 병 속에 든 배처럼 살짝 어리둥절한 기분이었다. 그리고 그 많은 볼트와 못들은 내게 여전히 프랑켄슈타인의 괴물처럼 보였다.

고래가 어떻게 그곳까지 갔는지 기록은 없다 해도 몇 가지 추론은 해볼 수 있다. 테리에는 고래의 팻말에 적힌 끔찍한—고래의 연대기에서 끔찍한—1867년과 1879년의 날짜와 핀마르크라는 장소가 작살포의 발명과 그곳에 포경 기지가 설립된 시기와 일치한다고 말했다. 인류에게 대약진이었던 셈이다. 그전에는 긴수염고래의 경우 너무 빨라서 잡을 수가 없었다. 하지만 다른 녀석들은 해안으로 떠밀려와 죽은 것일 수도 있다. 그런 일이 일어난다.

사냥되었든 좌초되었든 고래가 어떻게 어디서 해체되었을까 하는 의문은 들 만하다. 녀석들은 대체 어떻게 어디서 해골이 되었을까? 박물관 경내 바깥의 수레에 작은 고래가 놓여 있는 사진이 딱 한 장 남아 있다. 백합 핀 예쁜 연못이 있는 정원이 가장 유력한 장소였을 것이다.

"당신이라면 어떻게 했겠어요?"

우리는 둘레를 다 합해서 50미터는 되는 보리고래 옆에 서 있었다. 세 명의 작업자들이 면봉으로 닦고 솔질을 하느라 여념이 없었다. 고든은 몸짓으로 혹등고래를 가리켰다.

"음, 저기 녀석은…… 내게 고고학적으로 보여요. 내 말은 땅에 묻혔던 것으로 보인다는 뜻입니다. 샘플을 취해서 분석할 수 있는데, 나무뿌리나 흙의 흔적, 박테리아 특징 같은 것이 나타날 겁니다. 다른 고래들은…… 끓였을 가능성이 있습니다."

"거대한 수조에 넣어서요?"

"맞아요. 그들은 특별하게 수조를 만들었어요. 대부분의 살을 발라내고 나머지 것을 끓였죠. 그런 다음 어떻게 해서 안으로 가져와 여기 놓았고요."

나중에 차를 마시면서 보존 전문가들에게 그들이 작업하고 있는 대상을 동물이라고 생각하는지 물건이라고 생각하는지 물었다. 그들은 "동물"이라고 대답했다. 다들 한마음이었다. 나는 '쓰레기'니 '도살'이니 '홀로코스트', '수치' 같은 말을 여러 차례 들었다.

* * *

그들은 "근사해 보이는 집안일이나 마찬가지"라고 했지만 당연하게도 솔직하지 않은 말이었다. 여러분이라면 그 일을 어떻게 하겠는가? 130년 동안 천장에 매달려 있던 스물네 마리 고래 뼈들을 어떻게 청소하겠는가? 봄맞이 욕실 청소하듯 해서는 곤란하다.

"찬찬히 훑어봅니다. 문제가 있는 곳, 갈라진 곳, 수리가 필요한 곳을 찾습니다. 전에 수리한 대목을 보고 보다 체계적으로 할 수 있는지 생각합니다. 말끔하게 청소하고 나서 다시 봅니다. 수리해야 할 곳이 남아 있으면 수리합니다."

그들의 작업에는 유기화학에 대한 이해가 필요하다. 그러므로 그들은 오래된 회반죽 가운데 납을 주성분으로 한 도료로 칠해서 제거하기 어려운 것이 있음을 당연히 알았다. 재료에 대한 장인의 감각도 요구된다. 재료가 조건에 따라 어떻게 달라지는지, 공기나 다른 물질을 만나 어떻게 부패하고 반응하는지 알아야 한다. 그들은 '공감'이라는 말을 써서 '공감의 수리'라고 했다. 또한 장래에 대해서도 걱정해서 적합한 상태로 계속 보존되도록 신경을 썼다. 죽은 거대한 고래들에게 공감과 장래에 대한 걱정이라니.

그들은 뼈를 다루는 일만 하지는 않는다. 한번은 시나가 밖으로 불려나가 돌사자 조각상의 파편이 떨어지는 일을 해결하기도 했다.

나는 작업의 기쁨을 이해할 수 있었다. 과거에 일어난 일을 마치 법의학자처럼 꼼꼼하게 살피고 미래를 생각하는 일이다. 게다가 그것들은 계속 유지해야 할 가치가 있는 대상이다. 우리는 수많은 운명들의 결정권자처럼 보이기 때문이다. 현재 전 세계에는 대왕고래가 4천 마리밖에 남아 있지 않다. 1960년대 들어 포경이 금지되어 고래가 구제될 때까지 우리는 35만 마리를 도살했다.

* * *

다음 날 아침에 고든이 '고래 보존 연구소'에서 뭔가를 보여주었다. 그는 코르크 덩어리를 금속 가공 줄에 대고 문질렀다. 그런 다음 코르크 가루를 긁어내 작은 단지에 넣었다. 책상에는 컴퍼스, 철수세미, 줄자, 그리고 4피트 길이에 두 동강이 난 고래 갈비뼈가 놓여 있었다.

그가 말했다. "저 뼈를 수리하기에 가장 좋은 재료를 찾으려고 해요."

"그러니까 퍼티 같은 접합제를 만드는 거로군요."

"하지만 시중에서 파는 퍼티에는 칼슘이 들어 있기 때문에 뼈에는 절대 사용해서는 안 돼요. 그랬다가는 무엇이 원래 것이고 무엇이 수리할 때 들어간 것인지 나중에 조직학의 수준에서 일일이 구별해야 하니까요." 그는 코르크 가루가 든 단지에 패럴로이드라고 하는 접합제를 넣고 섞었다. 내구성과 신축성이 충분하다고 판명되면, 이제 넉넉하게 만들어 고래의 갈비뼈에 난 구멍에 채워 넣을 것이다.

"그들은 뼈를 가지고 모종의 과학적 연구를 하는 모양입니다. 후프트하머 박사가 그러더군요."

나는 보리고래의 턱뼈에 구멍이 나 있는 것을 본 적이 있었다. 마치 사과 씨 제거기로 도려낸 것처럼 자국이 또렷했다.

"아마도 DNA 샘플을 추출하려는 목적이었을 겁니다. '병목 bottleneck' 이전에 살았던 고래로부터 DNA를 추출해서 현재 살아 있는 고래들과 비교하면 유전자 풀이 얼마나 감소했는지 알 수 있겠죠."

병목은 어떤 재앙이 일어나 동물 종의 많은 개체들이 죽고 겨우 몇몇 번식 쌍만 살아남아 종이 다시 채워진 경우를 가리키는 생물학 용어다.

고든은 나무 막대기로 액체를 이리저리 저었다.

"학자들은 고래들이 다시 회복될 거라고 생각하나요?"

말을 하고 보니 어리석은 질문이었다. 고래는 서로를 필요로 할 뿐 아니라 깨끗하고 조용하고 차갑고 먹을거리가 풍부한 바다도 있어야 한다. 그러나 어리석은 질문에 대한 희망을 포기해서는 안 된다. '그래, 아마도 잘 될 거야. 모든 상황이 좋아지면 그렇겠지.' 하는 희망 말이다.

"그런데 노골적으로 말하자면 고래는 짝짓기를 많이 하지 않아요."

고든은 코르크와 접합제를 섞은 것을 옆으로 치워놓고 일어섰다.

"인내력이 필요한 일이네요."

"보존 작업이 다 그렇지요."

* * *

나는 차양 아래에 몸을 감추듯 대왕고래의 거대한 턱뼈 아래에 앉으면 작업을 방해하지 않고 홀 저쪽에서 벌어지는 일을 관찰할 수 있다는 것을 알게 되었다. 대왕고래의 턱뼈와 입천장의 뼈대는 그 자체로 매혹적이었다. 오래전 수리하고 처치한 부분들이 곳곳에 보였고, 세월이 흘러 갈색으로 바뀌었다. 너무 높아서 손을 뻗어도 닿지 않았다. 수염이 있던 곳에 주석으로 도금한 압정들을 박아놓은 표시가 있었다. 원래 압정으로 수염을 제자리에 붙여 놓았는데, 1930년대에 곤충들이 갉아먹는 바람에 제거했다고 한다. 덜렁거리는 뼈를 고정시켜 놓은 철사, 못, 석고가루 얼룩, 나무로 덧댄 부목도 있었다. 나는 고든이 장인에 대해 한 말을 떠올렸다. 살아 있을 때 부드러운 힘줄, 근육, 연골이 있던 곳에 지금은 금속이 있었다. 바다가 고래의 육중한 몸통을 지탱했던 역할을 지금은 사슬과 막대가 맡아서 했다. 아무도 자신의 이니셜을 새겨 넣는 데까지 이르지는 않았지만, 마치 노거수를 보듯 고래를 보고 있으면 누구든지 뭔가 흔적을 남겨야 할 것 같은 기분이 들었다.

나는 그곳에 있을 때 두세 차례 대왕고래의 턱뼈 아래에 앉거나, 갈비뼈가 두꺼운 쇠창살문처럼 사방에 내려진 흉강 속에 들어갔다. 하지만 이 같은 규모도 적응하게 되고 이런 환경에서도 대화를 나누게 된다. 고래 가슴 속에 들어앉아 있으니 아주 이상한 택시를 타고 교통 체증에 갇힌 기분이 들었다.

여러분도 사고 실험을 통해 이런 기분을 상상할 수 있다. 대왕고래 안에 앉아서 고개를 들어 홀 위로 이어지는 등뼈를 눈으로 좇는다. 아주 살짝 곡선을 그리며 다른 고래들 사이로 계속 시선을 돌린다. 고래들은 사슬과 막대에 의해 몇 미터 간격으로 천장에 걸려저 먼 곳까지 뻗어 있다. 당연히 꼬리도 있는데 폭이 작은 비행기만 하다. 비록 규모는 다르지만, 여러분은 최소한의 노력으로 자신의 감각을 확장하고 이것이 바다를 돌아다니는 자신의 몸이라고 상상할 수 있다. 대왕고래가 된다는 것이 과연 어떤 기분인지 느끼기 시작한다.

나는 다른 사람들이 작업하는 동안 그곳에 앉아서 내가 자주 하 듯 그림을 그리면 얼마나 좋을까 생각했다. 내 위로 사방으로 원호를 그리며 뻗은 거대한 형태와 그림자들, 날카로운 '가시돌기'가 행진하는 모습을 화폭에 담고 싶었다. 전쟁 화가들처럼 말이다. 특히 이름부터가 의미심장한 뮤어헤드 본이 떠올랐는데, 그가 그린 전쟁 그림들은 갠트리 기중기에 올라서서 자신보다 큰 비행기 동체를 작업하는 사람들 모습을 보여준다. 물론 이곳은 그보다 규모가 작았지만, 작업복에 마스크를 쓴 보존 팀이 손을 뻗고 무릎으로 기고 고래가 든 상자 사이를 돌아다니는 모습을 보니 비슷한 생각이 들었다.

나는 둘째 날 오후에 대왕고래 가슴에 이렇게 숨어 있었다. 마리엘레와 시나는 자기들 자리에서 보리고래 작업에 매달렸고, 고든은 회의를 마치고 사다리를 올라와 옆을 지나다가 뭔가를 발견했다.

"저기 부러진 곳이 있네요!" 그는 고래의 배로 들어와 왼쪽 갈비뼈 하나를 손으로 쓸었다. 3분의 2 아래쪽에 뼈가 굵어졌다가 다시 가늘어졌다. "여기가 부러져서 고친 겁니다."

"어쩌다 저렇게 되었을까요?"

"모르죠. 어쩌면 싸웠을 수도 있고, 배에 부딪혔을 수도 있고요."

"고래 갈비뼈가 부러질 정도면 타격이 엄청났겠어요. 그러니까 내 말은 안쪽에 두터운 지방이 있잖아요."

"그러면 충격파가 일어나겠죠…… 그리고 이쪽을 봐요. 여기 갈비뼈에 긁힌 자국이 있죠? 이 녀석은 기름을 얻으려고 지방층을 잘라냈네요……"

* * *

물론 다른 사람들을 지켜보고 질문만 하고 있으면 꼴이 우스워진다. 집안일이라고? 그런 건 나도 할 수 있다.

마리엘레와 시나는 여전히 보리고래를 작업하는 중이었다. 암모니아 때문에 마스크를 쓰고 있어서 목소리가 답답하게 들렸다.

내가 말했다. "도와드려요?"

"언제 그 소리 하나 기다렸어요! 올라와요. 마스크를 줄게요."

나는 혹등고래 갈비뼈 사이를 기어 그들이 있는 쪽으로 갔다. 마리엘레가 보리고래의 갈비뼈 하나를 무릎에 걸친 채 혹등고래 등뼈 아래에 앉아 있었다. 그들이 청소를 더 잘하려고 볼트 같은 것을 풀어놓은 것이 보였다. 잠깐 주목한 채로 기다렸다. 나는 마리엘레 옆에 다리를 꼬고 앉았고, 보리고래의 갈비뼈 하나를 역시 무릎에 올려놓았다. 곡선으로 구부러지고 반질반질하게 닳은 진화의 작품으로 살짝 뒤틀리고 끝이 곤봉처럼 두터웠다.

마리엘레가 내게 시범을 보여주었다. 우선, 플라스틱 병에 든 암모니아를 갈비뼈에 뿌리고, 설거지 때 사용하는 것 같은 솔을 들어 암모니아를 뼈에 고루 바른다. 그런 다음 스펀지로 닦아내면 까만 먼지 층이 순식간에 벗겨진다. 뼈가 더 가볍고 밝아진 모습이다. 흐뭇하다.

마리엘레는 빨강머리를 뒤로 묶은 채 자신의 갈비뼈를 청소했고, 나도 내 것을 청소했다. 시나는 멀찍이 떨어진 곳에 서서 가끔 진공청소기 스위치를 올렸다 내렸다 하며 등뼈를 쭉 훑어갔다.

조용하고 평온한 오후였다. 우리는 대화를 조금 나누었다. 마리엘레는 석사 논문을 쓰고 있었다. 오래된 박물관 기록과 일지를 뒤져가며 발살렌의 역사를 짜 맞추는 중이라고 했다. 낮에는 뼈를 청소하고 저녁이면 고래가 어떻게 그곳에 오게 되었는지 단서를 찾았다.

"노르웨이어로 적히지 않았나요? 기록 말이에요."

"맞아요. 몇몇 단어를 제외하고는 노르웨이어를 읽을 줄 알아요."

그녀는 런던의 박물관에서도 일한 적이 있었다. 그녀가 해보고 싶은 일은 남극에 가서 스콧 탐험대의 오두막을 보존하는 일을 돕는 것이라고 했다.

나는 우리가 저택에서 은식기를 반들반들하게 닦는 하녀가 된 기분이었다. 바닥에서 높은 곳에 올라와 있고 고래가 사방에 널려 있는 것을 제외한다면 말이다. 제법 몰입해서 빠져들 만한 일이었다. 이제 성가신 부분에 접어들었다. 이쑤시개로 딱딱하게 눌러 붙은 오물을 긁어내야 했다. 이 일이 끝나면 혹등고래 차례였고, 다음은 대왕고래가 기다리고 있었다.

이쑤시개의 보살핌을 기다리는 대왕고래를 보니 기분이 묘했다. 이미 인간의 등쌀에 시달릴 대로 시달린 터였다. 작살포와 지방층을 긁어내는 기구로도 모자라 이제 부드러운 스펀지와 이쑤시개의 공세를 받게 되었다.

고든이 사다리로 올라와 자신이 조합한 코르크 반죽이 만족스럽다고 했다. 신축성이 있으면서 강도도 높아서 참고래 갈비뼈의 구멍에 채워 넣을 만하다고 했다.

젊은 여성들의 목소리와 솔질하는 소리가 들렸다. 고래들은 다른 세상의 존재로 보였다.

"고래 본 적 있어요?" 내가 마리엘레에게 물었다. "살아 있는 고래 말이에요."

"아니요! 우리들 중 누구도 보지 못했어요. 안 그래도 며칠 전에 그 이야기를 했어요. 하루 종일 여기서 고래를 대하면서……."

"그런 생각이 들겠네요. 서로의 차이, 서로 다른 종, 다른 성격에 대해 생각해요?"

"정말 고래 보고 싶다……."

"함께 가자." 시나가 말했다. "고래 팀을 만드는 거야!"

"오, 그렇게 해요!" 내가 말했다. "방법이 있을 겁니다. 물론 여러분이 보는 것은 바다 위로 뿜어내는 물기둥과 등, 지느러미나 꼬리가 전부이겠지만. 이 모든 것을 상상해서……."

나는 그녀가 장갑 낀 손에 갈비뼈를 올려놓고 뒤집으며 이리저리 살피는 것을 지켜보았다.

"멋지게 되었네요." 뼈를 깨끗하게 청소하는 일은 오래된 마술과 비슷하다. 고대의 동화 같기도 하고 선사시대 분위기도 난다. 하긴 내실이 딸린 돌무덤 옆에는 항상 깨끗한 뼈들이 쌓여 있었다.

* * *

그녀는 갈비뼈 끝을 발포고무 쿠션에 올려놓아 망가지지 않도록 했다. "동물을 만지지 마시오." 이런 뜻인가? 가끔 우리 인간들은 도무지 믿을 수 없는 존재다.

나는 갈비뼈에 암모니아를 좀 더 뿌리고 스펀지로 다시 닦아냈다. 홀 저편에서 많은 고래들이 자신의 차례를 기다리고 있었다. 거대하고 다른 세상에서 온 녀석들. 실은 다른 세상이 아니라 이 세상의 존재들이다. 대단히 오랜 세월, 우리가 나타나기도 전부터 여기서 살고 있었으니까.

나는 손에 든 갈비뼈를 뒤집으며 스펀지로 꼼꼼히 닦았다. 부끄럽고도 부끄러운 일이다.

"얼마나 깨끗해져야 하는 거죠, 마리엘레?"

나도 모르게 보존 전문가들의 궁극적인 질문을 묻고 말았다. 그녀는 그저 웃기만 했다.

7장

달

야만인의 마음만이

꽃을 보지 못하고

동물의 마음만이

달을 꿈꾸지 못하리.

마쓰오 바쇼

마을의 경사진 지붕과 굴뚝 저 높이 보름달이 떴다. 백랍 같은 은회색 빛이 밤으로 접어드는 온 세상에 골고루 퍼졌다. 나는 다락방 창문에 몸을 기대고 쌍안경으로 달을 바라보았다. 황홀하게 아름다운 모습이 내 시야를 가득 채웠다. 엘리자베스 비숍의 시에 이런 구절이 있다. "그는 달을 보지 않는다. 오로지 달의 방대한 속성들을 관찰할 뿐." 달에 관한 온갖 노래들과 시들을 생각했다. 비행기도 인공위성도 문자 메시지도 없던 시절, 수많은 세월 동안 느긋한 몽상가들과 헤어진 연인들이 보름달을 쳐다보며 상념에 잠겼던 것을 생각했다.

그날 저녁 우리는 두 통의 전화와 한 통의 메시지를 받았다. 아버지가 전화해서 신문에 난 기사를 하나 읽어주었다. 또 한 통은 친구들이 망원경이 있는 자신들 집으로 우리를 초대하는 전화였다. 우리는 곧 월식이 시작된다는 것을 서로에게 상기시켰다. 밤은 어두울 뿐 아니라—3월이었다—맑을 것이다.

아이들 친구들이 집에 와 있어서 초대는 거절했다. 대신 아이들에게 와서 창문 너머에서 무슨 일이 벌어지고 있는지 보라고 했다. 남자아이 두 명이 요란한 소리를 내며 거실을 뛰어왔지만, 내 딸과 그 친구는 소파에 바싹 달라붙어서 닌텐도에 여념이 없었다. 각자 자신만의 은색 스크린을 쳐다보았다. "와서 달 좀 보렴." 내가 말했다. "나중에요." 나는 혼자 위층으로 다시 올라갔다.

* * *

그림자가 달의 표면으로 막 파고들기 시작할 때는 검은색 실크처럼 반투명했다. 앞쪽의 가장자리가 불룩했다. 환하게 빛나는 달의 표면으로 아주 천천히 들어가면서 달 표면의 질감이 흐릿해지는 것이 아니라 오히려 뚜렷해졌다. 즉 그림자 아래에서 달의 바다와 분화구 모습이 전보다 더 명확히 드러났다. 나는 창문을 열어놓고 쌍안경과 맨눈을 번갈아가며 달을 관찰했다. 적절한 각도를 얻으려고 무릎을 꿇어야 했다. 충분히 오래 쳐다보면 그림자가 움직이는 것이 정말로 보인다. 달이 아니라 그림자가 움직이는 것처럼 보였다. 물론 이것은 착각이다. 내 뒤의 방은 전등불을 모두 꺼놓아 어두웠다. 아래층에서는 아이들 목소리가 들렸다. 다들 어른들의 묵인하에 밤늦도록 깨어 있어서 신이 난 모양이다. 그림자의 앞쪽 가장자리가 초록색이었다.

이 그림자의 움직임—혹은 달의 수동성이라고 할까—에는 사람을 불안하게 하는 뭔가가 있었다. 달은 자신을 파고드는 그림자를 떨쳐내지 못한다. 자신에게 닥치는 운명을 순순히 받아들이는 수밖에 없다. 물론 이것은 사물에 인간의 감정을 투여하는 '감상적 오류'의 전형적 예다. 달은 거부하거나 받아들일 수 없고, 지구의 그림자 속으로 불가피하게 들어오게 되어 있다. 그리고 달은 바윗덩어리에 불과하다. 그러나 친구가 산통에 접어들거나 중대한 시기를 맞았을 때 이런 일이 벌어지면 우려스럽다. 나는 커져가는 불안 속에서 달을 쳐다보았고, 혹시 아래층으로 내려가 아이들을 데려와 이 멋진 달의 장관을 보게 한 다음 잠자리에 재워야 하지 않을까 생각했다. 그러나 그렇게 하지 않았다. 많은 시간, 아마도 30분가량이 지났다. 물론 시간은 계속해서 흐른다. 그림자가 앞으로 위로 스멀스멀 파고들면서 달빛을 옥죄는 모습을 보자 나는 내가 보고 있는 것이 시간일지도 모른다고 생각했다. 죽음을 피할 수 없는 우리 인간에게 시간이 밤과 낮, 달과 해의 연속이 아니라면, 태양과 지구와 달의 공모가 아니라면 대체 무엇일까? 그림자가 달을 뒤덮는 광경에서 나는 시간의 경과를 보고 있었다. 달의 아래쪽 3분의 2가 그림자에 집어삼켜지자 아직 자유로운 나머지 위쪽이 이와 대조되어 유난히 밝게 빛났다.

창문 너머로 뒤뜰 정원이 내다보였고 그 뒤로 땅이 낮게 솟아올라 그 방향에서 오는 방해하는 불빛이 거의 없었다. 언덕은 이제 밤하늘을 배경으로 제법 어두웠고, 언덕마루의 곡선이 달에 비친 그림자와 거의 같은 원호로 보였다. 달에 침투하는 그림자가 왜 똑바른 직선이 아니라 곡선으로 휘어지는지 알 수 없었지만, 추측건대 지구의 만곡彎曲과 관계가 있는 듯했다. 나는 '지구의 만곡'이라는 표현을 좋아한다. 배의 망대에서나 보이는 거창한 무엇을 나타내기 때문이다. 이유가 어찌 되었든 내 집에서, 그러니까 아래층에서 아이들이 뛰어놀고 아무도 보지 않는 텔레비전이 틀어져 있고 개가 바구니 속에 웅크리고 누워 있는 내 집에서 지구의 만곡을 떠올린다고 생각하니 왠지 뿌듯했다. 실제로 나는 우주비행사처럼 지구를 천체로 이해할 수 있었다. 대체로 내가 지구를 생각할 때면 매일매일 아수라장이 펼쳐지는 무대의 구성원으로서 바라본다.

물론 나도 아폴로 11호가 찍은 우주에 걸린 푸른 행성의 사진들을 보았지만, 그것들은 지구를 아늑한 집처럼 보이게 만들었다. 하지만 바로 지금 내 눈 앞에서 달의 밝은 표면으로 침투해 들어오는 이 그림자는 음산하고 위엄 있고 엄숙했다. 달은 은유적이든 문자 그대로든 우리에게 큰 혜택을 안겨준다. 지금 이것도 그런 것이다. 우리가 사는 지구의 그림자를 보도록 하지 않는가. 달은 그 표면에서 삶의 온갖 불협화음이 펼쳐지는 지구가 일차적으로는 수십 만 마일 떨어진 공간으로 그림자를 드리울 만큼 크고 웅장한 대상임을 우리에게 보여준다. 지구는 길고 텅 빈 원뿔형의 그림자를 공간에 뿌리고, 몇 달마다 한 번씩 달이 그 안으로 들어와 실체를 드러낸다.

이제 달의 오른편 아래, 그러니까 서쪽을 향한 면이 잘 익은 과일처럼 붉게 달아올랐다. 달이 지구 그림자 쪽으로 깊게 들어가면서 불그레한 색깔도 더 짙어졌다. 나는 창문을 옮겨 다니며 계속해서 지켜보았다. 달이 자두처럼 재빠르게 익어갔다. 그림자를 통해 지구는 광대한 광물의 존재임을 드러냈지만, 생물이 살지 않는 달은 지구 그림자로 들어서면서 색깔을 바꾸고 있었다. 점차 덜 황량해지고 갈수록 생물을 닮아가는 것 같았다. 게다가 달의 아래쪽이 붉게 달아오르는 현상이 달이 곡선을 그리며 시야에서 멀어짐에 따라 심화되는 것으로 보아 달이 구체라는 것이 명확했다. 달은 더 이상 하늘에 걸린 은색 쟁반이 아니라 벌건 공의 모습을 했다. 달이 구체라는 것은 당연하게 들리지만, 나는 지금까지 한 번도 그렇게 보지 않았다.

달이 점점 붉어졌다. 나는 도무지 자리를 뜰 수가 없었다.

달의 밝은 면은 애처롭게도 맨 위에 가느다란 조각만 남았다. 이런 식으로 점점 어두워지고 붉어지는 것을 보니 마치 오비디우스의 변신을 보는 듯했다. 달은 광물이기를 멈추고 채소로, 더 나아가 동물로 모습을 바꾸고 있었다. 이제 몸통을 갖춘 듯했다. 달은 위에서 우리를 내려다보는 것에 싫증이 나서 잠시나마 변덕스러운 인간의 실존을 맛보고 싶어 하는 신으로 보였다.

이제 달 전체가 구릿빛 빨강으로 채색되었다. 포유동물의 색깔, 육신의 음영, 고통에 휘둘리는 색깔이었다. 이것이 위대한 그림들이 우리에게 말해주는 것이 아니었던가? 살의 형태, 몸의 형태를 취하는 것은 어렵고 취약하지만 그렇기에 달콤한 부러움을 산다는 사실 말이다. 여기서 달은 과일이 되고 살이 되었다. 마치 바니타스 정물화[1]에 나오는 과일처럼 보였다. 달은 이미 거무스름해져서 부패가 시작된 복숭아와 석류 사이에 놓인 말랑말랑한 구체였다.

멀리서 개 짖는 소리가 났다. 거위 몇 마리가 소리를 내며 지나갔다. 달의 변화에 당황한 것일까? 동물의 마음을 가진 그들이 알아차렸을까? 하긴 일상의 아수라장에 얽매인 나도 아버지와 이웃이

---

1 해골, 책, 시계, 촛불, 과일 같은 대상을 묘사함으로써 인간 존재의 유한함을 강조한 17세기 플랑드르와 네덜란드의 정물화.

전화하고 친구들이 메시지를 보내지 않았다면 그냥 지나쳤을지 모른다. 지구가, 전화와 문자 메시지가 활기차게 오가는 구체가 소식을 전한다. 오늘 밤 밖을 봐. 우리의 그림자가 달에 떨어지는 모습을 볼 수 있어. 아이들을 불렀다. 이번에는 모두들 어두운 다락방에 웅크리고 들어와 앉아 쌍안경을 들여다보려고 난리다. 아이들이 어두운 머리를 까딱거리면서 붉게 달아오른 달을 차례대로 쳐다본다. 그리고 서로에게 무슨 일이 벌어지고 있는지 큰 소리로 설명해 준다. "멋진데." "진짜 좋아!"

이어 옅은 안개구름이 몰려왔다. 구름은 그림자와 같지 않다. 그림자의 냉정한 신중함이 없어서 얼빠진 녀석처럼 지나간다. 흘러가는 구름 아래에서 남은 달빛과 색깔들은 지워졌고, 달은 대가리가 둥근 못처럼 하늘에 박힌 원반이 되었다. 끔찍하고 허망하다. 마침내 구름이 지나갔다.

* * *

이것은 6주 전의 일이었다. 그 이후로 나는 달을 가끔 쳐다보았을 뿐이다. 오늘밤 다시 달을 보고 있는데 이번에는 비행기 안이다. 날개 바로 위 창가 좌석이다. 동쪽 수평선을 향해 잔물결 모양으로 펼쳐진 구름 위를 날고 있다. 바로 거기, 물결치는 구름의 바다 위로 달이 집게에 걸린 것처럼 내걸려 있다.

공항을 출발하여 이륙한 지 90분이 지났으므로 캐나다 상공 어디였을 것이다. 아마도 펀디 만을 지나 대서양을 향해 돌진하는 중이었고, 새벽이 가까웠다. 내 옆에는 비행을 무서워하는 친구가 있었다. 그는 이륙할 때 내 손을 꼭 잡았고, 비행기가 수평을 유지하고서야 미안하다며 손을 놓았다. 그는 여전히 겁에 질려 여행이 빨리 끝나기만을 빌었다. 나는 그에게 이런 이야기를 해주고 싶었다. 오랜 세월 저 아래에서 시뻘겋고 짜릿하게 불타고 있는 뉴욕의 불빛처럼 747 여객기를 타는 것도 비즈니스이고 현대가 만들어낸 숭고함이다. 그러니 우리가 두려워하거나 경외하는 것도 당연하다. 그러나 그는 내 말을 들을 생각이 없어 보였다. 부끄러워야 할 사람은 비행기가 공항을 달리기도 전부터 수면안대를 쓴 그 옆의 여자, 혹은 비행기가 도시 위를 기웃하며 날 때 신문을 읽은 통로 건너편의 남자였다. "최소한 너는 자신이 살아 있다는 것을 알잖아." 내 말에 친구는 어이없다는 듯 나를 쳐다보았다.

음료가 제공되었고 기내의 불빛이 희미했다. 머리 위의 자그마한 비디오 화면에서는 〈007 카지노 로얄〉이 상영되고 있었지만 나는 영화에 집중할 수 없었다. 차라리 손을 동그랗게 모아 눈가에 대고 창밖을 보는 것이 낫겠다. 비행기 날개가 노란 달 쪽을 향해 뻗어 있었는데, 내 눈에는 달이 날개 끝보다 낮은 고도에 걸린 듯했다. 월식 때 움직이는 그림자를 보면서도 그랬듯이 나는 무엇이 실재이고 무엇이 착시인지, 혹은 이것이 중요한 문제인지 모르겠다. 내가 달을 말할 때면 여성을 나타내는 인칭대명사와 사물을 가리키는 인칭대명사를 번갈아 쓴다는 것도 깨달았다. 둘 다 적절하며 중요한 문제도 아니다.

오늘밤은 초승달로, 밤하늘 가장자리에서 벌집처럼 황금빛 풍요로운 모습을 드러낸다. 우리가 여행하는 밤은 달빛으로 환하다. 달을 바라보다가 구름으로 인해 달이 저 아래 세상과 차단되어 있는 것을 깨닫고는 내가 은밀한 곳을 침범했구나 싶은 생각이 들었다. 월식 때 잠깐 몸의 색깔을 취한 듯 보였던 달은 이제 원래의 밝은 광물의 모습으로 돌아가 있었다. 우리는 몸을 갖춘 존재, 여성으로 태어난 존재로 이렇게 비행기를 타고 세상을 돌며 세속적 실존, 중력, 유한성, 거리, 어둠의 제약에 맞설 뿐이다.

몇 분 후에 나는 친구가 달의 방대한 속성들을 관찰할 수 있도록 서로 자리를 바꿔 앉은 뒤에 편안하게 쉴 것이다. 달빛이 비행기 날개 앞쪽에 환한 금박을 입힌다. 엔진 소리가 부단하게 이어진다. 날개 조명이 심장처럼 깜빡거린다.

8장

세인트 킬다를 찾은 세 번의 방문

1

꽤 오래전 일이다. 아이들이 어렸고 세상이 여기 지금으로 쪼그라들었을 때, 나는 세인트 킬다에 가고 싶다는 생각에 푹 빠졌었다. 사방이 절벽이고 온갖 새들이 노니는, 그야말로 이 세상 같지 않은 곳. 그때는 우체국에 들르는 것조차 도저히 갈 수 없는 해변처럼 여겨지던 시절이었다.

하지만 그것이 핵심이었다. 나는 무릎을 꿇고 카펫에서 레고 장난감을 치우며 생각했다. 세상에서 동떨어진 한적한 장소로 가장 가까운 곳이 어디 있을까? 모험을 펼 수 있는 곳, 감각의 날을 무디지 않게 세우고 야성의 장대함을 맛볼 수만 있으면 된다. 하지만 아무래도 아이들 때문에 며칠 뒤에는 돌아와야 해. 다들 가끔은 자신의 삶에서 도망치고 싶다는 생각을 하니까.

말하고 보니 세월이 꽤 흘렀다. 그때는 모든 것이 즉각적이고 작았었다. 자그마한 사람, 나무블록으로 만든 장난감 도시, 거실 바닥을 항해하는 장난감 배.

마음을 정했다. 마흔 살 생일이 되면 내 자신에게 주는 선물로 세인트 킬다에 가서 일주일을 보내기로 말이다. 헤브리디스 제도[1] 서쪽으로 수평선 넘어 멀리 떠나는 거다. 아이들은 남편이 봐주겠지.

* * *

세인트 킬다 이야기는 현대판 신화와 같고, 신화가 원래 그렇듯 내가 언제 그 이야기를 처음 들었는지 기억나지 않는다. 아마도 초등학교 때였을 것이다. 우리는 어느 날 오후에 영화를 보았다. 맨발에 턱수염을 기른 남자들, 솔을 머리에 두른 여자들, 수많은 바닷새들이 화면을 채웠다. 남자들이 아찔한 절벽 밑으로 몸을 낮추고 가서 새의 알이나 새를 잡았다. 우리는 이 섬들이 루이스 앤드 해리스 Lewis and Harris[2]에서 서쪽으로 40마일 떨어진 바다에 있으며 당시 워낙 외진 곳이어서 접촉과 소통이 많지 않다고 배웠다. 그럼에도 사람들은 천 년 넘게 그곳에서 살고 있었다. 그들은 몇 가지 농작물을 기르고, 묘한 종류의 야생 양을 키우고, 바닷새와 알을 먹었다. 가넷으로 신발을, 풀머갈매기fulmar 기름으로 약을 만들었고, 옷에 깃털을 꿰매어 입었다.

그러나 그들의 삶의 방식은 현대 문명사회의 수레바퀴에 망가졌다. 19세기에 증기선이 만들어지면서 빅토리아시대 산업 도시에서 벌써부터 '외진 분위기'에 매료된 관광객들이 몰려왔다. 젊은이들이 이곳을 외면했다. 바깥세상을 알면서 자신이 원하는 것을 얻을 수 없게 되자 고향을 떠나기 시작한 것이다. 급기야 1930년대가 되면 몇 명 남지 않은 세인트 킬다 주민들도 이곳을 떠나야 했다. 그

---

1 스코틀랜드 북서쪽 대서양에 흩어져 있는 여러 섬들.
2 헤브리디스 제도에서 가장 큰 섬.

들이 피운 토탄 불은 영원히 꺼졌고, 섬은 새들의 몫이 되었다. 우리는 그렇게 배웠다. 결국 섬은 스코틀랜드 내셔널 트러스트National Trust for Scotland[3]로 넘어가 그들이 전설적인 섬을 '관리'하고 보존하는 불편한 일을 떠맡고 있다. 점점 많은 이들이 그곳에 가보고 싶어 한다.

* * *

난생 처음 요트에 올라 바다의 기운을 느끼고 갑판에서 시원한 바람을 맞으니 짜릿했다. 선장 도널드 월키를 제외하면 모두 다섯 명의 승객이 여행에 올랐다. 나이 지긋한 독일인 커플이 있었는데 알고 봤더니 세인트 킬다에 완전히 매료된 이들이었다. 세인트 킬다의 명성이 어떻게 해서 중북부 유럽까지 미쳤는지 나로서는 모르겠지만, 아마도 오시안[4]과 월터 스콧이 쓴 서사시가 길을 닦지 않았을까 싶다. 독일인 커플은 솔직하게 말했다. 남편이 몸이 아파서 너무 늦기 전에 인적이 드문 야생의 세인트 킬다와 새들을 경험하고 싶었다고 했다.

그러나 바다는 어둡고 거칠었다. 첫날 밤 모나크 제도에 닻을 내리고 정박했는데, 배가 바람에 몹시 출렁거렸다. 라디오 기상 예보에 따르면 날씨가 점점 나빠진다고 했다. 도널드가 밖을 보더니 마침내 이렇게 말했다. "계속 갈 수 없을 것 같군요."

"바람 때문인가요?"

---

3 문화적으로 가치 있는 유산이나 자연 풍광이 뛰어난 장소를 사들여 보존하는 시민단체.
4 제임스 맥퍼슨을 통해 소개되어 낭만주의 시인들에게 큰 영향을 미친 고대 켈트 시인.

"방송을 들어 알겠지만 동쪽으로 불고 점점 거칠어져요. 당신도 동풍을 맞으며 세인트 킬다에 있고 싶지는 않겠죠. 안 돼요, 더는 못 갑니다."

배가 요란하게 흔들렸다. 그는 더 안전하게 닻을 내릴 곳으로 곧 이동할 것이다. 대화가 영어로 진행되었고, 느린 번역이 이어졌다.

"우리는 세인트 킬다에 못 갑니까?" 독일 여자가 목소리를 높였다.

도널드는 고개를 가로저었다.

"하지만 우리는 꼭 가야 해요!"

또다시 대화가 끊어졌는데 이번에는 긴장감이 돌았다.

"당신 생각은 어때요?" 선장이 나에게 말했다. 우리는 요트의 휴게실에 앉아 있었다. 돛대를 지지하는 슈라우드에 부는 바람이 요란하게 비명을 질렀다.

"나는 여기서 가까운 곳에 살아요. 다시 오면 돼요." 내가 말했다. "그리고 어쨌든 선장은 당신이잖아요."

"그렇죠. 내가 책임자죠." 그가 웃었다.

그 주가 끝났을 때 도널드는 자신이 우리를 실망시켰다고 느꼈는지 이렇게 말했다. "아시겠지만 우리는 갈 수 없었소."

"괜찮아요." 내가 대답했다.

"선원들은 빌리지 만에 동풍이 부는 것을 무서워해요. 퇴로를 막고 육지 쪽으로 몰고 가기도 하니까……. 그런데 여기에 매료되는 이들도 있소. 희한한 일이죠!"

"누가 그렇죠?"

"내 요트를 전세 내서 세인트 킬다로 가는 사람들이죠! 그들은 지도를 읽고 모든 책들을 연구하고 나보다도 그곳을 잘 알아요. 나는 20년간 그곳을 갔는데 말이오."

"한 번도 그곳에 가보지 못한 사람들 말이군요."

"성배 같아요. 세상의 끝. 그들이 찾으러 오는 것이 바로 그거죠. 그렇게 들어서 다른 말은 전혀 통하지 않아요."

내가 원한 것도 그것이었다. 바다로 떨어지는 절벽, 사람이 떠난 텅 빈 풍경, 마지막 모험. 그러나 나는 잠자코 있었다. 우리는 가장 아름다운 절벽이 뒤로 보이는 만에 닻을 내렸다. 배가 물살에 따라 조용히 흔들렸다. 어두워지는 절벽 위로 별 하나가 빛났다.

그러나 사실은 그곳도 충분히 야생이고 한적하고 외진 곳이었다. 설령 우리가 세인트 킬다를 보지 못한다 해도, 바람과 날씨 때문에 그곳에 가지 못한다 해도.

"예전에는 5월에 날씨가 참 좋았는데," 도널드가 내 마음을 읽기라도 한 듯 말했다. "지금은 그렇지도 않아요."

그러나 아무리 안 좋은 일이라도 좋은 점은 있기 마련. 만약 우리가 곧장 항구에서 나와 세인트 킬다로 가서 시간을 보냈더라면, 도널드가 대신 우리에게 보여준 곳들을 결코 알지 못했을 것이다. 우리는 소형 보트를 타고 돌아다니며 충분한 모험을 했다. 탐험할 야생의 해변은 널렸다. 그리고 사람들을 보았다. 진정으로 사람의 발길이 끊어진 곳은 없으므로 몇 명의 양치기와 어부들을 만났다. 그들의 부드러운 사투리가 내 귀에 기분 좋게 떨어졌다.

연로한 독일인들은 어땠는지 모르겠다. 아마 실망한 채로 집에 돌아갔을 것이다. 나도 집으로 발길을 돌리며 의외로 가까이 있는 곳들에 대해 더 많이 알아야겠다고 다짐했다.

나는 무인도에 있었고 남편은 집에서 아이들과 함께 있었다. 로빈슨 크루소처럼 피폐하게 보인 사람은 내가 아니라 남편이었다.

2

그로부터 2년 뒤, 양어장에서 일하는 한 젊은이가 일을 마치고 집으로 가는 길에 친절하게도 여객선 터미널에 와서 나를 버너레이의 자그마한 항구로 데려다주었다. 돛대를 높이 세운 아나그 호가 지난번처럼 그곳에서 대기하고 있었다. 헤브리디스의 저녁이 이미 늦었다. 이번에는 우리 세 명이 전부였다. 나와 선장 도널드, 그리고 항해사 역을 맡은 그의 동료 이언.

"여기 봐요." 도널드는 그렇게 말하며 길쭉한 검은색 플라스틱을 내밀었다. 도미노 패만 한 크기로 그의 손가락으로 다루기에는 너무 작아 보였다. 그는 조종실 데스크 위쪽에 새로 설치한 기구의 구멍에 그것을 끼워 넣었다. 그러자 작은 초록색 스크린에 불이 들어왔고, 요트가 등고선들 사이에서 깜빡거리는 커서로 나타났다.

"이 작은 플라스틱 조각에 열네 장의 해도가 들어 있답니다. 대단하죠! 문제는 내가 여기서 계속 스크린을 쳐다보고 있어야 한다는 겁니다. 다른 선원들을 만나면 통탄합니다. 네가 쳐다보아야 하는 것은 바다이지 스크린이 아니라고 말입니다. 하지만 요즘에는 나도 혼자서 합니다."

다음 날 아침 우리는 버너레이를 출발했다. 늘 그렇듯 지루했고 바다는 짙은 회색이었다. 이언이 해협에 있는 평평하고 푸른 섬들 사이로 요트를 몰았고, 우리는 곧 헤브리디스를 벗어나 서쪽으로 항해했다. 모든 것이 순조로워 보였는데 도널드는 신중했다. "아시겠지만 우리는 그곳에 도착하지 못할 수도 있어요……."

"오, 그건 나도 생각하고 있어요!"

"일기 예보는 나쁘지 않아요. 바람도 남서쪽으로 불고 있고."

"괜찮아요. 다른 곳들도 있으니까요."

"그야 나도 알죠. 멋진 곳들이야 많죠. 그래도 다들 세인트 킬다에 가고 싶어 하니까요. 당신도 세인트 킬다에 가려는 거잖아요."

오후가 되자 육지가 시야에서 사라졌다. 우리는 잔뜩 찌푸린 하늘로 돛을 올리고 7노트의 속력으로 나아가는 중이었다. 이언은 빨간 방수복을 입고 바다를 살폈다. 그는 헤브리디스에서 태어나고 자란 엔지니어였다. 나는 그의 차분한 존재감, 또박또박한 게일어 화자의 억양이 마음에 들었다. 선장은 선실에서 쉬고 있었다. 행여 바다가 텅 비는 순간을 놓칠까 조바심을 내는 나와 달리 선장과 동료는 틈만 나면 쉬었다. 언제 밤을 새야 하는 일이 생길지 몰랐기 때문이다.

한참 뒤에 도널드가 조종석으로 와서 바람과 빛을 맞았다. 그는 나침반을 보고 돛 아래 수평선을 잠깐 살폈고, 뭔가 생각하더니 이렇게 말했다. "뱃사람들은 지구가 둥글다는 것을 처음부터 알았지." 그러더니 내게 말했다. "망을 보고 싶지 않소? 한 시간 정도 바다를 살피고 3시에 나를 불러요. 이언도 쉬어야 하니까."

"무엇을 보면 되나요?"

"전부 다요. 다른 배들, 물속에 있는 모든 것을 다 살펴요. 그리고 고래도. 고래를 보거든 나를 불러요."

그는 아래층으로 다시 휙 내려갔고, 이언이 뒤를 따랐다. 요트는 미리 정해놓은 경로로 항해했다. 흔들리는 바람 속에 나 혼자 있었다.

한 시간 동안 가만히 서서 지켜보는 것은 흔하게 있는 일이 아니다. 나는 '가만히' 서 있었다고 했지만 계속해서 몸에 힘을 주었다

긴장을 풀었다 했고, 배가 요동칠 때 나도 모르게 함성을 질렀다. 나는 물보라에 대비하여 머리끝에서 발끝까지 방수복으로 무장한 채 조종 바퀴 뒤의 계단에 섰고, 밧줄을 꼭 붙잡고는 마치 중요한 과제를 책임진 아이처럼 진지하게 바다를 살폈다. 그러나 바다 말고는 아무것도 보이지 않았다. 사방이 회색빛 안개와 파도, 그리고 돛이었다. 바다는 농간을 부리기도 했다. 파도가 유난히 밝고 불안하게 치면 내가 가벼운 환각제라도 들이마신 기분이 들었다. 여러 차례 눈을 비볐다. 다른 배들이 없는지, 물속에 뭔가 없는지 살폈다. 그러나 수면을 치고 올라오는 것은 없었다. 고래도 보이지 않았고, 가넷이 목을 쭉 빼고 옆을 지나갔다. 그들도 우리와 같은 곳으로 날아가는 것이라고 생각하니 반가웠다. 바다쇠오리 떼가 물살에 몸을 싣고 출렁거려 물마루 위로 모습을 보였다 곧로 사라졌다 했다.

나중에 좁고 삐죽삐죽한 네다섯 개 땅이 회색빛 바다 너머로 나타났다. 그때는 이언이 바다를 살폈고 나는 조종석에 구부리고 앉아 있었다. 더 많은 새들이 우리 옆을 지나갔고, 세인트 킬다의 모습이 점차 뚜렷하게 잡혔다. 짜릿했어야 마땅하지만 나는 그때 오렌지색 플라스틱 양동이에 토하느라 정신이 없었다. 토하는 와중에도 각각의 섬들이 우뚝 솟은 것이 보였다. 저마다 구름을 머리에 이고 있어서 신비롭게 보였다. 이언은 내가 쳐다보는 것을 보더니 섬들 이름을 기도문 읊듯 줄줄 외쳤다. "저게 히르타Hirta예요! 저건 스탁 리, 저건 보어레이Boreray. 스탁 안 아르민도 보이는군요."

우리는 높은 언덕으로 둘러싸인 빌리지 만으로 천천히 들어갔다. 바다오리가 요트보다 앞서 물 위로 요란하게 지나가거나 물속으로 몸을 던졌다. 눅눅한 구름이 섬에 내려앉아 어둑어둑했다. 나무가 없어서 매끈하고 카키색에 자갈 비탈이 있는 언덕들이 수백 피트 높이로 솟았고, 안개가 자욱했다. 방파제가 있었고 그 왼쪽으로 납작한 지붕의 조립식 건물들이 해안가에 있어서 황량한 분위기를 자아냈다. 밀물이 가장 높이 찼을 때처럼 해안선이 언덕 발치를 따라 요란하게 들쑥날쑥 휘돌더니 만 중간에 이르러 시들해졌다. 나는 그곳이 유명한 마을, 쓸쓸하게 버려진 거리임을 깨닫고는 놀랐다.

이언이 내 옆에 와서 섰고, 우리는 배가 흔들리는 가운데 이 쓸쓸한 벽지를 함께 바라보았다. 일 분 정도 아무도 말이 없었다. 그러더니 그가 말했다. "게일어로 이런 말이 있어요. '나흐 두 반 아 히르스트Nach du bhàn a Hirst!' 번역하면 '히르타에나 떨어져라!'라는 뜻인데, 누군가 없애고 싶은 사람이 있을 때 이렇게 말하죠."

"킬다 관리원입니다!" 무전기에서 야단스러운 소리가 들려 깜짝 놀랐다. 잉글랜드 사립학교의 말투를 가진 젊은 남자였다. 그는 무전기 잡음을 통해 '레인저'를 '레인자아' 하는 식으로 발음했다. "킬다 관리원입니다. 해안으로 올라오실 생각인지 알고 싶어서요."

헤브리디스 사람들은 이제 이곳에 오지 않는다고 이언이 말한 바 있었다. 내가 들은 그 지방 고유의 말은 이언이 재빠르게 말한 게일어 속담이 유일했다.

관리원은 눅눅한 콘크리트 방파제에서 혼자 우리를 기다렸다. 쌍안경을 목에 걸친 쾌활한 친구로 스코틀랜드 내셔널 트러스트에서 일하며 이곳은 처음이라고 했다. 여기 온 지 3주째라고 했다. 그는 우리를 반갑게 맞았지만 규정이라면서 몇 가지 규칙들을 읽어주었다.

"전에도 여기 와보셨나요?" 그가 물었다. 도널드가 돌들을 발로 걸어갔다. 젊은이가 유모차를 탈 때부터 이곳에 드나들었다는 것을 그런 식으로 표현한 듯했다. 관리원은 새 둥지를 손상시키거나 인공품을 슬쩍 가져가거나 벽에 올라가서 뛴다거나 뭔가를 망가뜨리는 일은 절대로 해서는 안 된다며 적절하게 주의를 주었다.

"작은 가게가 있으니 원하시면 제가 열어드리죠. 4번 집은 박물관인데 그냥 들어가시면 됩니다. 오늘밤 여기서 묵으실 거죠? 어쩌면 이따가 퍼프 여관에서 한잔하면서 볼지도 모르겠네요……."

그러고는 그가 돌아서서 다시 방파제를 걸어 풀들이 깔린 경사로를 지나 조립식 건물 쪽으로 갔다. 다른 사람은 주위에 아무도 없는 듯했다.

"저게 다 뭐예요?" 내가 도널드에게 고개로 건물 쪽을 가리키며 물었다.

"레이더 기지죠! 미사일 추적 기지! 저것을 보고 기겁하는 사람들도 있어요. 사람들이 세인트 킬다에 대해 낭만적인 생각을 갖고 있다는 이야기 내가 했던 거 기억해요? 그들이 여기 와서 보는 게 이런 겁니다. 레이더 기지. 관리원과 규칙들. 선물가게."

도널드는 작은 보트의 밧줄을 풀고 만에 정박되어 앞뒤로 흔들리는 높고 하얀 자신의 요트로 돌아갈 채비를 했다. 우리의 계획은 이랬다. 한 시간가량 둘러본 다음 요트로 돌아가 식사를 하고 다시 해안으로 이동. 내일 본격적으로 세인트 킬다를 탐험한다.

괜찮은 계획이었다. 섬은 묘하고 숨 막히는 분위기 아래서 허덕이는 듯했다. 축축한 양털 같은 구름이 언덕을 덮었다. 마을에는 어지럽게 널린 돌들만 보였다. 아주 혼란스럽게 보였다. 작은 박물관에도 들러 19세기 사진들을 보았다. 마을 거리에 모인 턱수염 기른 남자들 사진과 바닥에 앉아 풀머갈매기 털을 뽑으려는 여자들 사진이었다. 다시 거리로 나와 방파제로 발길을 돌렸다. 도요새가 울었고, 파도 소리, 디젤 엔진 돌아가는 소리가 들렸다. 괜찮아, 어쩌면 구름이 걷힐 거야, 하고 생각했다. 내일이면 절벽 꼭대기에서 황홀한 경치를 볼 수 있어.

도널드는 방파제를 터벅터벅 내려오는 나에게 별말을 하지 않았다. 요트가 거칠게 요동쳤고, 휴게실에서 기분 좋은 무사카[1] 냄새가 났다.

"그가 좋은 소식을 전하던가요?" 이언이 난로 옆에서 물었다.

"무슨 소식이죠?"

"우리는 여기 머물 수 없어요. 해안경비대에서 방금 바뀐 예보를 냈답니다."

"바뀐 예보요?"

"오늘 아침에 나온 예보와 다르니까요. 동풍이 분대요. 여기를 떠나야 해요."

도널드는 말없이 식사했다. 7시간을 곧장 운전해서 여기 왔는데 다시 7시간을 돌아가게 생겼다. 밤에, 그것도 안 좋아진 날씨에. 그는 식사를 마치고 접시를 옆으로 치우고는 닻을 살피러 갔다. "어쨌든 예보니까 따를 수밖에요."

"물론이죠." 이언이 말했다. "어쩌면 이런 식으로 세인트 킬다를 보는 게 더 나을 수도 있어요."

"이런 식이라면?"

"후다닥 도망치듯 보는 거죠!"

---

1 다진 고기에 가지와 감자, 치즈를 올려서 굽는 그리스 요리.

집에 돌아왔을 때 사람들이 웃었다. 황량하고 외지고 유명하고 자주 상상되는 세인트 킬다, 사람 발길이 극적으로 끊어진 곳……. 세인트 킬다에 가 봤냐고? 당연히 가봤지. 오래 머물지는 않았지만. 그래도 버스 정류장에 서 있는 것보다는 오래 있었다.

3

이삼 년이 다시 흘렀다. 도널드의 말대로 다른 곳들, 멋진 곳들이 있었다. 그 무렵 예상치 못했던 일들이 내 삶에서 일어났다. 내가 하는 일을 통해, 그리고 작은 나라들을 돌아다니면서 그와 같은 곳들에 관여하고 잘 아는 사람들과 얽히게 된 것이다. 내가 그랬듯이 10대 때 인적이 드문 해안가를 돌아다녔고 이제 나보다 나이가 더 든, 그리고 그것을 경력으로 삼은 박물학자, 고고학자, 예술가들이었다. 나는 겨울이면 여행 계획을 짜는 것이 대화 주제인 사람들과 어울렸다. 신참자로서 수많은 모험담과 재미있는 에피소드를 들었다. 나는 역사를 공부했고, 섬, 등대, 새, 뱃사공 이름을 재빨리 익혀야 했다. 특히 뱃사공 이름이 중요했다. 우리가 직접 배를 몰고 갈 수는 없었으니까. 살펴봐야 할 지도와 도표도 있었다. 누가 우리를 어디로 언제 데려갈 수 있지? 우리는 전설적인 변방지대인 세인트 킬다, 노스 로나North Rona, 술라 스게어에 대해, 가넷과 바다오리 서식지, 일꾼들이 살던 오두막집과 원형 탑에 대해 이야기했다. 파스타와 즉석 커스터드를 쇼핑 목록에 적었다. 몇 년 동안 우리는 여름이면 그렇게 멀지 않으면서 사람이 거의 살지 않는 밍굴레이Mingulay, 파바이Pabbay, 스트로마Stroma, 시안트 제도로 여행을 갔다. 인류 역사가 오래된 그런 곳들을 보면서 나는 '야생'이니 '외딴 곳'이니 하는 사람 마음 설레게 하는 관념들을 믿지 않게 되었다. 어디를 기준으로 멀다는 뜻이지? 런던에서 멀다고? 런던이 대체 뭔데?

나는 대학의 연구실 벽에 종이로 된 해도를 붙여 놓았다. 대부분의 학생들은 해도를 한 번 슬쩍 쳐다보고 말았는데 당연한 일이다. 그들 나이에는, 그리고 책임져야 할 일이 없을 때는 화려한 유흥

가에서 놀거나 정말 멀리 모험을 떠나는 것을 원하는 법이니까. 그러던 어느 날 평소보다 일찍 사무실에 갔더니 파란색 작업복을 입은 청소부가 청소기를 발 옆에 둔 채 해도를 열심히 들여다보고 있었다. 내 나이 또래의 똑똑하고 의욕적인 여성이었다. 우리는 잠시 우리가 가고 싶은 곳들에 대해 이야기했다. 그녀는 해도에 적힌 다른 모든 것들도 다 놀랍다고 했다. 사격장, 대형선박 다니는 길, 등대와 불빛, 잠수함 훈련구역. 리즈는 가장 서쪽에 표시된 지저분한 섬들을 손가락으로 가리켰다. "세인트 킬다, 나는 여기 가고 싶네요."

나는 그곳이 나를 얼마나 애먹였는지 말했고, 그녀는 웃으며 말했다. "모든 것을 시간표대로만 하면 그렇지 않을 거예요, 안 그래요?" 미안하지만 틀렸다. 아무튼 나는 인적이 끊긴 거리나 가넷 서식지 사진을 볼 때마다, 친구들이 세인트 킬다에 대해 이야기하는 것을 들을 때마다 계속해서 마음에 쓰였다. 내가 가고 싶은 곳은 노스 로나라고 했다. 지도에서 한참 북쪽에 있어서 나는 리즈에게 그곳 위치를 알려주려고 의자 위에 서야 했다.

그리고 나서 겨울의 어느 날, 에든버러에서 질 하든을 만나 점심을 같이 하게 되었다. 그녀는 고고학자로 당시 스코틀랜드 내셔널 트러스트에서 일했다. 부럽게도 세인트 킬다에 자주 갔고, 내가 '도망치듯' 그곳을 보았던 이야기를 해주자 웃었다. 그러나 그녀에게는 뭔가 계획이 있었다.

점심을 들면서—접시에 담긴 내 음식이 점점 식어갔다—질이 말하기를, 오는 5월에 스코틀랜드 고대역사 기념물에 대한 왕립위원회RCAHMS 탐사 팀이 세인트 킬다에 가서 방대한 프로젝트를 시작할 계획이라고 했다. 그들은 3년에 걸쳐 여러 차례 방문하여 그곳의 완전한 '문화적 풍경'을 확인할 생각이었다. 사람이 만든 구조물은 하나도 빼놓지 않고 최신 GPS 위성 장치로 조사한다고 했다.

"유네스코 세계유산이거든요. 메리 하먼의 작업을 계승하는 겁니다."

나의 명한 표정을 보고 질이 추가 설명을 해주었다. 1970년대 후반에 메리 하먼이라는 고고학자가 남들보다 앞서 세인트 킬다에 갔다. 그녀는 세인트 킬다 주민들이 그곳을 떠나면서 독특한 삶의 방식을 돌에 완전하게 새겨넣고 떠났다는 것을 처음으로 이해한 사람이었다. 수백 년, 어쩌면 그보다 더 긴 수천 년을 이어져 온 삶의 방식이었다. 메리 하먼은 혼자서 혹독한 조건에서 작업하면서 섬의 구조물들을 처음으로 기록했다.

질이 이어서 말했다. "군대가 마을을 불도저로 밀고 싶어 했다는 이야기 들었죠?"

"불도저로 민다고요?"

"1950년대에 레이더 기지를 그곳에 설치하면서 그랬었죠. 언덕으로 이어지는 도로 봤어요?"

나는 또다시 고개를 가로저었다. 도망치듯 그곳을 방문했을 때 언덕을 본 기억은 어렴풋이 났지만 도로는 전혀 생각나지 않았다.

"아무튼 그들은 마을을 불도저로 밀려고 그곳에 도로를 건설했어요. 당신도 그들의 심중을 짐작하겠죠. 더 이상 아무도 그곳에 살지 않으니까요."

"하지만 결국은 계획이 꺾였군요."

"그리고 이제 유네스코 세계유산이 되었고요."

첫 방문에서는 2주간 머물 계획이라고 했다. 질은 전문가 능력을 발휘하여 탐사 팀을 돕고 조언을 해줄 것이다. 그녀는 특별히 빌린 모터보트에 자리가 있을 것이라고 했다. 숙박 시설에도 여자가 묵을 방이 틀림없이 있다고 했다. 낡은 오두막집인데 지붕을 새로 올리고 기숙사처럼 꾸며 주로 자원자 일꾼들이 사용한다고 했다. 나보고 적절한 기관에 신청서를 내고 내가 비용을 대겠다고 하면 운좋게 함께 갈 수 있을 것이라고 했다.

* * *

우리는 5월 초 바람이 거세게 부는 아침에 해리스를 출발했다. 이번 여행은 빨랐고 직행이었다. 서쪽으로 힘차게 물살을 가르고 세 시간을 곧장 달렸다. 소음과 짭짤한 바람과 물보라를 헤치고 가자 날개를 치켜든 멋진 세인트 킬다의 절벽이 수평선에 다시 모습을 보였다.

짜릿한 흥분을 느꼈지만, 나로서는 앞서 요트로 더 천천히 이곳에 와본 적이 있어서 다행이었다. 덕분에 여기가 얼마나 먼지, 예전에 작은 배로 살아야 했던 바닷사람들의 심정이 어땠을지 조금이나마 알 수 있었다. 물론 빨리 가는 게 뭐가 문제냐고 생각하는 사람도 있겠지만 말이다.

보트의 엔진이 멈추자 침묵이 으스스하게 느껴졌다. 이어 새소리와 해안가의 파도 소리가 들렸고, 기지의 특징 없는 낮은 건물들이 눈에 들어왔다. 나는 눈으로 폐허의 흔적을 쫓았다. 지붕 없는 집들이 쭉 이어져 있고 갈색 언덕이 그것을 내려다보고 있었다. 그날 모든 것이 햇빛에 반짝거렸다. 높은 하늘과 탁 트인 바다도 시원했다. 이제 장비들을 해안에 나르는 것이 문제였다. 우선 위성 수신기, 노트북, 배터리, 충전기, 디지털카메라 등 과학적 탐사를 위한 수단들이 담긴 금속상자를 들어 소형 보트에 실었다. 그러고 나서 2주간 먹을 식량과 폭풍에 발이 묶일 경우에 대비한 여분의 식량을 실었다.

나는 네 명의 RCAHMS 조사원과 곧바로 친해졌다. 남자 셋, 여자 한 명으로 다들 건장하고 친절했고 외진 현장에서 일하는 것에 익숙했다. 선의의 농담들을 서로 주고받았다. 고국에 대한 지식이 많았지만 전에 세인트 킬다에 와본 적은 없다고 했다. 그래서 질이 동행한 것이다. 방파제에서 또 한 명의 고고학자가 우리를 기다리고 있었다. 뉴질랜드 출신의 젊은 샘 데니스였다. 질과 마찬가지로 그녀도 스코틀랜드 내셔널 트러스트에서 일했고, 이곳 세인트 킬다에서 여름 내내 지내고 있었다. 전체는 둘로 나뉘어 두 명의 조사원과 한 명의 고고학자가 한 팀이 되어 조사 업무를 맡기로 했다.

우리는 모든 장비를 외바퀴손수레에 싣고 마을까지 날랐다. 귀중한 장비, 커피와 바나나, 감자와 빵도 날랐다. 5월의 햇빛이 빠르게 지나가는 구름 사이로 쏟아졌다. 세 번째 시도 만에 운 좋게 이곳에 왔다! 손수레를 운전하고 서로를 지나칠 때마다 질이 내 눈을 보고 웃었다. 작은 무리의 갈색 어린 양들이 뛰어다니는 것이 보였다. '소이 양Soay sheep'이라고 하는 이 지방 고유의 야생 품종이었다. 양쪽이 비탈진 만 너머로 바다오리들이 꼬리에 꼬리를 물고 계속 모습을 보였다.

그날 저녁, 모두들 짐을 풀고 조사원들이 장비 확인을 다 마치고 나서 우리는 마을 산책에 나섰다. 고고학자 샘이 마을을 구경시켜주겠다고 한 것이다. 그녀는 오랫동안 이어져 온 세인트 킬다의 삶이 왜 갑작스럽게 마감되고 말았는지 설명하겠다고 했다. 멋진 기회였다. '역사적 기념물'에 관한 한 그녀는 전문가 중의 전문가였기 때문이다. 모두가 모든 것을 찬찬히 살피느라 걸음이 느릴 수밖에 없었다. 우리는 지붕 없는 집들이 삭막하게 이어진 곳을 지나며 문이 있었던 틈새를 놓치지 않고 들여다보았다. 쐐기풀과 엉겅퀴가 차갑게 식은 난로에서 자라 있었다.

내가 봐도 집들은 그냥 평범해 보였다. 다른 곳에서 볼 수 있는 집과 건축적으로 별반 다르지 않았다. 조사원들을 흥분시킨 것은 '클리트cleit'라고 하는 건물이었다. 게일어로는 'cleitean'이라고 하는데 영어 화자들은 그냥 'cleit'라고 한다.

샘은 우리를 집 뒤편으로 안내했다. 돌들을 길게 쌓은 제방으로 둘러쳐진 곳이 나왔다. 우리는 유난히 멋지게 생긴 본보기 옆에 섰다. 머리 높이 정도 되는 타원형 건물로 모르타르 없이 돌들로만 쌓아 무너지지 않게 만들었고, 지붕에는 떼를 올려 습기를 막았다. 한쪽 끝에 낮고 어둡고 묘한 출입구가 있었다. 꼭 신석기시대에 만든 대피소처럼 보였다. 세인트 킬다에서만 볼 수 있는 이런 건물들은 선사시대 유산일 수도 있고, 어쩌면 주민들이 그곳을 떠나기 직전에 만든 것일 수도 있다.

"이게 바로 이곳의 문제네요." 샘이 유감스럽다는 듯 웃었다. "석기시대가 1930년대까지 계속되었으니까요!"

클리트는 저장고였다. 세인트 킬다가 세상에서 완전히 고립되고 자족적이었던 시절에 곡물과 덫으로 잡은 새와 새알과 토탄 등

주민들을 굶주리지 않게 해주는 자원들을 전부 이런 클리트에 넣어 보관했다. 마을 곳곳에 이런 곳이 수십 개는 있는 듯했는데, 눈에 들고 나니 언덕 전체가 온통 클리트였다. 위쪽 경사진 비탈에 울룩불룩 튀어나온 것이 마치 땅이 바람에 날리지 않도록 꼭 잡아주는 버튼처럼 보였다.

우리는 클리트를 보고 우물을 보았다. 선사시대 흙더미를 관찰했고, 울타리 친 구역과 오래된 블랙하우스의 담벼락 위를 보았다. 지붕에 이엉을 얹었고 창문은 없는 전형적인 농부들 집이었다. 그런 다음 우리는 거리로 돌아가 박물관에 들러 턱수염을 기른 맨발의 남자들, 숄을 두르고 수줍어하는 여자들 사진을 보았다. 샘이 다시 우리를 밖으로 데려가 집들을 지났다. 이곳이 텅 비게 된 데 대해, 그토록 오랜 세월 이어져 온 세인트 킬다가 왜 더는 유지될 수 없었는지에 대해 뭔가 말하고 싶었던 것이다.

이런 평범한 집들, 유명하고 사진에도 자주 등장하는 '거리' 자체가 어느 정도 이유였다.

"지금 보면 '원조'였던 셈입니다." 그녀가 설명했다. "19세기 초에 부유한 영국인, 관광객이라고 해도 되겠죠, 영국인이 이곳에 와서 섬사람들이 사는 전통적인 블랙하우스를 보고는 기겁을 했습니다."

블랙하우스는 별다른 것이 아니라 당시 하일랜드와 섬들 곳곳에서 흔하게 볼 수 있는 집 형태였다. 지붕에 이엉을 얹고 창문은 없었으며 한쪽 끝에 난로를 놓고 동물들을 안에 두었다. 안락하고 멋진 것과는 거리가 멀었지만 문제없이 잘 돌아갔다.

"그래서 이 사람이 주민들에게 더 좋은 집을 짓도록 지원해 주겠다고 했어요. 그의 관점에서 '더 좋다'는 것은 연기가 빠져나가는 굴뚝이 있고 창문이 있고 가축들을 두는 외양간을 별도로 갖춘 집이었죠." 당시 장관도 계획을 지지했고 지주들도 승낙해서 1860년대까지 이런 코티지[1]들이 만들어졌다. 현대적이고 본토 양식처럼 보이기도 했겠지만 개선된 것은 아니었다. 습기가 찼고 여기저기 손볼 데가 있었다.

"그는 자신이 호의를 베푼다고 생각했습니다. 그런데 이런 새 집에는 창문이 있잖아요. 유리가 깨지면 어디서 유리를 가져와서 갈아 끼우죠? 페인트도 있어야 하고…… 목재도 필요한데…… 어디서 얻어요? 여기는 나무도 없는 곳이잖아요."

샘은 만을 향해 돌아섰다. 멀리 떨어진 본토 도시들 쪽을 보았고, 이어 여기저기 들어선 공장들을 보았다.

"그게 몰락의 시작이었습니다. 70년 뒤에는 다들 짐을 싸서 떠났지요."

다음 날 아침, 우리는 장비와 여분의 옷─날씨가 언제라도 돌변할 수 있으므로─을 배낭에 챙기고 망가지기 쉬운 장비는 금속상자에 따로 넣어 숙소를 나왔다. 거리를 지났고, 거리가 희미해질 무렵 축축한 비탈과 개울을 건넜고, 이어 질이 말한 군용도로로 들어섰다. 도로는 섬의 높은 곳으로 길게 이어지면서 기지와 흰색 돔의 레이더 건물들을 연결했는데, 대서양을 바라보는 곳에 위치한 레이더 건물들이 어떤 지도에도 나오지 않는다고 조사원들이 지적했다. 숨을 헐떡이며 높은 곳에 올라 등지고 서니 현대 세계가 사라졌다. 빌리지 만, 군사 기지, 버려진 가옥과 마을의 클리트 모두가 보이지

1 시골의 작은 집을 이르는 말.

않았고, 언덕 위에 우리들이 서 있는 2마일이 채 안 되는 땅은 마치 새들이 자신들을 위해 설계해 놓은 곳처럼 보였다. 사방이 날고 하강하는 무리들, 기울어진 바위와 성벽, 새끼를 키울 수 있는 몇몇 경사진 풀밭과 절벽이었고, 다른 것은 필요치 않았다.

조사원들은 두 명씩 두 팀으로 나뉘고 고고학자가 한 명 붙었다. 성품이 온화하고 아는 것이 많은 이언 파커가 조사원 가운데 가장 연장자였다. 그와 애덤 웰페어가 샘과 함께 팀을 이루어 멀라크 모어Mullach Mor라고 하는 곳으로 가기로 했다. 남서쪽을 바라보는 절벽 꼭대기로 가파르게 800피트 아래로 떨어져 바다와 만났다. 나는 절벽 바위와 압도적인 바다 풍경에 이끌려 그들을 따라가기로 했다. 샘이 민첩하게 앞장섰다. 일렬로 서서 배낭과 상자를 들고 야생 양이 만들어놓은 작은 길을 걸었다. 왼쪽 아래로 바다가 있었는데 워낙 멀어서 소리는 들리지 않았다. 마침 번식기여서 계속해서 새들이 섬 주위를 빙빙 돌았다. 바다 위에 흐릿하게 떠 있는 것은 전부 새였다. 4해리 북쪽에 있는 스탁 안 아르민과 스탁 리에서 온 가넷, 조용한 풀머갈매기, 일렬로 늘어선 바다쇠오리가 그들이었다. 갈색도둑갈매기bonxie도 작은 풀밭에 둥지를 틀고 있었다. 이 녀석들은 조심해야 한다. 여러분의 스타일이 마음에 들지 않으면 공중으로 날아올라 우둔한 눈으로 노려보면서 여러분의 머리 위를 덮칠 수도 있다.

그들은 '문화적 풍경'이라고 불렀지만, 섬의 높은 곳에 올라 풀밭에 깔린 구름의 그림자와 바다와 하늘에 넋을 잃고 사방에 날아다니는 새들에 혼을 빼앗기면, 대체 이 야생지대에 문화가 어디 있느냐는 소리가 자연스럽게 나온다. 그러나 곧 나는 절벽 위쪽을 따라 돌과 잔디에 모습을 감추고 있는 것이 더 많은 클리트라는 것을 알았다. 그것들은 도처에 있었다. 가파른 경사지나 평평한 바위에 놓인 클리트가 갈수록 더 많이 보였다.

아마도 하얀 턱수염 때문이겠지만 휴대용 측량 기구를 어깨에 멘 이언의 모습이 꼭 과학기술 예언자처럼 보였다. 커다란 배터리를 안테나가 삐죽 튀어나온 배낭에 넣고 온 그는 접시만 한 위성 안테나가 얹힌 기다란 지팡이를 꺼내 들었다. 여기에는 데이터 로거라고 하는 작은 모니터도 부착되어 있었는데, 그는 여기에 수치와 명령어를 입력하고 관련 숫자들을 읽었다. 가장 중요한 기능은 현재 구름 위에 얼마나 많은 위성들—미국이 주도하는 NAVSTAR 시스템을 사용했다—이 있고, 하늘에서 무엇을 하고 있고, 얼마나 많은 다른 위성들이 곧 우리의 수평선 위로 올라올지 알려주는 것이었다.

이언은 나에게 이것을 설명하면서 별들의 언어를 사용했다. 위성들의 '별자리'에 대해 말했다. 그는 GPS를 읽으려면 머리 위를 돌고 있는 스물네 개의 NAVSTAR 위성 가운데 최소한 네 개가 필요하다고 했다. 여기서 포착한 정보들을 마을에 세워진 작은 기지국에서 미세하게 조정하면 섬 전체를 훑어서 우리가 있는 위치를 센티미터 오차 내로 찾아낼 수 있다고 했다.

센티미터? 나는 경악했다. 지나치게 정확하네! 핀으로 나방을 고정시키는 것도 아니고.

그러나 이언이 계속해서 말하기를 그 정도 정확성은 사실 아무것도 고정되지 않았음을 말해 준다고 했다. 예를 들어 서쪽 해안으로 밀물이 들어오면 영국 땅 전체가 어마어마한 무게의 물 밑으로 살짝 가라앉는다. 게다가 영국은 매년 아주 조금씩 노르웨이 쪽으로 슬금슬금 다가가고 있다. 조사원들의 장비는 이런 사소한 이동도 감지할 수 있다.

"그러면 클리트는요?" 내가 물었다. "이곳에 클리트가 몇 개나 있어요?"

"메리 하면은 히르타에서만 1,400개를 확인했어요. 다른 섬들까지 치면 더 많고……."

"그러니까 그 많은 클리트를 하나도 빼놓지 않고 센티미터 단위로 정확하게 조사할 생각이군요."

절벽 높은 곳에서도 어지럽지 않았던 나는 그 계획에 현기증이 났다.

* * *

그렇게 시작했다. 며칠 동안 탐사 팀이 접근한 모든 구조물들을 똑같은 식으로 측정했다. 로버 수신기를 든 이언이 스크린을 살펴보고 동료 애덤에게 열 자릿수의 좌표를 불러주어 받아 적게 했다. 그런 다음 그는 건물 주위를 돌아다니며 몇 걸음마다 자료를 새로 확인했다. 이런 지점들이 연결되면서 건물에서 잡히는 전파의 수신 범위가 스크린에 나타났다. 타원형 모양을 했는데 문을 나타내는 한쪽 끝이 끊어져서 꼭 끊어진 고리처럼 보였다. 어떻게 보면 정말 그랬다. 이제 사람들이 다 떠났고 땅이 아무도 부양하지 못하니까 말이다.

애덤은 연필과 종이를 들고 옛날식으로 기록했다. 그가 맡은 일은 건물의 보존 상태와 특징적인 면을 자연스러운 말로 설명하는 것이었다. 예컨대 그가 "이 건물은 옆으로 들락거리네"라고 적으면 이례적으로 문이 더 긴 벽 쪽으로 나 있다는 뜻이다. "에고, 모자가 날라갔네!"는 떼를 올린 지붕이 없어졌다는 뜻이다. 그는 가파른 경사지에 세워진 클리트의 경우 낮은 쪽에 환기구가 있다는 것을 알아챘다. 아마도 외풍을 통과시켜서 안을 건조하게 하려는 뜻 같았다. 벽을 안쪽 공간보다 더 두껍게 만들었다는 것도 확인했다. 샘은 시각적 기록을 위해 사진을 찍었다.

더디게 진행되어 인내심이 필요한 작업이었다. 그들은 새 장소로 가서 기기를 작동하고 GPS를 읽고 측정하고 기록하고 사진 찍고 다시 이동했다. 날씨가 시시각각 변하고 구름의 그림자가 재빠르게 지나갔다. 갑자기 우박을 동반한 폭풍이 훑고 지나가더니 해가 다시 나왔다. 우리는 항상 소리를 질러 소통해야 했다. 기록해, 이동. 나는 클리트가 자연과 문화가 혼재된 묘한 존재라고 생각했다. 돌로 쌓은 벽과 떼를 올린 지붕이 산들바람에 떨렸다. 우리는 원하는 대로 이리저리 다 측정할 수 있었지만, 그럼에도 그것은 여전히 미스터리였다. 항상 우리는 바다가 보이는 곳에 있었다. 파도가 저 아래 바위들을 때려 하얀 물거품과 청록색 너울이 일었다.

이렇게 상세히 기록하는 작업은 내가 혼자 세인트 킬다에 와서 구경하는 것과는 완전히 다른 경험을 제공했다. 나 혼자였다면 서둘러 이곳저곳 돌아다니며 흥분했겠지만, 땅에 대한 이해가 부족해서 좌절하기도 했을 것이다. 가로대 돌의 지의류에 난 고양이 발톱 같은 패턴, 바람이 저 아래 바다 수면에 그리는 것과 흡사한 패턴을 살펴보지 못했겠지. 클리트 지붕에서 하늘하늘 떨리는 제비꽃 무리를 알아채지도 못했을 거야. 양들은 클리트에 들어가 쉬는 것을 좋아했다. 안에서 배설물 냄새가 났다. 가끔은 시체 썩는 냄새 때문에 가까이 가지 못하고 토악질을 했다.

우리는 특정한 클리트의 쓰임새가 무엇이었을지 궁금할 때가 자주 있었다. 한번은 역시 빈틈없는 샘이 이끄는 조사원들이 가파른 경사지를 2~300피트 조심조심 내려가 저 아래 꼭 바다에서 기어 올라온 거북처럼 생긴 클리트에 다가갔다. 분명 세인트 킬다 남자들이 말총으로 만든 밧줄을 허리에 메고 맨발로 절벽을 기어올라 채집한 새와 새알을 보관했던 곳일 터이다.

그런 질문이 생겨도 물어볼 사람이 없다는 것이 비극이었다. 잠깐 마을에 들러 누군가를 붙잡고 물어볼 수 없었다. 첫날 밤에 모든 것이 아주 최근처럼, 동시에 아주 오래된 것처럼 보였다. 오래된 느낌이 든 것은 사방이 돌투성이였기 때문이다. 최근이라고 말한 것은 사람들이 이곳을 떠난 것이 미디어로 보도된 사건이어서 기자들과 카메라가 왔었기 때문이다. 누군가가 세인트 킬다 여인 한 명이 아직도 살고 있다고 우리에게 말했다. 그녀는 1930년에 어린아이였고 현재 헤브리디스의 한 요양원에서 말년을 보내고 있다고 했다.

* * *

좋은 날씨가 이어져서 탐사 팀이 오랜 시간을 일했다. 그들은 선의의 경쟁을 펼치며 클리트를 하나하나 조사했다. 하루에 100개나 살폈다! 클리트만이 아니었다. 가끔 풀들로 뒤덮인 제방, 한때 울타리가 있었을 것 같은 제방을 살펴보기도 했다. 사람이 만든 구조물로 해석될 수 있으면 무엇이든 조사했다.

여기에는 방식이 있었다. 그들은 하먼 박사의 순서를 따랐다. 그녀가 찍어놓은 사진들이 있는데, 우리가 맡은 일은 말하자면 30년 전 그녀가 찍은 작은 흑백사진들을 빛과 색이 달라지고 바람이 몰아치는 현재의 시야와 맞춰보는 것이었다. 내가 선봉에 나섰다. 사진에서 눈에 띄는 특징들, 예컨대 삐죽삐죽한 가로대나 말의 머리처럼 생긴 돌 같은 것을 확인한 다음 현장에서 찾았다. 사진과 비교해 보니 시간이 가한 피해가 역력히 와 닿았다. 모든 클리트가 더 피곤하고 헐거워 보여 무너짐을 향해 한 발 한 발 다가가고 있었다.

"나도 알아요." 나중에 질이 말했다. "애석한 일이죠. 하지만 어쩌겠어요. 클리트가 어떻게 죽어 가는지 연구하는 것이 우리 일인데요."

그리하여 조사원들은 섬을 돌아다니며 자신들의 짧은 의식을 거행했다. 성직자처럼 각각의 건물들을 조사하고 나서 마지막 예를 올려주었다.

물론 우리는 남아 있는 것을 기록할 뿐이다. 없어진 것은 없어진 것이다. 섬의 모든 바위, 모든 지형마다 이름이 있었다. 우리는 클레이진 언 타이 페어Claigeann an Tigh Faire, 초소의 두개골Skull of the Watching House, 연인의 바위Lovers' Rock, 칸 모어Carn Mor, 멀라크 스가르Mullach Sgar를 돌아다녔다. 하지만 지금 아무도 기억하지 못하는 다른 이름들이 얼마나 많은지 누가 알겠는가. 어쩌면 클리트에도 저마다 한때 이름이 있었겠지만 마찬가지로 사라졌다.

탐사 팀은 신속하게 작업해야 했지만, 그럼에도 밝은 반점무늬를 천진하게 과시하는 검은가슴물떼새golden plover 한 쌍을 감탄하며 바라보고 그들의 둥지를 행여 밟을까 조심조심 걸을 시간은 항상 있었다. 손으로 햇빛을 가리고 고개를 들어 갈색도둑갈매기와 소리치는 갈매기의 공중 난투를 지켜보기도 했다. 점심은 바람을 피해 웅크리고 앉아 샌드위치를 먹었다. 가끔 어쩔 수 없이 쉬어야 할 때가 있었다. 가령 연결되는 위성의 수가 부족해서 자료를 읽을 수 없는 잠깐의 시간이 있었다. 이를 '스파이크spike'라고 하는데, 이때 우리는 높은 바위에 걸터앉아 사탕을 먹으며 바다와 구름과 새들의 드라마에 대해 이야기했다. '스파이크'는 내게 특별한 느낌을 안겨주었다. 위성에 우리의 위치를 들키지 않아 잠시나마 자유의 몸이라는 느낌을 받았다. 우리는 높은 곳에 있었다. 위성이 포착하는 범위는 아니었지만, 해수면에 스케이트 선수가 만든 자국처럼 긴 물살이 만들어지는 패턴을 보기에는 충분히 높았다. 우리는 가넷이 물속에 뛰어드는 것을 보았고, 바다오리가 굴 입구에서 집을 굳건히 지키는 것을 보았다. 한번은 고래가 물 밑에서 올라와 물기둥을 뿜어내고 다시 바다 속으로 사라져 검은 한숨을 자아냈다.

조사원들과 함께 있으면서 나는 초점을 바꾸는 법을 배웠다. 그것은 창유리를 통해 보는 것과 창유리를 보는 것의 차이에 비교할 수 있다. 창문을 통해 보면 바다, 야생, 거리감, 고립 같은 것이 보인다. 창문을 보는 건 공공 서비스, 식량 안보, 집안 관리를 보는 것이다. 우리는 석기시대와 위성시대를 왔다 갔다 했다. 무엇이 둘을 갈라놓았을까? 고작 30년의 세월이다. 세인트 킬다 주민들이 결국 섬을 떠나고 불과 30년 뒤에 최초의 통신위성 텔스타Telstar가 발사되어 위성 통신 시대가 열렸다. 30년이라. 풀머갈매기도 평화롭게 내버려두면 그보다 오래 살 수 있다.

스파이크가 왔다. 샘과 이언, 애덤과 나, 이렇게 네 명은 쉼터 바위에 나란히 등을 기대고 앉아 바다와 공중제비를 도는 새들, 바람에 떠밀려 파란 하늘을 가로지르는 구름을 쳐다보았다. 여기서 보면 동쪽 수평선에 희미하게 펼쳐진 웨스턴 제도가 보였다. 눈을 감고 피부에 와 닿는 태양을 느끼며 과학기술의 현대 세계에서 멀리 벗어난 자신을 상상하는 것도 가능했다. 옆에서 데이터 로거를 계속 확인하며 더 많은 위성이 하늘 위의 문화적 풍경 속으로 들어왔는지 알아보는 이언만 없었다면 말이다.

* * *

솔직히 말해 이런 수준의 꼼꼼함은 살짝 피곤했다. 다른 사람들이 만들고 떠나 버린 풍경을 조사하면서 하늘 위 보이지 않는 곳을 돌아다니는 위성들을 계속 의식하자니 여간 불편한 게 아니었다. 여기서는 그 무엇도 주목을 피할 수 없었다. 새 하나, 돌 하나, 그리고 사람도 당연히 주목의 대상이었다. 세인트 킬다는 독일인 커플이 그토록 찾았던, 그리고 내가 몇 년 전 첫 여행 때 볼 수 있으리라 기대했던 한적한 오지, 도피처가 아니라 사람들 화제에 오르내리는 장소였다. 클리트가 얼마나 많은지 내가 놀란 것이 한두 번이 아니었다. 클리트를 보고 있으면 기분이 격양되었다. 일주일이 지나자 나는 클리트에 겉으로 드러나지 않는 목적이 있을지도 모르겠다는 생각이 들기 시작했다. 사람들이 하늘과 바다, 바람과 서로의 눈을 피해 호젓하게 몸을 숨길 곳이 필요해서 작고 어두운 벽장을 만들지 않았을까 생각했다.

그렇게 이곳에서는 어떤 것도 주목을 피하지 못했다. 어느 날

흰올빼미 한 마리가 아마도 아이슬란드에서 날아와 바다 위를 맴돌았다. 녀석을 발견하기가 무섭게 그 소식은 조사원들이 주머니에 넣고 다니는 VHF 무전기를 통해 우리에게 전달되었다. 흰올빼미는 툭 튀어나온 특정한 바위를 좋아했는데, 그곳에서는 글렌 모어Glen Mor라고 하는 계곡이 잘 보였다. 일단 눈에 익고 나면 하얀 예복을 입고 사원을 찾은 은자처럼 반 마일 떨어진 곳에서도 녀석을 볼 수 있다.

날씨 때문에 언제 일을 멈춰야 하는 상황이 생길지 몰랐으므로 다들 할 수 있을 때 바짝 속도를 냈다. 작업의 진행 상황을 봐서 다섯 시나 여섯 시에 가장 연장자인 이언이 무전기로 다른 팀원들에게 오늘 일을 마치자고 했다. 좋아서 하는 일이라도 일은 일, 우리는 쉴 수 있게 되어 기뻤다. 다들 모이면 서로 주고받을 소식과 세세한 정보들이 늘 있었다. 매일 들고 언덕을 오르내리는 수고를 덜기 위해 로버 수신기는 밤에 가장 튼튼한 클리트에 보관했다. 어두운 출입구에 차곡차곡 쌓인 모습을 바라보자 흐뭇했다. 비록 잠깐이지만 클리트가 다시 쓸모 있게 되었기 때문이다. 물건을 보관하는 창고로서의 모습을 되찾은 것이다. 그 물건이 그곳을 만든 사람은 전혀 상상하지 못했던 것이라 하더라도.

그렇게 우리는 클리트가 망가질 것에 대비하여 매일매일 자료를 모으고 기록을 남겼다.

* * *

본토 쪽을 향한 언덕에 오르면 저 아래 새로 들어온 배가 정박해 있는지 곧바로 보였다. 그곳에서 나는 항상 도널드의 요트를 찾았지만 보이지 않았다. 그는 틀림없이 고객들을 다른 멋진 장소로 안내하고 있을 것이다.

마을에 가면 새로운 소식과 우리가 놓친 사건들이 기다렸다. 바람이 심술을 부리지만 않으면 그곳에서 계속 활동이 벌어졌다. 어느 아침에 크루즈 여객선이 200명의 방문객을 싣고 와서 관리원에게 일거리를 안겨주었다. 한 명은 감정에 복받쳤는지 광장 공포증 때문이었는지 극심한 공포에 휩싸여, 레이더 기지에 상주해 있는 간호사가 호출되어 그녀를 배로 다시 돌려보냈다. 한번은 일본 영화 제작자들을 실은 헬리콥터가 불법으로 절벽 가까이 접근하여 보호받아야 하는 새들을 놀라게 하기도 했다. 헬리콥터 번호를 추적했고—어떤 것도 감시를 피할 수 없다—분노의 전화가 오갔다. 그 사건이 있고 이틀 뒤에 환경 보건 담당 관리가 와서 순찰을 돌았다.

빌리지 만에서 벌어지는 삶의 주기에 곧 적응되었지만, 솔직히 나는 그곳이 못마땅했다. 레이더 기지와 냉전시대 피해망상에 오염되어서가 아니다. 충분히 '외진' 곳이 아니어서도 아니다. 물론 인공위성과 크루즈 여객선과 환경 보건 관리가 드나드는 곳에 있으면 외지다는 것의 의미가 과연 뭔지 고민하게 되지만 말이다. 나를 불편하게 한 것은 마을 자체였다. 주민들이 남기고 떠난 구조물을 조사하러 가는 길에 하루 두 차례 지나갔던 코티지들이었다. 차갑게 버려진 문들은 잃어버린 목가를 노래하지 않았다. 그것이 뭔가를 말한다면 바로 이런 것이었다. 거봐, 주민들은 결정을 내렸어. 이곳을 떠나기로 했다고.

* * *

　며칠 동안 연이어 이른 아침 창문을 똑똑 두드리는 소리에 신경이 쓰였다. 알고 보니 자신이 거울에 비친 모습에 화가 난 알락할미새pied wagtail였다. 그러던 어느 날 소리가 바뀌었다. 창문을 쪼아대는 소리는 들리지 않았고, 동쪽 바다를 향한 똑같은 창문에 바람이 쿵 하고 내리쳤다. 평소보다 높은 너울이 바위들을 훑고 지나갔다. 밤새 구름이 언덕을 뒤덮은 것이다. 마을은 내가 도망치듯 그곳을 처음 보았을 때의 모습이었다. "나흐 두 반 아 히르스트!" 일기 예보에 따르면 더 많은 바람, 무서운 동풍이 분다고 했다.

　바람이 불면서 고민이 생겼다. 우리를 그곳에 데려다 준 선장이 당일치기 여행자들을 데리고 왔는데, 곧장 해리스로 돌아간다면서 몇 자리 여유가 있다고 했다. 지금 배를 탄다면 예정보다 이틀 앞서 세인트 킬다를 떠나는 셈이 된다. 선장은 예보에 따른다면 자신이 일주일 뒤에나 다시 올 수도 있다고 했다.

　나는 한 시간가량 마을을 돌아다니며 고민했다. 갈까, 그냥 남을까? 세인트 킬다를 떠나?

　작은 박물관에는 19세기 사진들이 있었다. 비바람에 상한 얼굴에 집에서 만든 옷을 입은 사람들이었다. 갈까, 말까? 이런 고민을 한 사람이 내가 처음은 아니었을 것이다. 요트에 동승했던 가엾은 독일인 커플이 생각났다. 그토록 세인트 킬다에 오고 싶어 했었는데. 이런 곳을 예정보다 일찍 떠난다면 끔찍한 낭비가 아닐까. 하지만 다시 생각해 보니 내 아이들은 아직 어리고 일주일은 너무 긴 시간이다.

발전소에서 윙윙거리는 소리가 났고, 비가 부슬부슬 내렸다. 암양과 새끼들은 클리트의 문에서 쉬고 있었다. 그래, 이 정도면 됐어. 마음을 정했다. 내가 조사원들처럼 일하는 것도 아니고. 세인트 킬다에 더 머무는 것은 그저 모험담이나 얻어갈 뿐이지.

9장

라 쿠에바

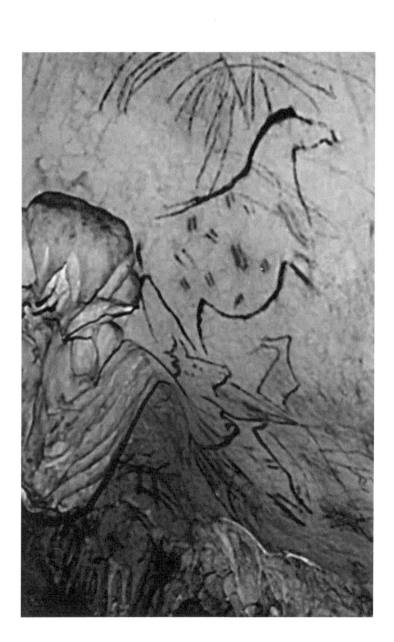

내벽은 낡은 아이보리색인데, 오래전 그곳을 만든 강을 아직도 기억하듯 축축하여 땅과 물에 걸친 양서적兩棲的 존재다. 임신한 몸처럼 우리를 향해 불룩한 배를 드러낸 다음 움츠러들어 어둠 속으로 사라진다.

한 여자아이가 램프를 들었다. 옆의 친구도 커다란 가죽 핸드백을 들고 있어서 손이 자유롭지 못하다. 둘 다 학생 나이다. 그들이 웃으며 서늘한 동굴 입구의 안내원 데스크에 왔을 때 나는 핸드백을 보고 웃었다. 동굴에 들고 오기에는 어울리지 않는 물건이다. 지금 우리는 동굴 안에 들어와 있다. 공기가 무겁고 습하다. 철과 흙의 냄새가 강하게 난다. 들어오는 길도 어둡고 앞에 놓인 길도 어둡다. 우리는 흔들리는 두 개의 등유 램프의 엉킨 불빛을 보며 통로를 지난다. 램프가 움직이면서 그림자도 벽을 따라 전진한다.

우리가 안내원 주위에 모이자 그가 조용히 설명을 시작한다. 호리호리하고 젊은 남자로 100년 전 이 동굴을 발견한 가족의 후손이다. 몇몇 말은 알아듣겠다. '아구아agua'는 '물'이라는 뜻이고 '무르시엘라고스murcielagos'는 '박쥐'를 가리킨다. 그러고 보니 박쥐 무리가 돌돌 말린 검은색 음모陰毛처럼 천장에 매달려 있다. 토마스는 수천 마리의 더 많은 박쥐들이 더 안쪽 깊숙한 곳에서 잠자고 있다고 말한다. 덕분에 이 동굴을 발견하게 되었다고 한다. 그의 선조인 두 명의 농부가 올리브나무에 거름을 주려고 박쥐 배설물을 찾고 있었다. 그들은 조심스럽게 새벽에 박쥐가 어디로 가는지 따라나섰고, 박쥐들은 피리 부는 사내처럼 그들을 산비탈의 한 틈새로 이끌었다. 그래서 동물과 사람과 동굴의 춤이 다시 시작되었다.

은은한 램프 불빛에 의지하여 석순을 바라본다. 높이가 7~8피트인 것도 있는데 엉겨 붙고 두툼한 음영이 있지만 만져보면 딱딱하고 축축하다. 해부 박물관 단지에 보존되고 색이 침출된 거대한 병리학 표본 같다. 덕분에 동굴에 엄숙한 분위기가 감돈다. 마치 우리가 은밀하고 관습에 위배되는 뭔가를, 떳떳하게 대놓고 이야기하지 못하는 뭔가를 하고 있는 기분이다. 우리는 몸통에 들어섰고, 관과 수로를, 처리가 이루어지는 장소를 통과하는 중이다. 지금 우리가 서 있는 이 방은 산화철 자국이 기다랗게 나 있다. 그래서 생각이 일어나는 두개골 안처럼 보인다. 동굴이 우리를 생각하고 있는 것 같다.

"엘 카스티요가 되겠습니다." 토마스가 램프를 치켜들고 말한다. "꼭 성처럼 생겼지요! 그리고 이것은"―탄산칼슘이 집적된 것을 가리키며―"신부 드레스처럼 보이고요. 우린 이것을 가족이라고 부르는데 잘 봐요. 네 사람이죠. 둘은 큰 사람, 둘은 작은 사람." 우리는 웃으며 그의 놀이에 동참한다. 기기묘묘한 형상들로 가득한 이 갤러리에서 우리가 알고 있는 바깥세상의 대상들과 연결시키면 안심이 된다. "이건 꼭 올빼미를 닮았군요. 웩, 여기 봐요. 단두대예요.' '같다', '처럼'이라는 말이 난무한다. 그런 식으로 서로 연결된다.

여기는 직유가 난무하는 홀이다.

우리는 석순을 떠나 돌로 된 경사로로 접어든다. 계단을 밟고 올라 또 다른 공간, 더 높고 넓은 방으로 들어선다. 동굴 입구, 바깥 세상은 벌써 추억이 되었다. 램프로 높은 천장을 비추자 버섯 아래쪽에 아가미처럼 생긴 형성물이 드러난다. 공기는 차분하고 습하다. 다섯 명이 둥그렇게 둘러앉자 토마스가 램프를 들고 벽에 다가가 두터운 검은색 얼룩을 우리에게 보여준다. 바닥에서 시작해서 천장으로 올라갈수록 점점 가늘어진다. '푸에고fuego'라고 그가 말한다. 불이라는 뜻이다. 수천 년 동안 구석기시대 수렵채집인들이 이곳에 들어와 잤다. 스물에서 스물다섯 명 정도가 무리를 이루고 말이다. 오래전 그들이 피운 모닥불의 그을음이 석회화되어 이렇게 굳었다.

동굴 벽에 난 그을음 자국이라. 목덜미가 서늘해진다. 인간의 의식이 탄생한 순간을 돌아보는 느낌이다.

내 옆의 여자아이가 가방을 고쳐 들었다. 웃어서는 안 되는데 웃고 말았다. 석기, 물, 베리, 땔나무. 그녀의 아기. 그녀는 어디를 가든 손이 편하지 않을 것이다.

램프가 움직이고, 그림자가 돌고, 우리가 이동한다. 하지만 우선, 불의 홀을 나서서 좁다란 통로로 접어들려는 찰나에 토마스가 걸음을 멈춘다. 지금 우리가 나가는 공간과 곧 들어서게 될 깊숙한 공간에 대해 뭔가를 알려주려는 것이다. 바로 구별이다. 그는 불을 피운 이곳은 모두가 함께하는 공용 공간이었다고 말한다. 수천 년 동안 사용되었다. 횃불을 들고 석순을 지나 돌로 된 경사로를 기어 여기까지 오는 것이 어쩌면 두려웠겠지만, 그래도 비바람이 몰아치고 짐승들이 오가는 밖에서 밤을 보내는 것보다는 이곳에 함께 있는 것이 나았다. 하지만 우리가 지금 들어가려는 더 깊은 동굴은 특별한 사람들만 사용했고 일상적인 용도가 아니었다. 그가 말한다. 이해하겠어요? 이곳은 의식을 올리던 곳이었을 겁니다. 아무나 들어갈 수 있는 곳이 아니었어요.

우리가 와 있는 이곳은 동굴의 몸통이다. 직유와 변형으로 가득한 곳, 석순이 성이 되고 불이 굳어서 돌이 된 곳이다. 하지만 구별의 장소이기도 하다. 토마스가 말할 때 우리 모두 근엄하게 고개를 끄덕인다. 우리는 구별하고 분리할 때 진지한 사람이 된다. 연결할 때는, 가령 이건 꼭 드레스 같군, 올빼미를 닮았어, 하고 말할 때는 내가 당신과 같아진다. 그러고 나서 우리는 웃는다.

연기 자국이 난 방을 나선다. 남자 두 명이 먼저 통로로 들어선다. 어찌나 좁은지 몸을 숙이고 어깨를 옆으로 돌려야 한다. 가방을 든 여자아이가 내 앞이고, 램프를 든 그녀의 친구가 내 뒤를 따른다. 램프의 냄새가 난다. 동물처럼 쉭쉭 소리를 내고, 체열이 내 종아리에 닿는다.

* * *

세상이 만들어지고 아주 최근까지도 야생동물—동물은 다 야생이었으니—은 없었고 인간은 드물었다. 그러다가 동물이, 동물의 존재가 주위에 넘쳐나는 시대가 되었다. 우리가 눈을 돌리는 곳마다 동물이 있다. 동물의 가죽을 벗겨 옷을 만들어 피부에 걸치고, 지방은 램프 기름으로 쓰고, 방광은 물을 나르는 데 쓰고, 살은 고기로 먹는다.

지금 우리는 사냥꾼처럼 몸을 웅크리고 있다. 역시 웅크리고 앉은 토마스가 램프를 들어 움푹 들어간 낮은 벽의 뒤쪽에 불빛을 비춘다. 그곳을 보고 우리는 숨이 막힌다. 안쪽에 말이 있다. 너무도 생생하다! 말의 일부분을 그린 것인데, 화가는 하나의 붉은 선으로 축 늘어진 턱을 표현했다. 다른 선은 목이다. 문질러 표현한 갈기, 앞쪽을 향하고 있는 작은 귀, 왼쪽 다리가 몸통에 연결된 모습만으로 말이 걷고 있음을 나타내기에 충분하다. 그게 전부다. 보이지 않는 풍경 속을 걷고 있는 작은 야생말의 앞모습.

우리는 오래 머물지 않는다. 빛을 너무 많이 쐬면 색이 바래지기 때문이다. 토마스가 이동하고, 말은 다시 긴 어둠 속으로 돌아간다. 그러나 곧 수컷 산양 두 마리가 벽에 나타난다. 기다란 등뼈와 뒤로 젖혀진 우아한 뿔이 달렸다. 나란히 옆에 서서 오른쪽을 보고 위를 향해 있는 것이 조심스럽게 언덕 저 멀리 올라가고 있는 듯하다. 이어 작은 황소 두 마리가 등장한다. 한 녀석이 천천히 위로 올라가고 있는데, 뿔이 돋아 있는 녀석의 머리가 아래로 숙인 다른 황소의 머리와 엉켜 있다. 어떤 동물도 완전한 모습은 없어서 죄다 부분만 보이고 반쪽만 드러난다. 사실, 우리가 살아 있는 동물을 만날 때도 이런 식이다.

여기저기 까만 얼룩이 벽에 보인다. 화가가 작업하는 동안 램프를 두어 연기가 그은 자국이다. 페인트는 동굴의 광물에 동물의 지방을 섞은 것이다. 그러나 동물이 왜 이렇게 깊은 동굴에 있어야 하는지 우리는 이유를 모른다. 환각일 수 있다. 주술사의 작업. 어쩌면 사람들은 다른 의미의 'draw'[1]를 한 것인지도 모른다. 동물의 존재를 깊은 원천, 즉 동굴-자궁에서 끌어내려고 한 것일 수도 있다.

이로써 우리는 은유에 휘말린다. 몸과 돌, 동굴과 동물을 가르는 막이 풀어진다. 돌아서 있는 두 황소처럼 엉긴다. 우리는 계속 나아간다. 틀림없이 여기가 끝일 거야, 하고 생각할 때마다 길이 계속 이어진다.

물의 존재를 드러내는 것이 전혀 없었는데, 어느 순간 물방울 하나가 떨어지고 우리의 발에 조용한 물결이 퍼진다. 물이 더없이 맑아서 그 아래 바닥에 있는 고운 회색 모래가 그대로 보인다. 토마스는 바로 그 모래에서 신석기시대의 많은 도기들이 발견되었다고 말한다.

그가 다시 램프를 들어 벽을 비춘다. 웅덩이 뒤의 벽에 야단스럽게 검은 선들을 휘휘 그어놓은 것이 보인다. 빗살 같기도 하고 갈퀴처럼 보이기도 한다. 토마스가 말한다. "5천 년 전에 만들어진 신석기시대 것으로 추정됩니다. 그 무렵이면 사람들은 농사를 지었어요. 수렵채집 생활은 접었고요. 다들 이런 표시에 대해 해석을 시도했습니다. 달력이라고 하는 사람들이 많은데 모르죠."

그것이 무엇이든 구석기시대 동물 그림과 비교하면 초조하고 열의에 차 보인다. 새로 등장한 인간의 관심사와 관련된 것 같다. 그런 표시들은 어떤 문제에 대한 해결책일까? 신석기시대 흔적을 보고 있자니 입이 근질근질하다. 뭔가 알 듯 말 듯 혀끝에서 빙빙 도는데 생각이 안 나는 느낌이다. 붉은 말과 산양, 황소는 이보다 훨씬 오래된 것이지만 곧바로 무엇인지 알아보지 않았던가.

"짐작하시겠지만," 토마스가 말한다. "여기에 물이 있다는 것을

---

1 영어 draw에는 그림을 그린다는 뜻 말고 끌어낸다는 뜻도 있다.

그들도 알았어요." 그들은 틀림없이 아이들에게 이렇게 말했고 심지어 여기 데려오기도 했을 것이다. 이 동굴을 기억해. 저 위의 세상에서 샘물이 마를 수 있으니까. 램프를 들고 마음을 굳게 먹고 계속 가. 포기하지 말고. 그러면 물이 나올 테니까.

벽은 가깝게 붙어 있고 바닥은 고르지 않다. 내가 중심을 잡으려고 손을 뻗자 동굴의 감촉이, 우리가 내쉰 숨이 확연히 느껴진다. 구석기시대 예술을 담고 있는 다른 많은 동굴들은 일반 방문객을 받지 않는다. 쇼베 동굴이 그렇고, 흥미로운 동물 그림이 우글거리는 (그리고 시대적으로 보다 뒤에 오는) 라스코 동굴은 지상에 똑같이 생긴 복제품을 만들어 관객을 맞고 있다. 보존이라는 명목에서다. 오래전에 그랬듯이 지금도 오로지 전문가와 연구자만이 허락받고 들어갈 뿐, 일반인은 출입이 안 된다.

그래서 우리가 이곳까지 찾아온 건지 궁금할 것이다. 먼저 차별을 보고 화가 났다. 당신은 되지만 당신은 여기 들어올 수 없어. 다른 이유는 수천 년 동안 불빛의 변성 놀음을 지켜보며 얻은 우리의 능력이다. 직유로 은유로 생각하는 능력. 우리는 이렇게 말할 수 있다. 저기 봐, 그림자가 꼭 사슴뿔처럼 생겼어, 이 선은 산양의 뿔을 나타내, 저 소녀는 사슴이야, 이 문제는 이래. 그렇다면 그런 해결책이 효과를 거둘 수 있다. 연결의 도약, 신중한 분류, 우리 마음이 작동하는 방식.

우리는 웅덩이를 떠난다. 잘게 금을 긋고 표식을 남긴 신석기시대 벽화 중앙에 날개를 활짝 펴고 날아가는 새-인간이 있다.

* * *

라 쿠에바

사람들이 마지막으로 동굴을 버리고 떠난 날이 있었을 것이다. 서서히 발길이 끊어졌고, 이어 망각의 시대가 찾아왔다. 그런 어둠의 세월이 아마도 몇 차례 있었고, 이때는 동물들만이 이곳을 찾아 쉬었다. 그러다가 재발견의 시기가 와서 동굴이 새로운 필요를 충족시켰다.

시대마다 필요가 다르다. 구석기시대처럼 동물과 자연과 교감하는 것은 끝나거나 중단되었다. 묘한 것은 이번에 우리를 동굴로 이끈 것이 동물—박쥐—이었다는 점이다. 우리가 그 어느 때보다 가까워진 새로운 관계를 발견하게 된 것도 묘하다. 바로 우리 모두 공동의 깊은 진화적 기원에서 나와 따로 떨어졌다가 겹쳤다가 하면서 함께 여행해 왔다는 사실이다.

램프가 다시 이동한다. 그림자가 움직인다. 믿기지 않게 우리는 계속해서 더 멀리 나아간다.

10장

줄노랑얼룩가지나방

황야에서 흔하게 볼 수 있는 연못으로 콩팥 모양으로 생겼다. 산들바람이 불어 동쪽 가장자리에 잔물결이 일었다. 갈대도 수련도 없었다. 그저 복잡하게 이어진 땅 한쪽에 형성된 휑한 웅덩이였다.

나는 연못가에 앉아 아침을 먹고 있었다. 접시를 헹구려고 물가로 내려갔다. 커다란, 웅크리고 앉아도 될 만큼 커다란 바위가 세 개 있었다. 나는 남은 우유 찌꺼기를 씻어냈고 스푼을 물에 담갔다.

그 순간 나방을 보았다. 내 시선을 단번에 끌었다. 세 바위 사이에 형성된 물의 삼각형에 포획되어 떠 있었기 때문이다. 하얀 날개에 갈색, 오렌지색 얼룩무늬가 있는 매력적인 나방이었다. 물의 표면장력에 붙들려 핀으로 고정된 것처럼 오도 가도 못했다.

그냥 내버려둬야 하지 않았을까? 왜 개입한단 말인가? 괜히 골치 아픈 일만 생길 뿐. 그러나 나는 고통당하는 나방 위에 웅크리고 있었고 손에는 스푼이 들려 있었다. 거대한 티스푼의 형식으로 느닷없이 내려온 구원의 손길. 이런 일이 일어날 확률이 얼마나 될까?

스푼이 나방의 아주 사소한 무게를 떠안자마자 다리가 홱 하고 움직였다. 하지만 날개는 물을 잔뜩 머금어 스푼의 가장자리를 감싸고 불룩한 쪽에 들러붙고 말았다. 나는 손톱으로 날개에 상처를 내고 싶지 않아서 스푼을 도로 물 아래로 내렸다. 나방은 자유롭게 물에 떠서 편안하게 속수무책인 원래 상태가 되었다. 이번에는 스푼을 보다 조심조심 들어올려 나방이 스푼의 움푹 들어간 곳에 오도록 했다. 약간의 물을 담아 나방이 스푼에서 옆의 바위로 자연스럽게 흘러내리도록 할 참이었다.

부분적으로 성공했다. 나방이 바위에 안착했다. 왼쪽 날개는 쫙 펴졌는데 오른쪽 날개가 헝클어지고 말았다. 바위의 곳곳이 거품이 이는 지의류로 살짝 뒤덮여 있어서, 물에서 고스란히 눈에 띄던 나방이 바위에 올라오니 곧바로 모습을 감추었다.

아침 햇살이 나방의 날개를 말리기에는 충분히 따뜻했지만, 나는 날개가 제대로 기능할까 걱정되었다. 날개 뒤쪽에 먼지가 들러붙어 일종의 막을 이루어 망가진 것처럼 보였기 때문이다. 게다가 흐트러진 나방의 균형에 뭔가 문제가 있어 보였다.

흐트러졌지만 그래도 움직였다. 나는 걱정스러운 마음으로 좀 더 가까이 들여다보았다. 나방은 더듬이 하나로 바위 표면을 탐색했다. 맹인의 지팡이처럼 앞뒤로 더듬이를 흔들어 가면서. 확실히 뭔가가 한쪽으로 기울어져 있었다. 그냥 내버려뒀어야 했는데. 그러면 물고기가 금방 채갔겠지.

그때 돋보기가 생각났다. 내 생일이어서 친구가 접이식 돋보기를 내게 선물한 것이다. 잘된 일이든 아니든 구조된 나방은 이제 면밀히 살핌을 당하는 처지에 놓였다. 두려움이 없지 않았다. 행여 나방에게 해를 끼쳤을까 두려웠다. 수사를 받는 기분이었다.

돋보기를 통해 새까만 두 눈과 머리 뒤쪽에 있는 한 무더기의 털을 보았다. 2센티미터가 채 안 되는 길이의 몸통에 얼룩무늬 천이

둘둘 말려 있었다. 까치나방. 왜 까치라는 이름이 붙었을까? 나방의
눈. 녀석은 나방의 눈으로 무엇을 볼까?

이제 돋보기를 들이대자 나방이 한쪽으로 기운 이유가 분명했
다. 왼쪽 앞다리 끝이 자그마한 물방울로 인해 왼쪽 눈에 고리처럼
들러붙어 있었다. 물방울에 무슨 힘이 있다고? 나방의 입장에서는
그것을 끊어내는 것도 버거웠던 모양이다. 그로테스크한 자세를 취
했는데 살짝 우스꽝스럽기도 했다. 마치 신사가 단안경을 들고는 렌
즈로 자신을 들여다보는 나를 더 잘 살피려고 애쓰는 모습 같았다.

단안경을 든 나방. 구부러진 다리로 인해 생긴 고리에는 아주
작은 것만 들어갈 수 있었다. 갈대 정도면 되겠지만 여기에는 갈대
가 없었다. 펜촉이 있었지. 바위 위에 어정쩡하게 앉아 한 손에 돋
보기를 든 나는 주머니를 뒤져 펜 뚜껑을 열었다. 그런 다음 나방의
까만 눈에서 시선을 떼지 않고 사소한 개입을 했다. 나방의 다리가
자유롭게 풀렸다.

마치 주문에서 풀린 것처럼 나방은 요란하게 바위를 기기 시작
했다. 맙소사, 아픈 거야, 내가 생각했다. 내가 상처를 입혔어. 쫙 펼
친 멀쩡한 날개는 더없이 예뻤지만 오른쪽 날개는 여전히 접혀 있
었다. 나방은 몸을 질질 끌고는 바위의 가장자리를 지나 곧장 물가
로 떨어지는 옆면을 거꾸로 내려갔다. 몇 센티미터 가다가 멈추었
다. 그늘 속이었다. 텐트를 고정시키는 줄처럼 네 다리로 바위를 꼭
붙잡았다. 아마도 새의 시야에서 몸을 피하기 위한 본능 같았다.

이만하면 되었어. 내 관심은 변덕스럽게 식었다. 너무 급하게
자리에서 일어나 살짝 어지러웠다. 드넓은 황야, 연못, 산들바람 부
는 몇 마일 뻗은 풀밭이 방대해진 스케일로 나를 맞은 것이다. 방금

전까지 나는 극소의 세계에 빠져 있었다. 나방의 눈과 지의류를 보고 황야를 이루는 셀 수 없이 많은 작은 과정들과 사건들을 살짝 들여다보았다. 정말 셀 수 없이 많다! 자그마한 생명체, 꽃, 박테리아, 활짝 벌리고, 자라고, 나뉘고, 살금살금 움직인다. 이 모든 것을 보려면 밖에 나가서 몸을 숙이고 눈을 맞닿기만 하면 된다.

아차, 아무래도 나방을 그냥 내버려뒀어야 했나 보다. 도움을 주기보다는 해를 끼친 것 같으니. 무늬가 있는 날개를 펼치고 물에 누워 있는 모습이 더없이 행복한 상태였을지 누가 알겠는가?

나는 고개를 저으며 다시 차에 올랐다.

11장

로나에 대하여

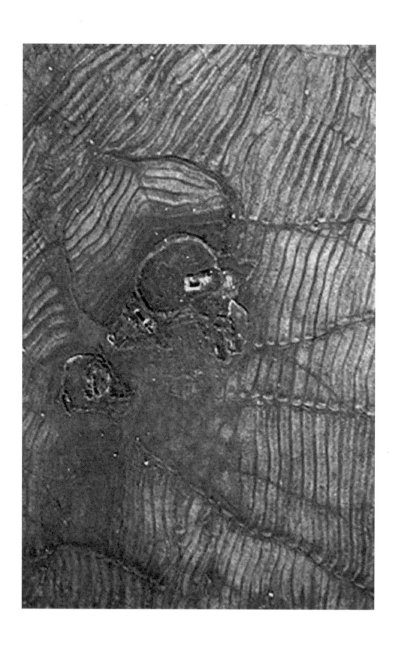

북대서양 저 멀리 수평선 너머로 아이슬란드까지, 혹은 심지어 래브라도까지 망망대해이거나 기껏 바닷새 배설물로 얼룩진 갈매기들의 슬럼만 있을 것 같다. 로나 섬은 이곳의 파도 위로 솟아오른 마지막 푸르른 언덕이다.

그들 말로는 그랬다. 40마일 외따로 떨어져 있어서 여러 시간을 달려야 하는 이곳, 하지만 나는 이내 고물 갑판 바닥에 엎드려 바람 소리와 엔진 소리에 몸을 부르르 떨었다. 속이 메스꺼워 웅크리고 있을 때 수평선에 로나가 보인다는 사람들의 외침이 들렸다. 추위와 소금기 머금은 바람을 견디고 한참을 더 달리자 마침내 배가 속도를 줄였다. 사람들이 엔진을 끄고 닻을 내렸을 때 어찌나 고마웠는지 모른다. 하지만 배가 다시 요동쳤다. 쏟아지는 파도보다 더 지독했다. 바다쇠오리가 있었는데 마치 우물에 갇힌 듯한 소리를 냈다. 알고 보니 우리가 와 있는 곳은 절벽으로 둘러싸인 좁은 만에서 은신처 같은 곳이었다. 양쪽으로 어두컴컴한 절벽이 있었고, 소형 보트 내리는 줄사다리, 사람들 목소리, 누군가 이렇게 말하는 소리가 들렸다. "배를 물가로 붙여."

나는 보트에서 폴싹 뛰어내려 지시받은 대로 끈적거리는 바위를 짚고 올라가 풀밭을 만나 털썩 쓰러졌던 모양이다. 초록색의 봉긋하지 않은 가슴. 아래로 뻗어내린 굳건한 바위의 평온한 중심부. 그곳에 누워 메스꺼움이 멎고 떨림이 사라질 때까지 있었다.

정신을 차렸을 때 육지새 찌르레기의 소리가 들렸다. 나는 몸을 돌려 하늘을 쳐다보고 향기로운 냄새를 맡았다. 일종의 야생화로 아마 아르메리아 같았다. 풀들이 어찌나 무성한지 놀랐다! 풍성하면서 동시에 혹독했다. 흘러가는 구름에 하늘이 높고 맑았다. 그곳에 누워 있는 동안 태양과 산들바람이 천천히 내 방수복을 말렸다. 선장 밥이 섬을 떠나면서 뱃고동을 울렸다. 이어 스튜어트와 질이 장비를 들고 활짝 웃으며 해안가에서 올라왔다. 이제 우리뿐이었다.

그렇게 지난여름 잠깐 동안 우리는 로나를 독차지했다. 바다로 둘러싸인 섬에는 나와 스튜어트 머리, 질 하든, 이렇게 셋밖에 없었다. 스튜어트는 독학으로 배운 박물학자의 멋진 전통에 충실한 새 관찰자로, 보이는 것을 믿으라고 말한다. 하지만 그런 믿음에는 전제 조건이 따른다. 정확하게 볼 줄 알아야 하고, 자신이 무엇을 보게 될지 대충 파악하고 있어야 한다. 그에게 로나는 오랫동안 자주 찾았던 곳이었다. 그는 30년 전에 자신이 직접 썼던 공책을 들고 왔다. 바다오리 서식지, 검은등갈매기black back gull, 쇠바다제비storm petrel 와 관련된 숫자들이 적힌 목록과 표가 그려져 있었다. 질은 고고학자이고 스튜어트처럼 엉뚱하지 않다. 스코틀랜드 섬들을 대부분 다 알았지만 로나는 처음이었다. 그녀가 이곳에 흥미를 느낀 것은 요즘 관점에서 봐도 무척 외진 곳이지만 수 세기 동안 사람이 살았었기 때문이다. 남쪽을 향한 사면에 농경지로 둘러싸인 오래전 버려진 마을이 있고 아주 초기의 교회가 있다. 이것 자체로도 옛 유물이지만 그 아래 무엇이 파묻혀 있을지는 아무도 모른다.

질과 스튜어트는 뛰어난 관찰자였다. 우리가 도착한 오후에 내가 몸을 다시 추스르고 우리가 가져온 음식과 장비를 모두 꺼내서 정리한 다음 나는 산책을 하다가 독특한 자세를 하고 있는 스튜어트를 보았다. 그는 바다쇠오리와 세가락갈매기 소리로 요란한 절벽을 내다볼 수 있는 툭 튀어나온 바위에 웅크리고 있었다. 한 손에 쌍안경을 들었고 무릎 위에 공책을 펴 놓았다. 나는 오두막으로 돌아왔고, 나중에 그가 무거운 문을 열고 들어왔다.

"어때요?"

"나쁘지 않아요."

"뭐 하고 있었어요?"

"그냥 구경했어요."

"그리고?"

"세가락갈매기가 새끼를 낳았더군요. 가끔 두 마리도 보이고."

"괜찮네요."

"그렇죠. 회복이 시작되려나 봐요. 갈매기를 몇 마리 보았어요?"

"저요? 갈매기라. 글쎄 두어 마리 본 것 같은데."

무너진 담장에 두어 마리가 서서 차가운 눈빛으로 침입자 우리를 쳐다보았다.

"그렇군요. 2001년에 검은등갈매기가 거의 천 쌍이나 있었어요. 사방에 새끼들이 돌아다녔죠. 그러다가 서식지가 완전히 무너졌답니다."

그때 질도 메모판을 들고 돌아왔다. 그녀는 벌써 교회에 다녀

왔고, 반지하 마을에 가서 한참을 머물며 억센 손으로 돌에서 흙을 털어내고 통로로 기어들어가고 오랫동안 불빛 구경 못 해본 틈새에 횃불을 들이댔다.

"어때요?" 내가 똑같이 물었다.

행복한 웃음이다. "오, 흥미로웠어요."

"뭐 하고 있었어요?"

"그냥요……. 구경했죠!"

* * *

한때 사람이 살던 섬이 이제 새들과 바다표범의 품으로 돌아갔다. 회색바다표범 수천 마리가 이곳에서 새끼를 낳으며 많은 녀석들이 이곳을 떠나고 싶어 하지 않아 보였다. 매일 도처의 해안에서 우리를 쳐다보는 바다표범의 모습에 바위의 날카로움이 누그러졌다. 우리가 '오두막'이라고 부르는 곳은 매년 11월이면 새끼를 낳는 바다표범을 관찰하러 이곳을 찾는 생물학자 팀이 지내는 현장 숙소였다. 강풍에도 견딜 수 있고 방음과 단열 처리가 되었다. 방은 두 개로 침대가 있는 방과 부엌과 식탁, 우물물을 담아두는 용기가 마련된 방이었다. 창고와 옥상 공간은 장비와 물자로 꽉꽉 들어찼다. 삽과 밧줄, 찬장에는 통조림 식품, 책꽂이에는 판타지 소설과 스릴러물이 가득했다. 11월의 로나가 어떤 곳인지 말해주는 대목이었다. 키플링의 시 「만약에//」의 한 구절을 손으로 써서 벽에 붙여놓은 것도 있었다. "주위의 모든 사람이 다 이성을 잃어도 그대가 침착함을 지킨다면." 그렇다고 두려워할 필요는 없었다. 비록 우리밖에 없었고 세상에서 멀리 떨어진 곳이었지만, 스튜어트와 질은 여유롭고 팔팔했고 이런 일에 경험 많은 사람이었으니까.

첫날 밤 뱃멀미와 바닷가 공기로 고생했다. 해질 무렵 침대에서 두 시간을 졸았고, 질이 와서 마을로 간다기에 다시 일어나 나갈 채비를 했다. 거의 자정에 가까운 시간에 밖을 나섰다. 한여름에 북쪽 바다의 무인도에서 어슬렁거리는 기회가 얼마나 자주 있겠는가? 물론 우리가 특별히 보고 싶었던 것도 있었다. 가장 어두운 시간에만 일어나는 것이었다. 토요일 밤 마을에 나가는데도 우리는 제일 좋은 옷을 차려입지 않고 겨울용 방수복에 모자를 썼다. 7월에도 바닷바람이 거세게 몰아쳤고 쌀쌀했기 때문이다.

* * *

섬의 길이는 1.5마일에 불과하다. 비옥한 언덕 하나에 불모지나 다름없는 평평한 반도가 짝짝이 날개처럼 북쪽과 남서쪽으로 길게 뻗어 있다. 해변은 찾아볼 수 없고 온통 높고 낮은 절벽들이다. 절벽 사이로 좁은 만이 파고들었고 바닷물이 그 사이를 드나들었다. 밤이 되자 바다 소리가 잠잠했지만 이따금씩 산들바람에 바다표범의 요란한 노래가 실려왔다. 구름이 모여들고 있었다. 스튜어트는 잘된 일이라면서 어두울수록 더 좋다고 했다.

우리는 서쪽으로 걸어 작은 언덕을 올랐다. 정상에 서자 '시어풀Sceapull'이라고 불리는 들쑥날쑥한 반도로 길게 이어지는 내리막길이 보였다. 시어풀은 곧 파도에 집어삼켜졌다. 흐릿하고 고풍스러운 빛이 섬에 내려앉아 바다는 변색된 은빛을 띠었다. 길은 산비탈을 가로지르더니 이어 흙으로 된 제방의 한 틈새로 이어졌다. 제방 안으로 들어서자 땅이 거대한 가리비 껍데기처럼 이랑을 따라 오르락 내리락하기 시작했다. 그늘이 드리운 고랑 사이로 허리 높이의 이랑이 솟았고, 온통 바람에 흔들리는 긴 풀들 차지였다. 이랑은 곡선을 그리며 저 아래 바다를 향해 뻗었다. 수백 년 전에는 이곳에 귀리나 보리를 키웠겠지만, 지금은 제멋대로 자란 잡초 때문에 조각 예술, 대지 예술이 되었다.

우리는 그런 생소한 땅을 지났고, 이어 세인트 로난의 교회 자리에 도착했다. 지의류로 뒤덮인 네 개의 돌담과 낮은 출입구가 전부였고 지붕은 없었다. 남쪽 바다를 바라보는 교회와 4분의 1마일 떨어진 절벽 사이에는 흙을 반쯤 파 들어간 어둑한 타원형 자국들이 있었고, 옆에 웃자란 잔디로 덮인 벽들이 경계가 되었다. 이것이 마을의 흔적으로 보여주는 전부였다. 그 너머로 파도 소리가 들렸다.

이것이 우리가 여기에 온 이유였다. 머나멀고 특별한 것을 찾아서 왔다. 우리는 교회 돌담에 기대어 편하게 앉았다.

내가 깜빡 졸았던 모양이다. 반쯤 졸다가 깨어났는데 누군가 내 귀에 대고 웃었기 때문이다. 웃음소리가 다시 들렸다. 더듬는 듯한 웃음, 고음의 재잘대는 소리가 성냥을 긋듯 갑작스럽게 터졌다. 곧바로 담장 안에서 대꾸가 있었다. 어떤 형상이 머리 위로 휙 지나갔다. 질이 옆에서 말했다. "봐요, 저기 그들이 오고 있어요." 그녀가 말하는 동안에도 또 한 차례 환호성이 몰려왔다. 마법처럼 밤하늘에 번졌다. 이번에는 여러 개의 어둑한 형상이 교회 담장 옆으로 휙 지나갔다. 박쥐처럼 재빨랐지만 박쥐는 아니었다. 날아가면서 재잘거렸고, 담장 안쪽 깊은 곳에서 재빠른 대답이 있었다. 질은 슬쩍 웃으며 나를 쳐다보았다. 그러는 동안 더 많은 새들이 불쑥 나타나 서로를 뒤쫓고 재잘거렸다. 날개의 터럭이 우리의 머리카락에 느껴질 만큼 아주 가까운 거리였다.

흰허리바다제비Leach's fork-tailed petrel의 번식지를 보려면 멀리까지 가야 한다. 최고로 외진 몇몇 섬들, 가령 세인트 킬다, 플래넌 제도, 그리고 이곳 로나에서 볼 수 있다. 여름밤이면 녀석들이 재빠르게 해안가로 몰려온다. 짝짓기를 위해 짝을 부르고, '딧 – 딧 디들 – 딧!', 경쟁자가 경쟁자를 쫓고, 한쪽 파트너가 둥지로 다시 들어가 다른 짝이 작고 검은 날개로 바다 멀리 나아가도록 한다.

울음소리는 우리 인간의 귀에 꼭 웃음소리처럼 들렸다. 가장 캄캄한 시각이면 담장은 새들로 분주했다. 벌집처럼 북새통을 이루었다. 흰허리바다제비는 칼새처럼 몸집이 작았지만, 그들의 도전은 바다의 폭풍이 아니라 해안에서 벌어지는 단거리 경주다. 갈색도둑갈매기가 그들을 잡아먹는다. 그런 이유로 이런 질주는 달빛에서 벌어진다. 실은 달이 뜨지 않는 밤을 더 선호한다. 그들은 가장 어두운 여름밤을 가장 좋아한다.

파도, 바다표범의 노래, 바다제비의 환호성. 두 시가 되자 북동쪽 하늘에 여명이 비쳤고, 공기 중에 다급한 전시의 기운이 감돌았다. 속임수와 짜릿한 긴장이 벌어졌고, 새들이 높고 재빠른 모스 부호를 주고받았다.

스튜어트가 마을을 탐색하고 돌아왔다. 교회 끝에서 흰 머리털을 휘날렸다.

"멋지군!" 내가 낮게 중얼거렸다.

우리는 교회 출입구에 서 있었다. 오래된 담장 위로 어두운 새들의 형상이 서로를 쫓았다.

"그들은 얼마나 멀리까지 가나요?"

"대륙붕 가장자리까지 가죠."

"여기서 얼마나 먼데요?"

"우리가 있는 곳이 중간쯤 되지요. 50마일을 더 가야 해요."

새들은 우리가 말하는 동안 우리의 머리 주위를 요란하게 오갔다. 우리를 보거나 들었는지 모르겠지만, 아무튼 전혀 아랑곳하지 않았다.

"그냥 마술 같아요!"

"썩 많지는 않군요……."

"이 정도면 많은데요, 봐요……."

그러나 그는 고개를 저었다. "전혀 그렇지 않아요."

* * *

흰허리바다제비는 희귀종이므로 유럽 법률에 따라 우리는 그들을 예의 주시해야 한다. 이것이 스튜어트의 일이었다. 그는 그들의 은밀한 둥지의 수를 세려고 로나에 왔다. 10년 전에도 똑같은 일을 했고, 앞으로 며칠 동안 또다시 그 일을 할 것이다.

아침에—해가 높이 뜬 지는 몇 시간이 지났지만—우리는 또다시 농경지를 지나 마을로 갔다. 폐허는 한낮의 빛에 그야말로 순진무구한 모습이었다. 아무 소리도 들리지 않았다. 교회의 돌들도 조용했다. 폐허는 한때 인간이 살다가 철수했다는 것만 인정할 뿐이었다. 간밤의 떠들썩했던 흥분도 전혀 모른 체했다.

날씨가 우리 편이었다. 나는 항상 여름에 대서양의 섬에 올 때면 구름이 획획 지나가고 햇빛이 바다에 반사되어 반짝이는 것을 보면서 세상이 시시각각 만들어지고 있다는 느낌을 받았다. 똑같은 호흡으로 생겨나고 사멸한다. 하지만 스튜어트에게는 일을 의미했다. 그는 배낭에서 대나무 대와 플라스틱 태그를 꺼냈다. 그런 다음 내게 소니 워크맨을 건넸다.

"좋아요." 그가 말했다. "세 차례 요란하게 틀어요. 30초가량. 그러고 나서 이동해요."

"어디서 하죠?"

"그럴듯해 보이는 곳에서 해요."

그럴듯해 보이는 곳이라. 우리가 서 있는 곳은 곡선으로 휘어진 허리 높이의 담장 옆이었다. 타원형으로 움푹 들어간 자국에 지금은 양지꽃이 환하게 깔려 있었다. 담벼락 위쪽에 두 개의 돌이 마치 기도하는 손처럼 삐죽 튀어나왔다.

"여기가 그럴듯해 보이나요?"

그가 어깨를 으쓱했다. "한번 해봐요."

나는 돌과 잔디 사이의 작은 틈새에 워크맨을 걸쳐놓고 버튼을 눌렀다. 테이프가 돌아가면서 흰허리바다제비의 '딧-딧 디들-딧!' 하는 소리가 났다. 곧바로 돌 밑에서 소리를 죽였지만 화가 난 집주인이 '딧 디들-딧티드' 하고 되받아쳤다. 나는 웃음이 나왔다. 그러나 스튜어트는 플라스틱 메모판에 숫자를 적고는 잔디에 쑤셔 넣었다.

"나머지 담장들을 맡아요. 여기가 당신 구역이에요. 우리는 매일 이렇게 마을을 돌아다닐 겁니다. 질은 묘지를 맡고, 나는 교회 제 방을 맡아서 하죠."

"아바의 노래를 틀어줘도 효과가 있을까요?" 내가 물었다. 그는 나를 한참 쳐다보기만 했다.

재밌었다. 햇빛과 사무적인 산들바람이 부는 가운데 나는 오래된 담장 근처를 돌아다니며 몇 걸음마다 멈춰 버튼을 눌렀고 '그럴 듯한 곳'을 금세 파악했다. 잔디에 말끔하게 난 둥근 구멍이 굴이었다. 새들은 발로 구멍을 파고 그곳에 보금자리를 마련했다. 그런 굴이 보이면 나는 테이프를 틀고 귀를 잔디에 갖다 댔다. 아무 소리도 들리지 않을 때는 실망했지만, 안에서 새가 대답하면 웃음이 또 나왔다. 굴이 살아 있고 새가 안에 있으면 사소한 흔적들이 있었다. 잘린 풀줄기, 배설물, 가끔은 진하고 퀴퀴한 냄새가 나기도 했다. 어떤 굴은 뚜렷한 입구가 보이지 않는 것도 있었다. 그럴 때는 반응이 두 텁게 자란 잔디 깊은 곳에서 나왔다. 이따금 섹시하게 가르랑거리는 소리가 났는데 암컷이었다. 수다스러운 재잘거림은 수컷만 낼 수 있었다. 가끔 한 녀석의 수다가 이웃의 수다를 촉발하면, 수백 년 되고 햇빛에 따뜻해진 담장이 손풍금처럼 요란하게 들썩였다.

고맙다는 말과 미안하다는 말이 나왔다. 내 자신이 방문 판매원이 된 듯한 기분이 들기 시작했다. 다만 뒤를 돌아보면 바다가 사방에서 환하게 일렁이고 회색빛 온갖 음영으로 하늘과 만났다. 저 앞쪽 언덕의 교회 근처에서 질과 스튜어트가 각자의 구역에서 일하고 있었다. 담장을 향해 허리를 숙인 모습이 마치 돌들의 심장 박동소리를 듣기라도 하는 듯 보였다.

그러나 우리가 만나 서로 기록한 것을 비교했을 때 스튜어트가 또다시 어둡게 중얼거렸다. 그는 좋지 않다고 했다. 이런 일이 마지막 같지도 않았다. 걱정스러웠다.

* * *

이어지는 열흘 동안 그는 동쪽 절벽 꼭대기의 등대에서부터 폭풍의 침식으로 형성된 두 반도 끝에 이르기까지 섬 전체를 다 조사했다. 가끔 질과 내가 돕기도 했다. 우리는 파란색 나일론 밧줄을 지면에 깔아 표시했는데, 모든 돌이 비슷비슷하게 보이기 시작해서 이런 식으로 우리가 작업한 곳을 구별한 것이다. 밧줄을 깐 구역 내에서 우리는 몇 야드 간격을 두고 천천히 이동하며 바위와 돌무덤 아래에서 테이프를 틀었다. 가끔 새들의 대답이 들렸다. 아직 살펴보지 않은 바위를 볼 때마다 기대감에 가슴이 뛰었다! 우리는 새들의 조각, 바다표범의 갈비뼈, 엄지손톱만 한 불가사리의 멋진 해골을 발견했다. 머나먼 섬에 가서 순례자나 참회자처럼 손과 무릎을 땅에 대고 기어가며 작업하는 것은 특이한 경험이자 대단히 친밀한 경험이었다.

매일 아침 우리는 마을을 작업했다. 이곳은 최고로 밀집된 새 서식지였다. 우리는 곧 서식지의 역동적인 변화에 대해 감을 잡았다. 사흘 동안 매일 대답한 새가 갑자기 보이지 않으면, 공책에서 그의 번호에 가위표를 했다. 한밤중에 바다로 나간 것이다. 교회를, 마을을 떠났다. 한 줄기 희망이다. 이제 그의 짝이 고분고분하게 유일한 알을 지킬 것이다. 제방 안쪽 어둠 속에서 어두운 눈을 하고.

＊ ＊ ＊

스튜어트가 새들과 이야기하는 동안 질은 돌들과 교감했다. 먼저 그녀는 세인트 로난의 교회를 집중적으로 작업했다. 지금은 그저 뼈대만 덩그러니 남았고 서쪽 박공의 돌들은 대부분 무너졌다. 교회는 울타리를 친 구역의 남쪽 벽에 서 있으며, 울타리 안에 아주 오래된 작은 묘지가 있다. 수백 년 동안 잔디가 자라서 섬에 있는 반들반들한 장석을 대충 깎아서 만든 묘비들이 이리저리 기울었다. 꼭 가라앉는 작은 배 같다.

세인트 로난St. Ronan에 대해서는 그의 이름만 알려져 있는데, 묘하게도 '작은 바다표범'이라는 뜻이다. 마치 그가 바다표범의 가죽을 벗고 수도승의 모습으로 인간 세상에 나타났다는, 스코틀랜드 전설에 나오는 셀키selkie라도 되듯 말이다. 그가 금욕과 기도의 삶을 살 수 있는 '바다의 외진 곳'을 찾아 떠났던 초창기 스코틀랜드 수도승이었음은 틀림없는 사실이다. 수백 년이 지나 사람들이 그의 이름을 딴 교회를 지었고, 그 아래에 죽은 자들을 묻었다. 이제 그 사람들도 다 떠났으니 그들의 묘지는 가슴 아픈 곳이다.

그런 곳이 갑자기 축제의 장이 되었다. 질이 그렇게 만든 것이다. 어느 날 그녀는 묘지를 돌아다니면서 모든 돌 옆에 작은 오렌지색 깃발을 꽂았다. 그러자 깃발이 산들바람에 탁탁 소리를 내면서 마치 죽은 자의 날을 축하하는 것처럼 보였다. 질은 무덤의 표식을 도표에 그리는 작업을 하고 있었다. 오렌지색 깃발은 그녀가 울타리 벽에 두른 줄자를 기준선으로 하여 돌들의 거리를 잴 때 그것들을 쉽게 알아보도록 했다. 그녀가 이런 작업을 하는 것은 돌들이 사라지고 있었기 때문이다. 1930년대나 1950년대 흑백사진들을 들여다본 그녀는 돌 십자가들이 몰래 빼돌려지고 있다는 것을 알았다. 바람과 날씨 때문에 중세 교회가 한층 무너진 것도 알게 되었다. 그녀는 속이 상했다. 교회와 마을, 그리고 주위의 들판 모두 국가관리 고대기념물Scheduled Ancient Monument로 지정되어 있지만, 국가는 멀리 떨어져 있고 이보다 다급한 관심사들이 많다. 그래서 질이 말했다. "최소한 이것들을 표로 만들어 무엇이 있었는지 기록으로 남길 수는 있잖아요." 실제로 그녀는 공공기관의 전문가나 건축가, 혹은 돌담을 넘어지지 않도록 보강하고 교회가 완전히 무너지는 것을 막을 수 있는 사람들을 이곳에 데려오는 것을 좋아했다.

화창한 어느 오후에 나는 줄자 막대를 들고 질이 요구하는 숫자들을 불러주었고, 질은 검은색 야구 모자를 푹 눌러쓰고 메모판에 몸을 숙이고는 무덤의 위치를 그려 넣었다.

우리는 자연스럽게 그들을 생각하게 되었다. 오래전에 죽은 이 무덤의 주인공들 말이다. 우리는 매일 그들을 '그들'이라고 부르며 그들에 대해 이야기했다. 그들이 어떻게 살았을지, 바다에서 혼자 또는 수 세대를 버틴 사람들의 삶이 어땠을지 이야기했다.

로나의 주민들이라고 해서 독자적인 종족은 아니었다. 게일족으로 웨스턴 제도의 더 큰 문화에 속했고, 질이 계속해서 강조했듯이 당시 바다는 도관이었지 장벽이 아니었다. 그럼에도 그들은 이웃과 멀리 떨어진 채 들판과 소수의 가축과 바닷새 알에 의지하며 외따로 살았다. 1695년 마틴 마틴이 웨스턴 제도 여행기를 출판했을 때 사람들은 이미 섬을 떠난 뒤였다. 그는 그들을 가리켜 "세상 도처에 널려 있는 대부분의 악덕을 완벽하게 모르는""옛 종족"이라고 불렀다. 그들의 마을을 걷고 끝없이 펼쳐진 바다를 바라보면 왜 그런지 이해가 된다.

로난의 이름은 알려졌지만 잔디 아래 누워 있는 사람들 이름은 모른다. 다만 마틴의 한 문장이 우리에게 흥미로운 사실을 말해줄 뿐이다. 그는 로나의 주민들이 "하늘, 무지개, 구름의 색깔에서 자신들의 성을 따왔다"라고 썼다.

"대단하지요." 풀들이 제멋대로 자란 들판을 함께 걸을 때 질이 말했다. 내가 로나에 처음 온 사람이 누구인지, 신석기인인지 청동기시대인인지 누구인지 묻자 그녀는 그저 웃으며 이렇게 말했다. "아아, 그걸 우리가 어떻게 알겠어요?" 당시 바다를 통로로 이용했을 수도 있겠지만, 동물 가죽을 씌워 만든 배로 모험하기에는 여전히 먼 거리였다.

대단하긴 대단하다. 부족한 흙과 해초를 가지고 손으로 이 구불구불한 들판을 다 일구었으니 말이다. 사람들은 제방 너머에 있는 모든 땅의 풀잎과 돌 하나하나까지 알았을 것이다. 그들은 계절의 변화에 민감했을 것이다. 여름이 짧았으므로 창고를 마련하고 물자를 비축할 필요를 느꼈을 것이다. 우리가 그곳에 도착한 것은 7월 초순으로 황새풀 꽃이 활짝 피어 부드러운 흰색 다발이 바람에 휘날렸다. 2주 후에는 씨앗이 바위나 풀에 들러붙거나 바다로 날아가 사라졌다.

매일매일 우리의 시간 감각은 느렸다. 해가 가장 높을 때여서 낮이 날개를 펼친 듯 길게 늘어났다. 밤이면 오두막 창문에 덧문을 쳐서 어둡게 해야 잘 수 있었다. 지나가는 구름, 갑자기 쏟아지는 스콜, 바람의 변화가 시간이었다. 이런 곳에서 태어나 평생을 이렇게 좁은 범위에서 지내면 어떻게 될까 궁금했다. 하늘이나 무지개에서 이름을 짓고, 계속해서 바다가 보이고 들리는 삶이란 어떤 것일까. 나는 그곳에 고작 2주 있었는데도 마치 뼈가 피리가 된 것처럼 몸 안이 더 가벼워진 느낌이었다.

* * *

전설에 따르면 세인트 로난은 바다 괴물의 등에 타고 로나에 왔다. 정말로 괴물을 타고 왔든 배를 타고 왔든 간에, 그는 8세기 어느 시점에 해안에 무사히 당도하면서 감사의 기도를 올렸을 것이다.

낭만적인 이들의 주장처럼 그가 정말 혼자서 왔는지, 아니면 수도승, 평신도 참회자, 여자 없이 홀로 사는 남자들과 함께 왔는지에 대해 질의 말대로 우리가 어떻게 알겠는가? 확실한 것은 이곳에 터를 잡으려면 한 명 이상이 필요했다는 사실이다. 성인도 먹어야 하니까 말이다. 로나에 이미 사람이 살고 있었을 수도 있다. 섬이 얼마나 많은 목숨을 먹여 살릴 수 있는지 정확히 아는 사람들이 기독교인의 배가 가까이 다가오는 것을 보고 있었을지, 이 또한 우리가 모를 일이다.

그러나 그가 무엇을 추구했는지는 우리가 안다. 머나먼 이곳 로나에 독특한 흔적이 남아 있기 때문이다. 바로 작은 건물이다. 그곳에 들어가려면 먼저 교회에 들어가야 한다. 그리고 나서 동쪽 박공 아래에 또 하나의 출입구가 있다. 흰색 석영을 올린 가로대가 있는 어두컴컴한 정사각형 모양으로 신석기시대에 만든 것처럼 투박하다. 몸을 잔뜩 굽혀야 하지만, 일단 안에 들어가면 편하게 설 수 있다. 처음에는 캄캄해서 아무것도 보이지 않고 축축한 흙냄새가 나지만, 눈이 적응하면 머리 위 여기저기서 한낮의 별들이 반짝거리기 시작한다. 오랜 세월이 흐르면서 돌들이 살짝 옆으로 미끄러진 탓이다. 한참 있으면 마치 야외 천문관에 들어온 것 같은 느낌이 든다.

어둠, 흙, 그리고 갑작스러운 침묵. 바람도 파도도 없다. 마음을 혼란스럽게 하는 모든 세상에서 단절된 장소에 온 것 같다. 이어 석조 건축물이 보인다. 작은 기도실, 아름답게 만들어졌고 1,200년 되었다. 낮은 석조 제단이 동쪽 담장을 등지고 서 있다. 여기서 성인에 대한 한 가지 사실을 알 수 있다. 그는 돌에 대한 감각이 뛰어났다. 직접 만들었든 아니면 다른 사람을 시켰든 간에. 바다를 항해하다가 빛과 하늘과 바다표범과 울어대는 새들이 있는 이 섬을 차지한 그는 세상을 거부하는 독방을 만들었다.

스튜어트가 새를 탐구하고 질이 돌을 만지작거리는 동안, 나는 두세 차례 기도실에 몰래 와서 어두운 빛에 눈이 적응하기를 기다렸다. 풀머갈매기 둥지가 모퉁이에 있어서 경계해야 했다. 너무 가까워서 녀석이 침을 뱉기도 했다. 풀머갈매기가 이곳의 경비원이었다. 이런 가운데 흰허리바다제비가 담장 속에 몸을 숨기고 있다고 생각하니 기분이 묘했다. 물 위를 걸은 성 베드로의 이름을 딴 바닷새[1]가 바다표범의 이름을 가진 성인이 만든 독방을 차지한 것이다.

나는 그저 그가 그곳에서 무엇을 했을지 궁금했을 따름이다. 제단 앞에서 어둠에 파묻혀 기도에 몰입하고 있는 로난의 모습을 상상했다. 그는 감각적인 세상으로부터 스스로를 격리한 채…… 무엇과 연결되고자 했을까?

---

1 바다제비를 가리키는 영어 단어 petrel은 St. Peter에서 나온 말이다.

* * *

우리가 섬을 독차지했다고 내가 말하지만, 물론 이것은 말도 안되는 소리다. 낮은 바위에서는 바다표범과 수많은 바다오리, 그리고 제비갈매기tern 서식지가 새로운 격분에 맞서 영원히 항거했고, 바위 사이의 웅덩이로 내려가면 유럽쇠가마우지shag의 지저분한 둥지가 있었다.

어느 저녁에 칼새 여섯 마리가 오두막 위를 빙빙 돌다가 다시 사라졌다. 큰코돌고래risso's dolphin 한 무리가 갑자기 나타나 30분가량 남쪽 사면에서 배를 채우고는 역시 가던 길을 갔다. 아르메리아 철은 이미 지났다. 매일 우리가 마주쳤던 것 중에 솔잣새crossbill 무리가 있었다. 섬 주변에서 지저귀며 아르메리아 씨를 먹었다. 솔잣새는 북쪽의 소나무 숲에 사는 새인데, 여기는 소나무가 하나도 없었고 소나무를 보려면 바다 위로 한참을 더 가야 한다. 백 마리는 족히 되어 보였다. 수컷은 밝은 빨간색, 암컷은 갈색으로, 일제히 날아오르면 마치 모닥불을 끄고 남은 숯덩이처럼 보였다.

사람 사는 섬이 맨눈으로 보이지 않았다고 해서 우리가 바다에서 정말로 혼자인 것도 아니었다. 서쪽으로 10마일을 가면 로나라는 비옥한 지구를 도는 달처럼 술라 스게어의 황량한 바위가 솟아 있다. 가넷이 둥지를 트는 곳이다. 게다가 '옛 종족'에 대한 생각이 항상 나를 떠나지 않았다. 개인적으로, 설령 내가 동떨어진 느낌이 들었다 해도, 그것은 수평선 저 너머에 있는 본토가 아니라 4분의 1마일 떨어진 지금은 버려진 마을에서 단절되었다는 느낌이었다. 그들이 흙에 만든 타원형 자국들과 누추한 교회를 보면 왠지 아늑했고 그들의 뜻을 알아볼 수 있을 것 같았다. 우리는 포장된 수프와 통조림 과일을 먹고 창문 너머를 바라보았다. 사라진 지성의 유물들, 오래전에 버려진 들판이 저녁 햇살을 받아 반짝거렸다.

* * *

날이 이미 밝은 어느 아침, 내가 대야에서 머리를 감고 있을 때 스튜어트의 고함 소리가 들렸다. 그는 아침 일찍 북쪽 사면으로 나갔다가 다시 돌아와 언덕 꼭대기에서 소리를 지르며 바다를 가리켰다. 바람의 방향이 밤사이에 살짝 바뀌었고, 바다는 하얀 파도가 살짝 이는 차분한 모습이었다. 별다른 것이 없어 보이던 순간—나는 수건을 꽉 움켜쥐었다—가넷 한 무리, 열에서 열두 마리가 섬으로부터 반 마일 떨어진 곳에서 빠르게 우리 쪽으로 다가오고 있었다. 나중에 생각해 보니 새들의 날개는 햇빛을 받아 파파라치의 카메라 불빛처럼 느리고 하얗게 깜빡거렸다. 그것이 내가 처음 목격한 모습이었다. 가넷은 흐느적거리고 축 처져서 독특한 방식으로 날았다. 그리고 평소와 같은 화살 대형이 아니라 물 위에 낮게 무리지어 있었다.

고함, 수건, 넓은 바다, 축 처진 가넷, 이 모든 것이 눈 깜짝할 사이에 벌어졌다. 나는 전에 딱 한 번 가넷이 저런 식으로 행동하는 것을 본 적이 있었는데, 한 번이면 충분했다. 나도 소리를 질러 곧 그리로 가겠다고 스튜어트에게 알리고, 비눗물을 눈에서 닦아내고 오두막으로 서둘러 들어가 질을 찾았다.

우리는 숨을 헐떡이며 폴 소사텀Poll Thothatom이라고 하는 좁은 만의 절벽 가장자리에 도착했다. 우리가 배를 타고 온 곳이었다. 급경사였지만 목이 부러질 걱정 없이 물가로 뛰어들 수 있는 순한 비탈이 하나 있었다. 이제 만의 입구에서 바다가 뒤로 넓게 펼쳐진 가운데 다섯 개의 까만 지느러미가 수면을 갈랐다.

범고래였다. 지느러미가 햇빛에 반들거렸다. 길고 똑바른 수컷의 지느러미가 하나, 나머지 넷은 길이가 더 짧고 구부러졌다. 가넷은 이미 꽁무니를 뺐다. 범고래가 천천히 서로를 돌고 있었다. 이따금씩 조용히 물을 뿜으면서 등 부위가 수면으로 올라와 고리 모양의 산호섬처럼 보이기도 했다. 전략을 짜기 위해 시간이 필요한 듯 보였다.

우리는 절벽 꼭대기에 나란히 서서 가슴 졸이며 지켜보았다. 한 가지는 알았다. 녀석들은 놀려고 여기에 온 것이 아니었다. 이 지역에는 물속에서 혹은 바위 위로 올라와 빈둥거리는 바다표범이 항상 있었다. 그때까지만 해도 나는 바다표범 수컷이 큰 동물이라고 여겼었는데, 갑자기 작고 연약해 보였다. 그들은 무슨 일이 벌어지는지 정확히 알았다. 우리가 서 있는 곳에서 60피트 아래에 있는 좁은 만에서 바다표범들이 파도 위로 머리를 쳐들고 조용히 모여들었다. 나는 그들이 기겁하며 바위로 허겁지겁 올라갈 줄 알았다. 하지만 바다표범은 수직으로 물에 뜬 채, 범고래가 회의를 벌이는 동안 느리고 끔찍한 지느러미를 쳐다보았다. 파도가 밀려올 때마다 바다표범 무리도 출렁거렸다. 한참 동안 팽팽한 긴장 속에서 아무 일도 벌어지지 않았다.

이어 범고래가 움직였다. 동작이 워낙 빨라서 나도 모르게 소리를 질렀던 것 같다. 암컷이 둘씩 짝을 지어 다가왔다. 몇 차례 도약

하더니 우리가 보트에서 내렸던 바로 그곳에 왔다. 바위에 도착하자마자 첫 번째 녀석이 몸을 옆으로 기울여 하얀 배를 드러내며 오른쪽 옆구리를 바위에 훑고 지나갔다. 지독하게 가려운 곳을 긁는 듯 기분이 좋아 보였다.

소리를 지르며 그야말로 속도감 있게 멋지게 뛰어오르는 것을 보고 속으로 생각했다. 녀석이 냄새를 맡고 있어. 저 아래에서 거대한 동물이 바위와 바다표범과 식물들, 어쩌면 우리의 냄새까지도 맡고 있다고 생각했다. 나의 인간적인 마음은 녀석이 감각을 즐기는 것 같다고 말했다. 이어서 이런 네 동물이 동시에 물을 뿜는 소리가 들렸다. 낮고 규칙적이고 산업적인, 마치 빅토리아시대 기계 같은 소리였다.

파도가 여전히 희미하게 바위를 쓸고 지나갔다. 물과 바위가 만나는 바로 그곳에서 네 마리 범고래가 일렬로 정렬해 있었다. 흥분한 상태였는데도 내가 그들을 바라보는 방식에 뭔가 이상한 점이 있다는 것이 느껴졌다. 내 눈 앞에 정말로 커다란 네 마리 범고래가 있었다. 하지만 흑백의 얼룩덜룩한 제복에서 뭔가가 나를 혼란스럽게 했다. 눈 뒤에 있는 흰색 부위였다. 저주의 눈길을 돌리는 거울이나 부적처럼 그 부위가 쳐다보는 시선을 왜곡하는 것 같았다.

내가 소리를 질렀던 것 같다고 말했지만, 질이나 스튜어트는 나를 잡아당기며 옆에서 격려의 소리를 외쳤고, 이어 우리는 달리기 시작했다.

범고래가 서쪽으로 방향을 틀더니 섬에 딱 붙어서 윤곽선을 따라 돌기 시작한 것이다. 우리도 위에서 그들의 뒤를 쫓았다. 또다시 나는 범고래를 뒤쫓아 절벽 꼭대기를 달리고 있었다. 또다시! 작년에 셰틀랜드에 갔을 때랑 똑같았다. 그때는 내 친구 팀이 옆에 있었다. 우리는 이보다 훨씬 높은 절벽을 따라 달렸다. 느리게 움직이는 가넷의 수행단을 가리킨 것이 바로 팀이었다. 그날 우리는 환한 빛 줄기에서 고래들을 놓칠 때까지는 용케 따라잡았다. 그러나 이 녀석들은 바위 옆에 딱 붙어서 훨씬 빠르게 필사적으로 뭔가를 쫓았다. 폴 소사텀의 바다표범은 무시한 채 무시무시한 속도로 질주했다. 도로 쓸려가는 청록색 파도를 헤치고, 툭 튀어나온 곳과 좁은 만을 하나하나 돌면서 계속 나아갔다.

두텁게 자란 풀이 방해하고 가슴이 쿵쾅거려 따라잡을 가능성은 거의 없었지만, 그래도 해볼 만했다. 비록 보이진 않아도 저 아래에서 마치 지하실에서 양수기 돌아가는 소리처럼 무시무시하게 탕, 탕 하는 소리가 들렸기 때문이다.

우리가 서로에게 무슨 말을 했고 무엇을 했는지는 기억에서 지워졌다. 다만 우리가 많이 외치고 전력으로 뛰었다는 것은 생각났다. 갑자기 요란한 소동이 일고 핏물이 파도 위로 번지는 상상이 머리에서 떠나지 않았다. '침착하게 지켜보는 거야.' 나는 속으로 생각했다. '설령 피투성이 난장판이더라도 잘 지켜봐. 또 언제 이런 광경을 보겠어.' 그때 갑자기 녀석들이 멀리 치고 나갔다. 또다시 둘씩 짝을 지어 만을 곧장 건너 반 마일 떨어진 나지막한 반도 시어풀 쪽으로 이동했다.

이제야 우리는 숨을 돌릴 수 있었다. 가쁜 숨을 몰아쉬고 쌍안경을 들어 네 개의 지느러미가 물살을 가르고 여전히 빠르게 나아가는 것을 보았다. 그러는 동안 시어풀 쪽에 있는 바다표범은 범고래가 마을에 있다고 알았다. 차분하게 무리를 지어 떠다니는 축구공처럼 물 위로 머리만 내밀고 그냥 있었다.

우리는 범고래 네 마리가 섬 전체를 한 바퀴 돌려고 한다는 것을 이해했다. 그들이 시어풀의 가장자리를 돌아 섬의 서쪽으로 올라올 터이므로 우리 세 명은 그랑프리 대회의 관람객처럼 지름길을 택해 섬에서 가장 높은 언덕까지 질주한 다음 가파른 북쪽 사면으로 황급히 내달렸다. 그곳에 또 하나의 좁은 만이 있다는 것을 알았다. 섬을 거의 두 쪽으로 쪼갤 정도로 무척이나 긴 만이었다. 그곳으로 가면 빠르게 내달리는 범고래를 다시 볼 수 있다.

목구멍 위로 위산이 올라오고, 피 맛이 느껴지고, 잔디밭과 하늘이 번쩍하고, 가슴이 쿵쾅거렸다. 갑자기 내 몸뚱어리가 동물의 몸임을 새삼 깨달았다. 근육과 신경으로 이루어진 존재. 범고래도 다를 바 없었다. 위압적인 동물의 몸으로 얼룩덜룩한 흑백을 걸치고 우리를 완전히 압도한다. 우리는 시간에 딱 맞게 도착했다. 범고래가 뾰족한 곳을 전속력으로 돌아 저 아래 만으로 들어서고 있었다. 솜털오리cider duck 두 마리가 놀라 달아나는 가운데 범고래는 질주를 멈추지 않았다. 또다시 그들이 물속에서 솟구칠 때 내가 똑바로 보았지만, 또다시 눈 뒤쪽의 흰색 부위가 나를 당혹스럽게 했다. 흑백은 마술사의 옷이다. 관객을 미혹시키고, 손장난으로 물건을 사라지게 한다.

폴 소사팀에서 출발, 섬을 절반가량 달리고 언덕을 올라 반대편으로 내려오니 우리는 더 이상 달릴 기력이 남아 있지 않았다. 오른쪽에 절벽을, 왼쪽에 광대한 대서양을 끼고 북쪽으로 난 쇄파대를 지나 계속해서 달리는 범고래를 향해 소리를 지르는 것이 고작이었다. 그들은 두 마리씩 짝을 지어 물 위를 낮게 질주하며 꼬리 아래쪽의 희미한 부분을 살짝 드러냈고, 마침내 시야에서 사라졌다.

그렇게 끝났다. 우리는 한참 동안 그곳에 서서 꿈을 좇듯 오싹하고 아름다운 동물들을 그리워했다. 그런 다음 돌아서서 오두막으로 향했다.

잠깐, 우리는 수컷을 까맣게 잊고 있었다. 뒤에 혼자 남겨진 수컷 말이다. 아래에 있는 좁은 만을 내려다보았는데 그곳에 녀석이 있었다. 절벽을 돌아 만으로 들어서고 있었다. 까만 등지느러미가 물살을 가르는 모습이 마치 쟁반에 담아 균형을 잡으려는 듯 보였다. 헤엄칠 때 지느러미가 한쪽으로 기우뚱했다.

이번에는 우리 셋이 말없이 서 있었다. 뭔가 달랐다. 다른 종류의 긴장, 국부적이고 특별한 긴장이 흘렀다. 속도감 넘치고 활기찬 암컷 뒤에 온 이 녀석은 고독한 기운을 풍겼다. 암컷들이 자기들 할 일을 하는 동안 예의상 뒤로 물러나 있었던 모양새였다. 그런 그가 이제 나섰다.

우리 위에서, 주위에서, 여름날이 아무 일 없다는 듯 흘렀고, 무기력한 파도가 바위를 쓸고 다시 뒤로 물러났다. 바위에 새들이 앉은 절벽으로 둘러싸인 좁은 만 너머로 대서양이 수평선까지 뻗어 있었다. 우리는 이곳에 집중했다. 거대한 포식자가 속도를 내며 점차 가까이 다가오는 중이었다. 우리는 위에서 아래를 내려다보았고, 녀석은 지느러미로 청회색 물살을 가르며 우리를 향해 다가왔다. 점차 거대한 덩치가 확연히 눈에 들어왔다. 수면 아래에 일렁이는 흑백이 마치 유령 같았다. 스튜어트는 카메라를, 나는 쌍안경을 들고 지느러미에 초점을 맞추었다. 가까이 끌어당기자 두껍고 고무 같았는데 고무는 아니었다. 반들반들 윤기가 났고 일종의 살-고무였다. 그리고 살짝 구부러졌다. 카메라가 찰각하는 소리, 파도가 밀려오는 소리가 들렸다. 쌍안경을 통해 이 지느러미가 S자형으로 살짝 굽은 부분이 아주 미세하게 떨리는 것이 보였다. 내 마음속의 목소리가 이렇게 말했다. 나는 너를 알아. 그러나 그 순간 질이 "오, 안돼……!" 하고 울부짖으면서 생각이 흩어지고 말았다.

그럴 만도 했다. 그곳에는 바다표범도 한 마리 있었기 때문이다. 우리는 흥분해서 그의 존재를 놓쳤고, 녀석은 어찌된 일인지 다른 모든 바다표범들이 다 아는 메시지를 놓쳤다. 몽상가, 외톨이로 범고래가 자기 뒤에서 몰래 다가오는 것도 모르고 잘못된 쪽으로 돌아섰다. 바로 우리, 인간들을 보고 있었다! 바위 저 위! 매혹의 대상! 언덕 아래로 달려가며 손으로 가리키고 소리치는 인간들! 마치 이 모든 것이 팬터마임인 듯, 마술 지팡이를 휘두르면 운명이 바뀔 것처럼 "조심해, 네 뒤에 있어!" 하고 갑자기 다시 소리치는 인간들!

* * *

수많은 질문. 그들이 떠난 뒤로 수많은 질문이 떠올랐다. 우리는 고립된 기분과 짜릿한 기분을 느끼며 오두막으로 돌아가면서 우리가 목격한 것에 대해 이야기했다. 암컷들은 정말로 섬 전체를 한 바퀴 돌았다. 우리는 그들이 다시 동쪽 해안으로 돌아와 수컷과 만나 마침내 무리 전체, 가족이 함께 남서쪽 방향의 술라 스게어로 향하는 것을 보았다.

수많은 질문이 떠올랐다. 언덕의 파란색 작은 조각은 내가 떨어뜨린 수건이었다. 마치 오래전 일처럼 느껴졌다. 폐가 터져라 마구 달린 것은, 마음껏 소리를 지른 것은 확실히 오랜만의 일이었다. 주위의 모두가 정신이 없는데 혼자서 침착함을 유지할 수는 없다!

우리가 가져온 필수품에 와인이 많아서 그날 저녁 우리는 와인을 마시며 이야기했다. 나는 첫 번째 녀석이 몸을 돌리고 옆구리로 바위의 풀들을 맛보는 듯했던 장면이 생각났다. 그제야 땅의 냄새를 맡은 것이 아니었다는 생각이 떠올랐다. 고래목은 냄새를 맡지 못한다. 개와 달라서 냄새를 맡는 기관이 없다. 그들은 고작 20야드 떨어져 있었지만 우리와 다른 감각 세계에 살았다. 나는 인간의 잣대로 그들을 바라보았다.

피가 없었다. 우리는 피투성이 상황에 대비했지만 그런 일은 없었다. 바다표범은 진짜 습격이 아니라는 것을 알았을까? 그들은 범고래가 자신들에게 보낸 메시지를 해독할 수 있었을까? 주위에 바다표범이 많았는데, 범고래는 어떤 녀석도, 외로운 몽상가도 취하지 않았다. 한가하게 빈둥거리는 녀석을 그냥 무시하고 지나갔다. 마술지팡이를 휘두른 것이다.

그렇다면 어떻게 된 일이지? 그저 재고품을 확인하는 차원이었을까? 요란하게 몰려와 찬장의 문을 쾅 열고는 뭐가 있는지 알아본 것일까? 아니면 더 그럴듯한 추정으로 어쩌면 연습을 한 것일 수도 있다. 우리는 두 어미가 자식들을 범고래의 방식으로 훈련시키는 광경을 본 것이다. 잘 보고 따라해. 이렇게, 이렇게.

우리는 저녁 내내 결론 없는 이야기를 나누었다. 변덕스러운 바다, 어리석은 하늘, 양면적인 세상에서 흑백으로 규정된 자연법이라는 끔찍한 확실함과 함께 미스터리가 나왔다.

* * *

밤이 찾아왔다. 혹은 밤으로 통하는 시간이라고 해야 할까. 나는 잠이 오지 않아 옷을 걸치고 쌀쌀한 밖으로 나와 폐허까지 걸었다. 절벽 아래로 파도 소리가 요란했다. 바다표범이 차분함을 되찾아 구원의 찬송가를 부르고 있었는지 기억나지 않는다. 때가 되었기에 교회 아래로 바다제비들이 몰려오기 시작했다. 그들은 밤에 요란하게 움직이고 쫓았고, 높은 목소리로 재잘거렸다. 담장이 대답하는 소리로 활기를 띠었다. 바다 위를 돌아다니는 어슴푸레한 작은 것들은 워낙 작아서 손바닥에 잡아둘 수 있을 것만 같았다.

* * *

저녁을 먹고 접시들을 다 치운 오두막 식탁에 공책과 새 보고서, 고고학 논문, 계획표와 사진이 가득 쌓여 있었다. 아마도 우리가 도착하고 일주일이 지난 어느 저녁이었다. 스튜어트가 질과 나의 맞은편에 앉아 고개를 숙이고는 숫자들을 들여다보고 계산기를 두드려 자신의 야외 작업의 결과를 산정했다. 그는 테이프로 섬의 절반 가량을 조사한 참이었다. 갑자기 그가 말했다. "이곳에서 일관된 흐름이 나타나고 있어요. 거의 40퍼센트가 줄었네요. 전체를 통틀어. 그것도 무척 갑작스럽게."

우리는 말이 없었다. 다들 흰허리바다제비를 좋아했다. 한밤에 날아다니는 비행, 굴에서 대꾸하는 소리, 모두가 사랑스러웠다.

"안됐네요." 질이 말했다.

"이유가 뭐죠?" 내가 물었지만 스튜어트는 대답하지 않았다.

"어쩌면 잡혀먹어서 그런 건지도 몰라요⋯⋯." 질의 말에 스튜어트는 고개를 저었다. "확신하건대 포식자 문제는 아니에요. 갈색도둑갈매기가 책임이 있겠지만 그것 때문만은 아닙니다."

"그렇다면 뭐죠?"

또다시 그는 고개를 저었다.

"하지만 뭔가 생각하는 게 있잖아요." 나는 계속 밀어붙였다. "기후변화와 관련되지 않았나요? 바다의 변화, 예컨대 먹이가 부족해졌다거나⋯⋯? 그들이 무엇을 먹죠?"

"동물성 플랑크톤, 유생 단계의 물고기⋯⋯ 벌레처럼 생긴 녀석들이죠."

"플랑크톤? 플랑크톤이 부족한 단계는 아직 아니잖아요, 안 그래요?"

이번에는 스튜어트가 연필을 내려놓고 안경을 벗고 눈을 꼬집었다.

"나도 몰라요. 저 아래에서 무슨 일이 벌어지고 있나 보죠."

스튜어트는 '자연의 조화' 같은 것은 없다는 말을 자주 했다. 역동적인 변화였다. 개체수가 팽창하면 붕괴한다. 묘한 일들이 벌어진다. 가끔은 재앙이 섬에서 도처에서 벌어지기도 한다. 똑같은 상태로 머무르는 것은 아무것도 없다.

우리가 둘러본 마을의 집들, 우리가 걸은 들판에 대한 우리의 태도는 특정한 지식으로부터 영향을 받았다. 정리하자면 이렇다. 로나의 주민들은 자신들이 살던 땅을 버리고 덜 고립된 삶을 찾아 떠난 것이 아니었다. 강압적으로 쫓겨난 것도 아니었다. 마을이 버려진 것은 그들이 죽었기 때문이다. 그것도 한꺼번에 갑작스럽게.

1680년경에 있었던 일이다. 그들의 운명이 밝혀진 것은 난파 사고 덕분이었다. 맥로드라고 하는 남자와 그의 부인이 '솜씨 좋은 한 승무원'을 대동하고 세인트 킬다에서 고향인 해리스로 가다가 폭풍을 만나 백 마일 북쪽으로 떠밀려 로나의 바위에 상륙했다. 그들은 용케 목숨을 건지고 식량도 일부 무사했지만 배가 망가지고 말았다. 도움을 바라고 섬에 내린 그들이 발견한 것은 시체들이었다.

무슨 일이 있었는지 확실치 않다. 흉흉한 이야기들이 전해진다. 쥐떼가 해안을 덮쳐 저장된 곡식을 다 먹어치웠다는 이야기도 있고, 해적들이 황소를 훔쳐갔다는 이야기도 있다. 그해 루이스에서 북쪽으로 물자를 싣고 건너간 배는 하나도 없었다. 그러므로 이렇게 겹친 재난은 견디기 힘들었을 것이다. 하지만 모두가 죽은 마당에 누가 증언하겠는가?

난파된 이들은 시체들을 땅에 묻고 겨울을 났다. 그리고 봄에 배를 새로 만들어 해리스로 돌아갔다. 저승에서 돌아온 유령의 모습이었을 것이다. 그 이후로 로나에는 아무도 살지 않았다.

* * *

섬을 떠나는 날이 가까웠을 때 질이 스튜어트와 내게 말했다. "와서 이 석조물 좀 볼래요."

그녀는 폐허가 된 마을의 남쪽 언저리로, 이어 더 구불구불한 낮은 담장으로 우리를 데려갔다. 거주용 집들과 마찬가지로 돌을 쌓고 잔디를 입힌 것으로 훈련되지 않은 내 눈에는 다른 담장과 그렇

로나에 대하여

233

게 달라 보이지 않았다. 하지만 질은 손짓으로 계속 따라오라고 했다.

그녀는 구덩이 같은 곳으로 풀쩍 내려서더니 길이가 4피트 정도 되는 짧은 통로 입구에 무릎을 꿇고 앉았다. 손으로 옆 담장에서 흙을 털어냈다. 담장의 돌이 조밀하게 쌓였고 정돈된 모습이었다.

"이 석조 작업이 나머지 곳들과 어떻게 다른지 보여요? 상당히 두껍죠? 담장 두께가 3피트이고 속이 꽉 찼어요. 이제 여기 와서 봐요."

출입구에서 오른쪽으로 몇 야드 떨어진 외부 담장을 따라가니 부분적으로 무너진 곳이 나왔다. 그곳에 안을 엿볼 수 있는 크기의 구멍이 있었다. 그녀는 횃불을 우리에게 주고는 안을 들여다보라고 했다. 마치 우편물 드나드는 구멍을 통해 복도 너머를 엿보는 기분이었다.

"안이 비었네요!"

"함몰된 것 같군요."

그녀는 자신이 횃불을 들고 벽 안의 틈새로 불빛을 비추었다. 기울어져서 한쪽 끝이 흙에 박힌 특정한 돌을 따라 빛이 오갔다.

"저 돌 보여요? 저게 가로대라면, 그리고 바닥처럼 보이는 저것들이 전부 무너져 내린 조각들이 쌓인 것이라면, 우리는 지금 두 개의 벽으로 에워싸인 통로를 보고 있는 겁니다. 이제 여기로 올라서면……."

그녀는 담벼락 위로 민첩하게 올라가 납작한 돌들이 가지런하지 않게 포개진 발판 위에 올라섰다.

"이것은 지붕인데 살짝 내려앉았네요……."

"지금 지붕에 올라선 거예요?"

"……독방 비슷한 구조물 지붕이죠. 더 큰 내실에 딸린 옆방이에요. 내실은 첫 번째 통로로 들어가면 나와요. 이 방은 벽과 같은 두께로 되어 있어요. 아마 잠자는 곳이었을 겁니다. 이 모든 것이— 그녀는 손짓으로 주위를 가리켰다—벽을 대단히 두껍게 쌓은 원형 구조물이죠."

"그 말은 오래된 것이다?"

"으음, 2천 년? 하지만 실제로는 사람들이 새로 와서 자신들에 맞게 방을 개조했어요. 그러니까 이리로 다시 내려가서 안에 들어가면…… 직사각형 방이 나오죠. 먼저 있던 둥근 구조물 안에 들어선 방인데, 보이나요? 여기저기 손을 많이 봤어요, 한참 뒤에요……. 보면 알겠지만 이곳의 석조 작업은 방금 전에 봤던 것과 비교하면 그렇게 뛰어나지 않아요."

"2천 년이라면 기독교인들이 왔을 때 이미 1천 년의 정착 생활이 있었다는 말인가요?"

질이 웃었다. "사람들이 이곳에 계속 있었을까요? 아니면 왔다가 떠났을까요? 한 차례 이상?"

"오랫동안 버려졌었겠군요……."

"어쩌면 수백 년……."

"그렇게 된 것이군요." 내 말은 미래의 언젠가 우리가 아는 생명에 상상할 수 없는 변화가 일어나면 대서양 먼 곳에 있는 작은 땅이 다시 사용될 수도 있겠다는 뜻이다.

* * *

스토너웨이의 해안경비대를 포함하여 많은 사람들이 우리가 로나에 있는 것을 알았다. 그럼에도 우리는 마지막 아침을 차리고 오두막에서 떠날 준비를 하면서 수평선을 계속 쳐다보았다. 아무도 말이 없었다. 남동쪽에 안정적으로 반짝거리는 배가 모습을 보이자 그제야 긴장을 풀었다. 이제 움직여야 했다. 선장은 꾸물거리는 것을 싫어하므로 우리는 배낭과 침낭, 가스통, 테이프레코더와 공책을 챙겨서 검은 바위가 파도를 향해 웅크린 만으로 내려가기 시작했다.

바다표범이 그곳에서 햇볕을 쬐고 있었다. 우리가 도착하는 것을 보았고, 우리가 떠나는 것도 지켜볼 것이다. 하지만 우리가 발 디뎠던 바위들은 이제 달랐다. 야생의 광채가 느껴지는 것이 마치 '범고래가 이곳에 있었음'이라는 눈에 보이지 않는 낙서를 스프레이로 뿌려놓은 듯했다.

범고래. 어쩌면 눈은 자신만의 기억을 갖고 있는지도 모르겠다. 우리가 로나에서 돌아오고 몇 주 지났을 때, 빛의 감각과 광활한 공간감이 시들해지기 시작했을 때, 앤디 푸트라는 이름의 생물학자가 보낸 이메일이 도착했다.

푸트 박사는 당시 애버딘 대학이 주도한 '북대서양범고래 ID' 프로젝트를 맡고 있었다. 그래서 우리는 개인적 관심과 일종의 공공심에서 그에게 로나의 동물 사진들을 보냈다. 그는 내가 보낸 사진을 확대하고 자신이 보관하고 있던 사진의 지느러미와 등에 난 자국, 상처와 비교하여 그들이 지난여름 셰틀랜드 인근에서 자주 목격되었던 바로 그 다섯 마리라고 단정했다. 나는 노스 섬 절벽에서 범고래 지느러미가 물 밖으로 드러나는 것을 본 적이 있었는데, 그때 내 눈에 보인 것은 수수께끼 같은 길이 6피트의 살짝 구부러진 검은

선이었다. 누군가 연필로 선을 그은 것 같다고 생각했을 정도였다. 두 만남 사이에 1년이라는 시간과 180마일이라는 공간이 있지만, 로나에서 내가 쌍안경을 들고 속으로 인사한 위엄 있고 살짝 기우뚱한 지느러미의 주인공이 어쩌면 같은 범고래일 가능성이 있었다.

푸트 박사는 이메일에서 이렇게 썼다. "스코틀랜드 서해안에 있는 이 범고래 무리를 찍은 사진은 이것이 두 번째 것입니다. 유용한 자료로서 가치가 있습니다."

그에게는 자료이겠지만 내게는 마치 입회처럼 느껴졌다. "보이는 것을 믿으세요." 눈 훈련이 된 박물학자의 말이다. 아무렴, 맞는 말이다. 대개는 당신 말이 바보처럼 들리겠지만, 극히 드물게 당신이 맞을 때가 있다. 우리는 이런 다른 생명체들과 같은 행성에서 같은 시간을 살며 같은 여행을 하고 있는 것이다.

* * *

오늘밤, 겨울의 어둠에 맞서 블라인드를 내린 집 안에 있다. 해상 일기 예보에서 점차 돌풍이 거세진다고 말한다. 그러나 그건 아무것도 아니다. 어떤 폭풍은 워낙 거대해서 피아니우스Fianius 반도를 완전히 집어삼키기도 한다.

그곳을 직접 보고 싶다. 며칠이라도 좋으니 로나의 겨울을 보고 싶다. 바다가 으르렁대는 소리를 들으며 별들이 도는 하늘 아래에서 기나긴 밤을 보내고 싶다. 그곳에 가면 집들이 왜 그렇게 땅속 깊이 파내려 갔는지 알게 될 것이다.

바다표범은 그곳에 있겠지만 새들은 떠났을 것이다. 마을을 새로 차지한 흰허리바다제비는 겨울을 보내려고 대서양 남쪽으로 내려갔을 것이다. 바다오리와 바다쇠오리도 바다 곳곳으로 흩어져서 절벽은 휑한 모습일 것이다. 갈색도둑갈매기도 남쪽으로 갔을 것이다. 솔잣새는 어디 있는지 모르겠다. 때가 되면 어디선가 불쑥 나타나서 파도 위에서 지저귀지 않을까.

12장

쇠바다제비

우리는 그것을 로나에 도착한 첫날에 발견했다. 그것을 챙기면서 어쩌면 그 섬의 하늘과 광활함을 나타내는 뭔가를 잠깐이라도 집에 가져갈 수 있으리라 상상했던 것 같다.

우리가 잔디에서 본 것은 죽은 새가 아니었다. 처음에는 그것이 아니라 자그마한 금속 원반을 보았다. "저게 뭐죠?" 내 말에 스튜어트는 이렇게 답했다. "쇠바다제비예요. 여기서 번식하죠. 그런데 고리를 달았네요. 귀한 발견을 했군요."

그렇게 해서 폴리에틸렌 표본 봉지에 담겨 내 책상 위에 놓여 있다. 한때 쇠바다제비였던 존재, 지금은 바싹 마른 깃털과 뼈로 된 덩어리일 뿐. 갈고리처럼 굽은 다리에는 자그마한 고리가 달렸다. 고리 달린 새를 보고하면 '회복'이라고 부르지만, 이 녀석은 그럴 가능성이 전혀 없다.

내가 가지고 있는 전쟁 때 출간된 다섯 권짜리 책 『영국의 새 안내서 *Handbook to British Birds*』에 보면 쇠바다제비가 "속성상 먼 바다에서 생활하는" 새라고 나온다. "폭풍에 떠밀려 온 떠돌이가 아닌 한 내륙에서 발견되는 경우는 절대로 없다." 그래서 그런 이름이 붙은 모양이다.[1] 리처드 머피가 쓴 「쇠바다제비」라고 하는 사랑스러운 시가 있는데 이렇게 시작한다. "바다를 떠도는 집시 / 겨울이면 딱지가 들러붙은 바다 위를 비틀비틀 / 배가 지나가면 몸을 홱 피하네……."

길이는 고작 6인치, 몸통은 짙은 갈색에 엉덩이 쪽이 희며, 흰턱제비와 살짝 비슷하게 생겼다. 워낙 작아서 폭풍 속은 고사하고 어디서든 제대로 몸을 피할 수 있을까 싶겠지만 무난히 해낸다. 번식 때만 바다 끝 섬과 절벽의 바위 틈새로 올라와 새끼를 낳고 기른다.

그 정도로 새가 작고 다리에 부착된 고리는 훨씬 더 작다. 그래서 오두막에서 우리는 거기 적힌 숫자와 주소를 확인하려고 쌍안경을 거꾸로 들고 들여다봐야 했다. '대영박물관, 런던 S7.'

더 큰 다른 새들, 예컨대 갈매기만 하더라도 고리에 '연락 바람'이라는 글자가 들어갈 공간이 있다. '대영박물관, 런던 S7으로 연락 바람.' 이렇게 보니 문제의 새가 마치 일탈해서 가석방 중에 도망이라도 간 것 같다. '연락 바람'은 새 고리 달기 프로젝트가 고압적이라는 인상을 주고 에드워드시대²를 떠올리게 한다. 어떻게 보면 에드워드시대와도 관계가 있는 것이, 프로젝트가 1909년에 시작했다. 쇠바다제비는 다리가 작고 얇아서 '연락 바람'이 들어갈 공간이 없다.

집에 돌아오고 며칠이 지나서 나는 웹사이트를 통해 대영박물관에 접속했다. 채워야 할 칸들이 있었다.

---

1 영어 이름이 storm petrel이다.
2 1901년 빅토리아 여왕이 죽은 해부터 제1차 세계대전 발발 전까지 영국 사회를 가리키는 말.

고리 번호	2333551
새의 유형(안다면)	쇠바다제비.
새의 성별(안다면)	모름.
새의 나이(안다면)	모름.
죽었나요, 살아 있나요?	죽었음.
얼마나 되었나요?(일주일 전 등)	오래 되었음. 바싹 마른 시체임.
새에게 무슨 일이 있었나요? (자동차 사고, 기름 유출 등)	아마 먹이로 먹힌 듯.
어디서 발견했나요?	스코틀랜드, 노스 로나 섬.
좀 더 구체적으로 말한다면?	북쪽으로 뻗은 반도 피아니우스.
언제 발견했나요?	7월 초.

나는 '제출' 버튼을 눌렀다. 양식은 나를 떠나 수수께끼의 비행을 시작했고, 나는 요청받지 않은 다른 질문들을 떠올렸다.

새의 냄새는? 묘한 사향 냄새. 고약 비슷했음.

발견 장소를 훨씬 구체적으로 말한다면? 초목지대가 완전히 끝나고 파도가 해안에 몰아치는 지점 근처, 자갈밭의 흙 속에 박힌 한바위 아래.

날씨는? 활기차고 다정한 여름날 오후, 햇빛이 작은 금속 조각에 반사되어 반짝거릴 만큼 화창한 날씨. 덕분에 우리들 눈에 띄었음. 그곳에서 사람이 만든 물건이라고는 그것밖에 없었으니까.

* * *

새들이 실제로 철에 따라 이동한다는 것은 20세기 들어서야 확인되었다. 예를 들어 제비가 머나먼 남아프리카까지 날아간다는 것은 선뜻 믿기지 않는 일처럼 보였다. 가을이면 분명히 사라졌다가 늦은 봄에 다시 나타났는데, 이를 두고 제비가 그저 어디 숨었거나 연못 바닥에서 동면했다고 생각한 사람들이 있었다. 길버트 화이트는 새의 이동이라는 주제로 고민하다가 얼버무렸다. 1769년 아래의 편지를 쓰면서 그는 모든 가능성을 열어두었다.

지난 가을 어느 아침에 일어나 이웃집 굴뚝과 지붕에 제비들과 흰털발제비들이 떼 지어 모여 있는 것을 보니 나도 모르게 은밀한 기쁨이 일어 가슴이 뭉클해지면서 동시에 살짝 치욕이 들기도 했네. 기쁨을 느낀 것은 이 작고 가엾은 새들이 위대한 조물주가 그들 마음에 새겨놓은 이동 혹은 은신에 대한 강한 욕망을 그토록 열심히 정확히 실행했음을 보았기 때문이고, 살짝 치욕을 느낀 것은 곰곰이 돌아보니 우리가 그토록 고생해 가며 조사했음에도 불구하고 아직 그들이 어느 지역으로 이동하는지 확인하지 못했고, 어떤 녀석은 전혀 이동하지 않는다는 것을 알고는 무척 당혹스러움을 느끼기 때문이네.

제비가 겨울을 나러 가는 곳을 그는 '동면 장소hybernaculum'라고 기술하는데, 이 동면 장소는 어디였을까? 그가 쓴 다른 표현들도 흥미롭다. '당혹스러움'과 '치욕'이라는 표현을 보면 당시 막 깃발을 올리던 계몽주의, 그 모든 과학과 발견을 이끈 동력은 자연을 다스리고 소유하려는 의지가 아니라 어쩌면 유감이었는지도 모르겠다. 인간으로서 느끼는 무지가 우리에게 부끄러움을 안겨주기 시작했다. 제비가 겨울을 어디서 보내는가 하는 하찮은 것도 우리는 알지 못했다.

* * *

대영박물관은 내가 작성한 양식을 영국에서 새 고리 프로젝트를 맡고 있는 영국조류협회British Trust for Ornithology에 보냈다. 얼마 뒤 영국조류협회에서 컴퓨터로 출력한 답장이 도착했다. 그것에 따르면 쇠바다제비는 24년 전 우리가 발견한 로나가 아니라 그곳에서 170마일 북동쪽에 있는 옐Yell이라는 섬에서 고리를 부착한 것으로 확인되었다.

옐이라. 내가 아는 곳이었다. 셰틀랜드 제도 북쪽에 위치한 섬으로, 지난여름 내 친구 팀과 함께 그곳에 간 적이 있었다. 우리는 노스 섬 절벽에서 범고래 무리를 보았고, 이어 자동차로 북쪽을 계속 달렸다. 농장과 작은 마을들과 술롬 보Sullom Voe의 석유 저장고를 지났다. 페리를 타고 옐로 건너갔고, 다시 페리로 더 북쪽의 언스트 섬으로 가서 머클 플루가Muckle Flugga에서 가넷 서식지를 구경했다.

그곳들은 전부 내 마음속 한 모퉁이에 하나의 장소로 저장되었다. 그러나 로나는 완전히 달랐다. 방향도 달랐고 문화도 달랐다. 사람이 살지 않는 외진 섬으로 헤브리디스 제도에 속했다. 하지만 편지를 읽자마자 그들 사이에 관계가 그어졌다. 갑자기 화살처럼 똑바른 비행경로로 서로가 연결되었다. 나는 내가 지도를 안다고 생각했지만 쇠바다제비는 나보다 많은 것을 알았다.

'야생'을 열렬히 옹호하고 인간에 의해 오염되지 않은 자연을 믿는 순수주의자라면, 이렇게 새를 잡아서 고리나 꼬리표를 부착하는 행위를 침범이라고 여길지도 모르겠다. 사람이 지운 짐 때문에 자연이 어떻게든 교란된다고 생각할 수 있다. 나도 새의 시체가 말라 비틀어가는 것을 보면서 금속 고리에 불편한 점이 있었다고 인정한다. 그러나 내가 해도를 꺼내 경로를 추적하고 거리를 재고 북해에서 대서양이나 남서쪽 방향으로 해협을 따라 작은 날개를 퍼덕이며 날아가는 상상을 할 수 있었던 것은 고리가 달린 새 한 마리가 있었기 때문이다. 고리는 새가 바다와 딱 얽혀 있음을, 그 여정의 규모가 생각보다 훨씬 험난하다는 것을 보여주었을 뿐이다.

* * *

제비들이 실제로 남쪽으로 날아갔다는 것을—연못 바닥에서 멍하게 지낸 것이 아니라—증명한 것이 고리였다. 쇠바다제비의 이동도 마찬가지로 고리를 통해 입증되었다. 그들은 셰틀랜드나 로나나 다른 많은 번식지를 떠나 나미비아나 남아프리카 근처의 넓은 원양의 동면 장소에서 겨울을 보낸다. 물론 실패로 끝나기도 한다. 반송 주소를 단 작고 너덜한 시체가 머나먼 해안에 쓸려온다. 주소라! 쇠바다제비가 달고 다니는 것으로 이보다 어처구니없는 것이 또 있을까. 번식을 위해 일 년에 몇 주 어쩔 수 없이 바위 사이로 기어올라야 하는 것을 제외하면 '바다'야말로 그들의 주소다.

그래서 나는 새의 유해를 비록 잠깐이겠지만 여기 이 방에, 나만의 동면 장소에 두기로 했다. 폴리에틸렌 봉지에 깃털 다발과 자그마한 두개골이 들어 있다. 까맣게 쪼그라든 물갈퀴발 위에 은색 고리를 매단 채. 내가 그것을 옆에 두는 까닭은 친밀감 때문이기도 하고, 퀴퀴한 사향 냄새가 그 여름의 먼 섬을 떠올리게 하기 때문이다. 그리고 순전한 존경심 때문이기도 하다. 이 작은 몸으로 평생 대서양을 스물네 차례 오고간 데 대한 존경심. 떠돌이가 최소한 스물네 차례 바다 위를 비틀비틀 돌아다녔다면 대단한 일이다.

13장

바다의 여행자

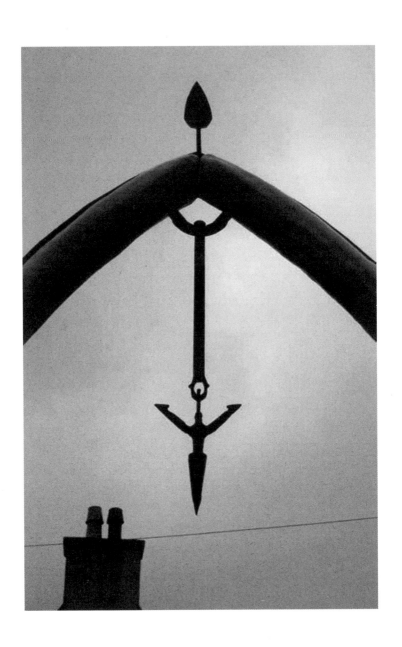

여행자, 넓은 바다를 누비는 주인공
그대는 기억이 희미해진
다른 나라의 신화를 가지고 오지

스탠리 쿠니츠

예전에, 그러니까 내가 베르겐 박물관의 발살렌을 찾기 한참 전에 고래의 등골뼈를 발견한 적이 있었다. 헤브리디스의 한 무인도의 해변 바로 위 낮은 풀밭이었다. 색이 완전히 바랬고, 노란 바다팬지[1]가 그곳에 터를 잡고 있었다. 한때 척수가 지나갔던 타원 안에 들어앉아 활짝 웃고 있었다.

주운 사람이 임자인 법. 당연히 팬지에 우선권이 있었지만, 그럼에도 나는 집으로 가져갈 생각에 뼈를 집어들었다. 해부적 구조이면서 조각품으로 불러도 손색없는 멋진 대상이었다. 나는 지금도 그것을 갖고 있으며, 고래 뼈에 대한 나의 관심은 거기서 시작되었다. 그렇게 크진 않아서 고래치고는 작은 밍크고래의 뼈로 보였다. 가장 넓은 폭이 15인치 정도였는데 그래도 무게는 제법 나갔다. 중심축이 되는 타원에서 매끈한 세 날개가 프로펠러처럼 뻗은 모습이 엔

1 해안가에서 자주 발견되는 산호 비슷한 자포동물.

진 같았다. 속이 들어찬 중심축 위로 내 팔뚝이 들어갈 만한 구멍이 보였다.

집으로 가려면 뼈와 내가 지하철로 글래스고를 지나야 했다. 뼈를 배낭 밖에 걸치고 끈으로 묶었다. 어쩌면 내가 뼈에 묶였다고 하는 것이 맞겠다. 고래의 일부에 묶여 차 소리로 시끄러운 거리를 벗어나 에스컬레이터를 타고 저 아래 터널로 내려가자니 웃음이 나왔다. 그것은 지금 넓은 바다를 가리키는 흔적으로 내 다락방에 있다.

나는 우리가 사는 이 섬에도 고래가 있다는 생각을 늘 어렴풋이 했었던 것 같다. 고래의 관점에서 보자면 이 섬들은 바다에 놓인 뜻밖의 존재, 때로는 재앙을 안겨주는 존재다. 등골뼈를 발견한 이후로 나는 풍경 여기저기에 배치된 고래 뼈를 찾아 나서기 시작했다. 해안에 쓸려온 뼈 말고 의도적으로 세워놓은 뼈 말이다. 개인 주택과 정원, 때로는 낡은 양식의 소도시 박물관을 유심히 살폈다. 그래서 바다 언저리와 내륙의 깊은 안쪽에도 고래의 유물이, 구슬프게 아름다운 뼈들이 있다는 것을 알게 되었다.

예컨대 에든버러 중심가에 메도스라고 하는 공원에 거대한 수염고래 두 마리의 턱뼈를 똑바로 세워 만든 이중 아치가 있다. 현재 상태는 좋지 않다. 오랜 세월 굴뚝 연기와 매연가스에 노출되어 썩고 부식되었다. 그 위로 가지를 늘어뜨린 근처 나무들의 몸통과 똑같은 칙칙한 모습을 하고 있다. 시내로 드나드는 학생들과 노동자들이 즐겨 이용하는 오솔길에 위치해 있어서 사람들은 바다의 괴물 리바이어던의 턱 사이를 빠져나와 출근하는 셈이다. 오솔길에 '턱뼈 산책로Jawbone Walk'라는 이름이 붙어 있기는 하지만, 사람들은 뼈의 존재를 대개 모르고 지나친다. 당신이 옆에 서서 뼈를 올려다보면 그제야 사람들은 뼈가 있다는 것을 알아차리겠지만, 당신은 멍청이처럼 보이는 것을 감수해야 한다. 그것은 그저 도시의 독특한 장식품일 뿐이다. 묘비에 올린 천사 조각상처럼 빅토리아시대 고딕 양식의 잔재다. 다만 그것은 돌이 아니라 해부적 구조를 갖춘 진짜 동물, 자연의 작품이다.

이렇게 거대한 뼈가 바다가 보이지도 않는 도시 공원까지 오게 된 사연이 (당연히) 있다. 여자들이 나오고 뜨개질이 나오는 사연인데, 물론 그것이 이야기의 전부는 아니다. 고래의 사연은 기록되지 않았기 때문이다. 그러나 이 뼈가 빅토리아시대의 것임을 보아 고래의 사연을 짐작하기란 그리 어렵지 않다.

여기에 얽힌 인간의 사연은 이렇다. 고래 뼈는 1886년부터 에든버러에 있었다. 그해 과학예술산업세계박람회의 일환으로 셰틀랜드에서 남쪽으로 건너온 것이다. 6개월 동안 평평한 메도스 풀밭이 제국의 자존심으로 채워졌다. 대형 홀이 마련되고, 악단이 연주하고, 시내전차와 실물 크기의 가옥 모델들이 들어섰으며, 광산업, 제당업, 제지업의 최신 기술이 대중에게 선을 보였다.

박람회에 '여성의 산업'이라는 부문도 있어서 셰틀랜드와 페어섬의 뜨개질 전통을 소개했다. 바로 여기서 고래 뼈가 동원되었다. 셰틀랜드 주민들은 고래 뼈를 가지고 와서 칸막이방의 구조물로 활용했다. (한 기자는 그것을 "그림처럼 아름다운 텐트"라고 했다.) 이 고래 뼈를 지붕 삼아 섬의 젊은 여자들이 그 아래에서 뜨개질 시범을 보였다. "가슴이 풍만하고 햇볕에 그을고 수수하게 생긴" 젊은 여자들이 한 번에 여섯 명씩 배를 타고 남쪽으로 와서 하루 종일 뜨개질을 했다. 한 장의 사진이 남아 있다. 셰틀랜드 박물관에 있는데, 열심히 일하는 젊은 여자들과 나이 많은 보호자의 머리 위로 고래의 턱뼈가 뾰족한 아치를 그리며 서 있고, 고기잡이 그물과 깃발과 숄로 뼈를 요란하게 장식했다.

도시의 관람객들에게 이런 모습은 "북쪽다움"이 무엇인지 말해 주었을 것이다. 고래와 물고기, 가족 농장, 옷감 짜는 여자들. 물론 이것은 이상화된 것이다. 보호자는 우스꽝스러운 모자를 썼고, 젊은 여자들은 머리를 말끔하게 뒤로 빗어 넘기고 두터운 긴 치마에 흰 앞치마를 둘렀다. 여자들이 사랑스럽지만 우리의 시선을 끄는 것은 유령 같은 고래의 존재다. 사진 속 고래뿐만 아니라 오늘날 아무것도 걸치지 않고 버스와 행인들이 지나다니는 가운데 메도스에 서 있는 진짜 고래도 마찬가지다. 사실 동물로서 그들은 19세기 굴뚝을 올린 장본인이었다. 과학, 예술, 산업 모두가 고래기름으로 말미암아 추진력과 빛을 얻었다.

* * *

당시 지방층을 기름으로 내준 고래들은 대부분 북극지방에서 잡혔다. 동쪽 해안의 거의 모든 항구에서 배들이 북으로 출항하여 그린란드, 얀 마옌, 스피츠베르겐 인근을 돌았다. 그들은 헐, 휘트비, 던디, 애버딘, 피터헤드에서 온 배들이었다.

윌리엄 스코스비는 휘트비 사람으로, 1806년 에든버러 대학에 입학했을 때 이미 여러 차례 북극해 고래잡이에 나선 바 있는 베테랑이었다. 그는 아버지 윌리엄 시니어가 지휘하는 배에 합류하기 위해 봄 학기가 끝나기도 전에 학업을 접었다. 스물한 살에 스코스비는 부하들을 거느린 선장이 되었지만, 그에게 고래잡이는 어쩔 수 없이 해야 하는 따분한 일이었다. 그는 북극지방의 과학에 훨씬 더 관심이 많았다. 중요한 작업들만 언급하자면 그는 당시까지 미지의 영역이던 눈송이의 다양한 모습을 그렸고, 자력磁力을 실험했고, 그린란드 동해안을 조사했다. 고래가 보이면 그는 하던 조사를 멈추고 추적 명령을 내렸지만, 이렇게 방해를 받는 것이 짜증났다.

스코스비 덕분에 그린란드 해안의 곶과 만은 포스트 계몽주의의 점호가 되었다. 남쪽 케이프 바클리에서 북쪽 케이프 브라이트까지, 만년설로 덮인 반도와 사방이 얼음인 피오르드는 귀족 남자들의 긴 목록이다. 스코스비에 따르면 "오랜 세월이 흘러도 기억될 수 있도록 내가 찬사를 바치고 싶었던 훌륭한 친구들"이라고 했다. 모든 피오르드, 모든 섬이 친구나 존경하는 상사를 위한 것이고, 가장 큰 피오르드는 그의 아버지를 기리는 뜻에서 스코스비순드Scoresbysund 라고 불린다.

이런 곳에서 수천 마리의 고래들이 잡혀 휘트비로, 모든 포경 항구로 끌려와 뼈가 발라지고 기름통에 담겼다. 사람들은 북극곰도 잡았다. 스코스비는 언젠가 살아 있는 북극곰을 집으로 가져가 에든버러에서 자신의 가정교사였던 지질학자 로버트 제임슨에게 선물로 부쳤다. 곰은 "널찍한 굴"에서 남은 나날을 보냈다. 황량한 그린란드의 한 반도는 지금도 제임슨란드Jamesonland라고 불린다.

스코스비순드는 현재 이름이 동그린란드어로 이토코르토르미우트가 되었는데, 이곳에 가면 마을에 교회가 하나 있다. 환하게 반짝이는 놋쇠, 바깥의 눈과 우중충한 하늘을 닮은 색깔이 인상적이다. 교회 천장에 멋진 모형 배가 봉헌되어 걸려 있다. 돛대와 삭구를

다 갖추고 있으며, 고물에는 스코스비의 배 이름인 '배핀Baffin'이 새겨져 있다.

이런 사실들을 알고 나니 휘트비의 고래 아치가 마을과 그린란드를 이어주는 옛 유물일 수도 있겠다는 생각이 들었다. 심지어 스코스비 본인이 직접 가져온 고래 뼈일지도 모른다는 생각까지 했다. 선원들이 고래 턱뼈를 돛대에 매단 성공적인 여행을 기념하는 뜻에서 말이다. 에든버러의 아치가 사람들이 모르고 지나치는 것과 달리 휘트비의 아치는 확실히 마을의 명물이다. 항구 위쪽의 가파른 바위 언덕에 세워져 있다. 즉, 흰색 페인트로 칠한 호텔들 앞에 서서 오락 시설과 아이스크림 가판대, '드라큘라 체험관', 두려움이나 불확실함을 느끼는 사람에게 집시가 크리스털 공으로 운명을 알려주는 요란한 점집을 내려다보고 있다.

그러나 항구에 직접 가서 보면 휘트비의 아치가 사실은 새것이라는 것을 알게 된다. 발레댄서처럼 호리호리하고 창백한 팔을 위로 뻗은 모습이다. 고래 뼈는 항구에서 맞은편 절벽 높은 곳에 폐허로 남아 있는 휘트비 수도원까지의 풍경을 비추는 액자 틀이 된다. 그러니까 뼈 아치 사이로 무너진 돌 아치들이 보이는 것이다. 방향을 옆으로 살짝 틀면 아치 사이로 잿빛의 무력한 북해 바다가 보인다.

노동절 기념일이어서 휘트비는 휴일을 즐기는 사람들로 북적였다. 오토바이 타는 무리들이 굉음을 내며 마을 쪽으로 갔다. 나는 고래 아치 옆에 마련된 벤치에 앉아 몇 분 동안 항구를 내려다보았다. 깃발 천으로 요란하게 장식한 낡은 구명보트 하나가 물 위를 오갔다.

항구 담장을 따라 산책하는 사람들이 보였다. 파이프 담배를 입에 문 한 남자가 내 옆에 앉아서 우리는 대화를 나누었다. 그가 말했다. "이 마을은 과거에 기대어 산답니다. 과거가 없다면 여기는 아무것도 아니에요." 그가 또 말했다. "내가 만약 며칠만이라도 과거로 돌아가 200년 전 이곳 부두에 선다면⋯⋯ 돛을 올린 배들과 온갖 사람들을 보며 얼마나 행복할까요."

"고래잡이 항구였던 시절 말인가요?"

"⋯⋯으윽, 냄새가 지독하겠네요!"

이곳의 많은 것들이 현실의 모방이었지만, 우리가 옆에 앉은 고래 턱뼈는 완전히 진짜였다. 저 아래 오락시설보다 훨씬 미묘한 방식으로 주목을 끌었다. 요란한 불빛도 종도 없이 그냥 그곳에 우두커니 서 있었다. 나는 한 남자가 고래 아치로 다가가 조심스럽게 아주 가까이서 사진을 찍는 모습을 보았다. 그는 뼈의 부드러운 질감을 보고, 긴 홈과 터널, 한때 동맥이 지나갔던 통로를 유심히 살폈다. 사진 찍는 남자가 떠나자 한 여자가 와서 손으로 턱뼈를 쓸어내리고 경탄의 눈으로 맨 위를 쳐다보았다. 아마도 턱이 자신의 키의 두 배나 되는 생명체가 살았을 때의 모습을 상상하는 듯했다. 어쨌든 많은 사람들이 거대한 고래를 가까이서 접하는 기회란 이런 것이다.

* * *

에든버러의 턱뼈는 내가 알기로 긴수염고래의 것이다. 긴수염고래는 세계 곳곳에서 서식한다. 반면 휘트비의 턱뼈의 주인공은 북극해에서만 발견되는 참고래이다. 포경에 적합하다고 해서 '참'이라는 이름이 붙은 바로 그 녀석인데, 그런 이유로 혹독한 수난을 겪었다. 현재 개체 수는 유럽 포경업자들에 의해 끌어올려지기 전의 100분의 1로 추산된다. 당연히 현재 보호받고 있지만, 알래스카 에스키모의 경우 매년 할당량을 사냥할 수 있도록 허가를 받는다. 휘트비의 아치 옆의 나무판에 보면 알래스카 사람들이 턱뼈를 선물로 주었다고 설명한다. 앵커리지에서 공수하여 요크셔 당국의 관계자들이 참석한 가운데 미스 일래스카가 베일을 벗겼다. 진에도 더 오래된 아치가 있었다. 마찬가지로 노르웨이 왕이 선물로 준 고래 뼈인데, 세월에 변색되어 새로 교체한 것이다. 이렇듯 국가 간에 고래 뼈를 선물로 주고받는 묘한 풍습이 있다. 고래 뼈와 판다가 그렇다.

그린란드 동쪽 바다를 시작으로 배들은 점점 더 서쪽으로 어장을 넓혀갔다. 최초의 등대는 아이러니하게도 큰돈이 되는 포경 함대를 보호하려는 목적도 있었고, 이런 등대는 고래기름을 연료로 썼다.

모든 고래 전시물이 에든버러나 휘트비의 것처럼 흥미로운 사연을 갖고 있지는 않다. 그리고 모두가 도살된 고래로 만든 것도 아니다. 해안가에 이미 죽은 채로 떠내려온 고래도 있다. A9 도로를 따라 케이스네스까지 북으로 계속 달리다 보면 또 하나의 턱뼈가 나온다. 도로에서 바다 쪽 밭으로 이어지는 출입구 위에 아치를 그리며 서 있는데 내 생각에는 좌초된 고래로 만든 것 같다. 근처에 항구 도시가 없고 낮은 절벽과 가파른 사면의 만들만 보이기 때문이다. 에든버러에서처럼 이곳을 지나는 노동자들도 없고, 휘트비에서처럼 엽서에 나올 법한 멋진 풍경이 있지도 않다. 풀들이 자라 아래를 덮었고, 그곳에 있은 지 한참 되어서 철사로 고정시켜 놓았다.

누군가 계속 지켜보고 있는 것이 틀림없다. 이런 보살핌 덕분에 마치 오래된 주목나무가 그렇듯 왠지 공경해야 할 것 같은 기분이 든다.

북쪽으로 계속 달리면 마침내 해안가에 도착하고, 조류가 거세게 이는 펜틀랜드 해협 2마일 저편에 낮은 초록의 섬 스트로마가 보인다.

현재 스트로마에는 아무도 살지 않는다. 버려진 농가의 저택들과 쐐기풀로 뒤덮인 밭이 본토에서도 보인다. 그럼에도 불구하고—어쩌면 그렇기 때문에—섬은 자유분방한 분위기를 풍긴다. 양들이 한가롭게 풀을 뜯고, 양의 배설물이 빈집의 무릎까지 차올랐다. 마지막 가족이 떠났을 때 당연하게도 몇 가지 것들을 섬에 남겨놓고 갔다. 세탁물 주름 펴는 압착기가 박공벽에 보이고, 부서진 카트, 빨간색 공중전화 박스, 돌담에 기대놓은 거대한 고래 등골뼈도 있다. 얼룩덜룩하고 이끼가 낀 모습이 마치 고전시대 조각상, 날개 달린 남성의 흉상처럼 보인다.

나는 이 섬에 들렀다가 우연히 그것을 보고 사진을 찍었다. 아르메리아가 활짝 피고 제비갈매기가 머리 위에서 소리치는 화창한 5월의 오후였지만, 사진 속의 고래 뼈는 마치 달빛을 받아 은은히 빛나는 딴 세상의 존재처럼 보였다.

* * *

이런 유물은 많이 발견하고 많이 들여다볼수록 특정한 존재감으로 다가온다. 고래 아치는 그것이 무엇이든 승리의 전리품은 아니다. 종을 막론하고 모든 고래 뼈는 엄숙함과 살짝 희미한 빛의 특징을 공통적으로 보인다. 우리가 지금 와 있는 곳은 오크니와 셰틀랜드로 이루어진 스코틀랜드 최북단 노던 제도. 예로부터 고래잡이와 관계가 있는 곳이다. 과거에 엄청난 규모의 들쇠고래pilot whale 떼가 이 섬들에 와서 모든 사람이 작은 보트를 타고 고래잡이에 나섰다. 즉 해안으로 고래를 몰아서 죽인 다음 고기와 기름을 얻었다. 이곳은 거대한 고래의 나라다. 혹등고래는 매년 볼 수 있고 긴수염고래와 향유고래도 가끔씩 보인다. 셰틀랜드의 섬버그 헤드Sumburgh Head, 등대 역할도 겸하는 주차장 옆에, 저 아래 절벽에서 바다쇠오리 소리와 냄새가 올라오는 가운데, 향유고래의 두개골 뒤쪽이 있다. 넓이와 높이가 비슷하고 살짝 구부러진 것이 마차가 떨어져나간 조각처럼 보인다. 양들이 등을 긁는 기둥으로 쓰는 바람에 항상 양털 자락이 들러붙어 있다. 곶을 향해 계속 걸음을 옮기면, 흰색으로 칠한 등대 벽을 만나기 바로 전에 더 여리고 날씬한 밍크고래의 두개골이 바닥에 놓여 있다.

내가 아는 고래 턱뼈 가운데 가장 위압적이고 불안함을 안겨주는 것은 노던 제도가 아니라 루이스 섬에서 보았다. 동에서 서로 섬을 가로지르면 거의 텅 비다시피 한 풍경을 걷는 기분이다. 굽이치는 황갈색 토탄질 황야가 대서양 하늘 아래 수 마일 펼쳐져 있고, 해리스의 언덕들이 남쪽으로 솟아 있다. 여름이면 방금 캐낸 토탄을 가득 담은 폴리에틸렌 자루들이 집으로 가져가기 위해 길가에 놓여 있다. 황야를 건너면 농장과 집들이 해안을 따라 느슨하게 흩어져 있는 브래거 마을이 나오고, 그 너머로 맑은 날이면 플래넌 제도를, 그 너머로는 드넓은 대서양을 볼 수 있다.

고래 뼈가 전혀 있을 것 같지 않은 곳이지만, 이런 집들 가운데 하나, 도로에서 불과 몇 야드 떨어진 모던한 단층집, 길게 자란 잔디와 푸른색 제라늄이 있고 마치 도로변의 성지—신교도들이 사는 루이스에서 이렇게 말할 수 있다면—처럼 작은 문으로 드나들게 되어 있는 정원 옆에 대왕고래의 턱뼈가 기념비처럼 우뚝 세워져 있다. 철로 된 갈고리로 두 개의 돌담 끝에 묶었는데, 높이가 20피트, 두께는 내 팔 길이보다 더 길다. 위로 갈수록 가늘어져서 우아한 모습이다. 여기에는 끔찍한 사연이 있다. 고래의 사연이다.

1920년경 고래는 앞바다에서 이미 죽은 채로 발견되었다. 상처로 죽은 것이다. 발사한 작살포가 제대로 터지지 않아 고래는 50패덤(약 90미터)의 밧줄을 매달고 포획자에게서 달아났고, 작살 머리가 살에 파고들어 결국에는 숨이 끊어졌다. 녀석이 어디서 왔는지 아무도 몰랐지만, 당시 스코틀랜드 해안에서 대왕고래와 긴수염고래의 사냥이 이루어졌다. 노르웨이 소유의 포경 기지가 해리스에서 운영되고 있었다. 그 굴뚝과 경사로가 현재 남아 있다.

지금도 그 고래는 비참한 작살에서 벗어나지 못했다. 네 개의 발톱을 세운 작살 머리가 턱뼈가 맞닿은 곳 아래로 시계추처럼 매달려 있고, 바람이 불면 살짝 흔들린다. 그 결과 시골풍의 단층집과 정원 문과 꽃들에도 불구하고 전체 풍광은 교수대처럼 으스스하다.

당연하게도 모든 고래의 유물이 그 개체에게는 죽음, 난파, 좌초, 도살 같은 재앙을 나타낸다. 그와 같은 정황이 고래 뼈에 새겨져 있다. 그러나 고래에게는 다른 뭔가가 있다. 고래가 우리에게 거의 신화적 존재로 보이는 것은 그저 크기 때문인지도 모른다. 포유동물이면서 건축적 모양새를 보이는, 우리와는 다른 세상에 사는 존재 같다. 고래는 빅토리아시대 사람들의 종교적 심성과 맞아떨어지는 면이 있었다. 고래 뼈로 만든 코르셋과 종교성이라. 두꺼비의 머리에 보석이 있다는 민간 속설이 나돌았다지만, 고래를 해체해 봤자 교회 문으로 세운 아치 말고 뭐가 있겠는가. (스코스비도 삼십 대에 고래잡이를 그만두고 성직자의 길로 들어서서 브래드퍼드 교구목사가 되었다.)

우연히 나는 휘드비의 옛 고래 턱뼈를 만났다. 알래스카에서 온 뼈로 대체된 예전의 뼈 말이다. 한때 교회였다가 지금은 마을의 문화유산 센터로 사용되는 건물에서 아치형 서쪽 창문에 기댄 채 있는 것을 보았다. 글래스톤베리 수도원 부지에도 턱뼈 아치―혹은 일부―가 있다는 사실을 최근에 알았다. 바다에서 멀리 떨어진 신성한 땅에, 앨비언(영국의 옛 이름)의 심장에 고래라니.

그러나 지금 우리는 북쪽 지방에 와 있다. 오크니와 셰틀랜드는 포경업자들이 북으로 떠나기 전에 승무원을 고용하고 물을 실으려고 들렀던 곳이다. 스코스비는 발타사운드와 러윅에서 마지막 편지를 집으로 부쳤다. 그들이 승무원을 다시 해산시킨 것도 이곳이다. 얼음에 갇혀 이곳에서 꼼짝없이 겨울을 나기도 했는데, 그러면 비참한 상태로 집에 돌아갔다. 오크니 항구 도시 스트롬네스에는 괴혈병 치료 병원이 있었다. (가끔은 영영 돌아가지 못하는 일도 있었다. 존 프랭클린이 이끈 두 척의 배 '에레부스'와 '테러'는 북서항로를 찾아 떠나기 전에 스트롬네스에 들러 물을 실었다. 랭커스터 사운드로 들어서는 그들을 두 명의 포경업자가 마지막으로 목격했다.)

나는 스트롬네스를 특별히 언급하고 싶다. 최근 몇 년간 내가 본 고래의 유물들 가운데 가장 좋아하는 것―그리고 가장 작은 것

—이 이 마을에 있기 때문이다. 문학철학협회가 세운 마을의 박물관에 19세기 수집물 가운데 하나로 슬쩍 들어가 있다. 박물관에 가면 지금도 '호기심의 방'의 분위기를 느낄 수 있다. 우리를 위해 여과되고 '해석'되지 않은 물품들이 많아서 비 오는 날 오후에 시간을 보내기 좋다. (휘트비에도 영광스러운 문학철학협회의 박물관이 있는데, 이는 항구도시, 무적의 빅토리아시대의 현상 같다.)

스트롬네스 박물관에는 고래잡이 항구에서 공통적으로 발견되는 오싹한 기구들이 있다. 지방층을 긁어내는 칼과 창, 고래수염으로 만든 우산살, 거대한 향유고래에 의해 고래잡이배가 두 동강 나고 선원들이 바다 속으로 곤두박질치는 장면이 새겨진 향유고래 이빨이 보인다. 이것은 선원들의 조각세공품의 단골 주제였다. 윌리엄 스코스비도 그런 장면을 그렸다. 고래가 휘두른 꼬리에 맞고 배가 파도 높이 던져진 그림으로, 마치 고래와의 싸움이 정당하다는 인상을 준다. 물론 당시는 작살포가 발명되기 전이었다.

박물관은 특별히 만들어진 자그마한 부두에 위치해 있어서 창문 너머로 바다가 보인다. 위층으로 올라가면 진열장에 박제된 새들이, 벽에 다양한 포유류와 거북이 있고, 분류하기 곤란한 대상들을 따로 모아 별도의 진열장에 두었다. 새와 새알, 핀으로 고정시킨 나비들에 적용되는 섬세한 분류 체계는 여기서 통하지 않는다. 공통의 특징, 이 경우 둥글게 생긴 대상들을 모아놓았기 때문이다. 마치 여자아이가 소꿉장난 때 했을 법한 정렬 같다. 한쪽에 줄무늬가 있는 달팽이 껍질들을 말끔히 포개놓았고, 그 옆에 오래전 오크니 해안으로 쓸려온 코코넛이, 그 옆에는 매끈한 갈색 조약돌 세 개가 있다. 그런데 조약돌이 아니다. 하나의 안을 찢어서 사실은 털로 된 것임을 볼 수 있게 해놓았다. '암소의 위에서 나온 헤어볼[1]'이라고 이름표에 쓰여 있다. 헤어볼 옆에는 꼭 열어놓은 지갑처럼 생겼고 크기가 오므린 손만 한 것이 있다. 두께가 제법 되지만 속이 비었고, 한쪽 끝과 다른 쪽 끝을 아래위로 포개서 그 사이로 옆으로 길게 갈라진 틈이 나 있다. 밀도가 대단히 높은 뼈로 만들어진 그릇이다. 마치 오랫동안 바다를 돌아다닌 듯 매끈매끈하고 둥글둥글하다. 갈라진 틈 때문에 입처럼 보이기도 하다. 하지만 이것은 말하기 위한 것이 아니라 듣기 위한 것이다. 바로 '고래의 고막'이다.

고래의 고막은 값진 것이었다. 엄청난 수압을 견딜 정도로 튼튼해서 고래 시체를 소각하는 용광로에서 타지 않고 나오는 것은 고막밖에 없다는 이야기를 들었다. 실은 고래잡이에 관해 이 책 저 책 읽다가 어디서 본 것이다. 선원들이 이 고막을 손에 넣으려고 고래 핏속을 헤집고 다녔다고 한다. 그들은 기념품으로 집에 가져가서는 거기에 귀를 대면 바다 소리나 고래 노래를 들을 수 있다고 상상했다. 오싹한 이야기다. 어떤 선원은 고막에 그림을 그리기도 했지만 —셰틀랜드에 인형극 주인공 펀치와 주디로 분장시킨 두 개가 있다 —대개는 그냥 둔 채로 해안가에 있다. 스트롬네스 말고 내가 알기로 애버딘과 러윅, 스칼로웨이에도 고래의 고막이 있는데, 개인이 집에 갖고 있는 것이 또 얼마나 많을지 누가 알겠는가. 고래의 고막은 아름답고 슬프고 완전해 보인다. 그도 그럴 것이 바다의 파도, 음파, 노래와 음성에 대해 말할 수 있는 모든 것이 이 형태 안에 둘둘 말려 있다.

스트롬네스에 있는 것은 회색에 낡았다. 선반에 놓인 고막을 보

1 동물이 삼킨 털이 위 속에서 뭉쳐서 덩어리로 굳은 것.

고 있으면 궁금증이 인다. 그것은 살았을 때 무엇을 들었을까? 얼마나 멀리까지 들었을까? 고래는 우리처럼 외부로 돌출된 귀가 없어서 턱뼈로 듣는다. 그러니까 전국 각지에 세워져 있는 턱뼈로 생전에 바다의 음파를 포착했다. 그들은 이 턱으로, 이 고막으로 무엇을 들었을까? 바로 우리가 다가오는 것을 들었다.

* * *

오늘날 고래의 유물은 어떻게 손에 넣을까? 알래스카에 사는 에스키모한테 부탁하는 방법도 있겠지만, 고래는 바다에서 자연적으로 죽는다. 우리가 하도 많이 죽여서 선뜻 이해하기 어려울 뿐이다. 인간이 작살로 추적하기 오래전부터 고래들은 살고 죽었다.

몇 년 전 스코틀랜드 콜 섬에 긴수염고래 한 마리가 죽은 채로 떠내려온 일이 있었다. 거대한 고래가 해안가에 쓸려올 때마다 아수라장이 벌어진다. 과거에는 이것이 수지맞는 일이었다. 뼈는 지붕틀로 활용하고, 고기는 나눠서 먹고, 지방층은 램프 기름으로 썼다. 이번 경우에는 스코틀랜드 국립박물관이 "자신들의 컬렉션에 더할 중요한 물품"이라며 고래 시체에 대한 소유권을 주장하여 페리로 트럭을 보냈다. 하지만 몇몇 섬 주민들의 생각은 달랐다. 그들은 트럭이 도착하기 전에 턱뼈를 몰래 빼돌렸다. 소문에 따르면 모래언덕에 묻었다는데, 뼈를 아치로 쓰고 싶었던 것이다. 말다툼이 벌어졌고 박물관 측이 이겼다. 주민 한 명이 하소연하듯 말했다. "모든 것이 사라지고 우리에게는 고래를 기억할 아무것도 남지 않았어요." 그 말은 "모든 것이 박물관 보관실로 사라졌다"라는 뜻이다. 하지만 여기에는 고래 아치에 대해, 고래 유물에 대해 그가 간파한 또 다른 의미가 들어 있다. 슬픈 의미다. 그동안 고래를 향한 우리의 태도가 워낙 폭력적이었기에 우리는 턱뼈 아치에서 목숨을 잃은 바로 그 고래만이 아니라 거의 고래 전체를 추모하는 의미를 본다.

거의 그렇지만 아직은 아니다. 고래는 거대한 고막으로 또 무엇을 들었을까? 상전벽해의 변화를 들었다. 구원의 시작이다. 그들은 해저를 뚫고 들어가는 드릴 소리, 수면을 미끄러지는 유조선 소리를 듣고 느꼈었다. 인간의 기술이 몰라보게 발달했음을 알리는 소리였다.

고래들은 20세기가 왔다가 가는 것을 들었다. 고래 잡는 나라가 지금도 여전히 있고, 우리가 아직 숲에서 완전히 빠져나온 것은 아니지만(애버딘의 스튜어트 공원에 가면 부러진 고래 턱뼈가 울창한 나무들 사이에 서 있는 것을 볼 수 있다), 그들이 신경 써서 듣고 우리가 그들의 고막에 제대로 속삭일 수 있다면, 그들은 적어도 이 나라에서는 속죄 비슷한 것을 들을 것이다. 이제 노스 베릭의 묘한 아치를 만나볼 차례다.

노스 베릭은 쾌적한 해안 도시다. 포스 만 남쪽 평야 지대에 위치해 있는데, 마을이 들어선 내륙 쪽으로 보면 베릭 로Berwick Law라고 하는 원뿔처럼 생긴 푸른 언덕이 갑작스럽게 솟아 있다. 600피트 높이의 사화산으로 뱃사람들에게 만에 들어섰음을 알리는 일종의 표지판인 셈이다. 이 언덕 정상에 300년 동안 고래 아치—하나가 계속 있었던 것이 아니라 여러 개가 연이어—가 있었다. 바다가 내려다보이는 높은 곳이어서 아치가 들어서기에 멋진 장소이지만, 비바람에 망가지는 것은 어쩔 수 없어서 마지막 아치가 '안전하지 않다'는 평가를 받고 몇 년 전에 철거되었다.

노스 베릭 주민들은 고래 아치를 그리워했다. 상의 끝에 베릭 로 정상에 새로운 턱뼈 아치를 세웠다. 다만 이번에는 턱뼈가 아니 었다. 파도에 쓸려온 것도, 알래스카나 다른 곳에서 받은 것도 아니 었다. 가파른 언덕을 숨차게 오르면 동쪽으로 북해가, 북쪽으로 파 이프의 언덕들이 보이는 곳에 턱뼈 아치가 있다. 철책으로 둘러싸여 있는데 사이로 손을 뻗어 만질 수 있다. 손을 대면 촉감이…… 플 라스틱 같다. 주민들이 베릭 로에 세운 것은 진짜 고래 뼈가 아니라 유리섬유로 만든 복제품이다.

이것을 어떻게 이해해야 할지 모르겠다. 진짜 고래 뼈를 얻 지 않기로 방침을 세운 것일까? 아마도 그런 것 같다. 하지만 아직 은……

내가 언덕에 오르는 이유는 진짜 고래 턱뼈를 보기 위해서다. 아이들을 데리고 가서 그것이 얼마나 큰지 직접 보도록, 태양과 소 금기 머금은 바람이 한때 살아 있던 존재를 어떻게 바꿔놓았는지 살펴보도록 하려는 것이다. 나는 바다의 수평선을 배경으로 고래 아 치를 보고 싶다. 동물의 몸과 땅과 바다가 하나로 끌어안은 모습을 보고 싶다. 고래 뼈가 옆에 있으면 바다가 다르게 보이고, 이렇게 바 뀐 태도 덕분에 저 멀리 어딘가에 살아 있는 고래가 있어서 언젠가 만날 수 있으리라는 은밀한 희망을 항상 갖게 된다.

한데 유리섬유로 만든 복제품이라니. 이것이 옳은 일이라는 데 는 의심의 여지가 없다. 그러나 베릭의 언덕 꼭대기에 서서 꼭 이래 야 할까 하는 의문이 드는 것은 어쩔 수 없다. 우리가 이 거대한 동 물과의 관계를, 나아가 인간 외의 다른 존재들 전체와의 관계를 재

정립하려 한다면, 마침내 고래를 더 이상 도살하거나 해치지 않기로 결심했다면, 우리가 경이나 수치심에서든 흥분이나 탐욕 때문이든 자연을 향해 손을 뻗을 때 우리 손에 잡히는 것이 꼭 사람이 만든 대체물이어야 한다는 뜻일까?

* * *

스트롬네스의 고막을 제외하면 내가 틈날 때마다 가서 보는 고래 유물은 턱뼈 아치가 아니며, 따라서 이런저런 의미를 달고 있지 않다. 별로 크지도 않다. 이번에도 오크니 제도에 있다. 오크니 메인랜드의 북서쪽, 브로 오브 버세이Brough of Birsay 근처(밍크고래를 관찰하기 좋은 곳이기도 하다) 땅이 동쪽을 향해 굽어진 곳에 좁은 오솔길이 해안가에 나 있다. 어느 계절에 가든 자연의 힘을 만끽할 수 있는 곳이다. 긴 바위들 사이로 요란한 파도가 몰아치고, 솜털오리가 파도를 타고, 바다표범이 산책하는 여러분을 쳐다본다. 저 앞을 보면 길옆에 거대한 새처럼 생긴 것이 장대에 올라앉아 날개를 쳐들고 날아오르거나, 혹은 꼭 선돌 같다. 그런데 역시 고래의 등골뼈이다. 어떤 고래 종인지 모르겠다. 등골뼈가 5피트 높이로 올려진 장대는 나무줄기처럼 보이지만, 마찬가지로 오래전에 죽어서 아마도 해안으로 쓸려온 고래의 갈비뼈이다. 나는 그 형태와 왠지 비밀스러운 묘지를 연상시키는 분위기가 마음에 든다. 뼈가 워낙 희끗희끗한데다 여기저기 구멍이 나서 뼈인지 알아보기도 어렵다. 이것은 상징물로 의도하지 않았고, 우리가 알거나 알고 싶은 사연도 없다. 뜨개질, 작살, 이름표, 유리섬유와 무관하다. 누군가 반은 존경으로 반은 농담으로 이렇게 쌓아놓았겠지만 결국에는 그저 고래 뼈일 뿐이다. 해부적 구조를 가진, 언젠가 죽게 마련인 존재로 자신이 태어난 넓은 바다를 바라보고 있다.

14장

바람

거의 2주 만에 바람이 잦아들었다. 이제 5월인데 말이다. 날이 길지만 돌풍 때문에 어둡고 마치 겨울 같다. 하루가 멀다 하고 돌풍이 불어와 짧은 밤 내내 울부짖는다. 침묵이 오면 오히려 으스스했다. 그도 그럴 것이 바람이 다시 몰아치기 전에 수평선 뒤에서 웅크린 채 전열을 정비하고 있다는 뜻이니까 말이다.

히르타에 사람이 살 때 엄청난 돌풍이 몰아쳐서 주민들이 며칠 동안 귀가 들리지 않았던 적도 있었다고 한다.

우리는 밖으로 나갈 수 있었다. 조심조심 안쪽 문을 꼭 닫은 뒤에야 바깥쪽 문을 열었다. 요란한 소리가 들렸고 파괴의 현장이 보였다. 외부 계단을 통해 위층으로 올라갈 때 꽉 붙들 수 있도록 누군가가 배에 쓰는 굵은 밧줄을 매어놓았다. 최근에 벌어진 혁신이다. 예전에는 집에 위층이 없었다. 우리는 그곳에서 잤는데 밤새도록 바람이 몰아쳤다. 나는 새벽에 딱 한 번 잠에서 깨어 굴뚝새가 노래하는 것을 들었다. 하루걸러 새벽에 바람이 불었다.

바람의 방향에 따라 어느 장소가 방문하기 좋지 않은지, 어느 절벽 꼭대기가 가장 피해야 하는 곳인지 알아볼 수 있었다. 경사진 곳은 바람에 노출되어 위험할 수 있었다. 글렌 모어가 가장 안전했다. 서쪽을 향해 있어서 바람이 육지 쪽으로 불었다. 우리는 며칠 연속해서 그곳에 갔는데, 언덕을 오를 때 아니나 다를까 바람에 휘청거렸다. 바다는 늘 거친 숨소리를 냈다. 협곡을 따라 개울이 흘렀고, 물줄기가 절벽 너머로 흩어지는 곳에서 바람이 그것을 붙잡아 무지개 안개를 만들었다.

5월에 따뜻하고 광활한 느낌은 내 기억에 없다. 그저 전투 진용을 갖추고 요란하게 소리치고 옷을 잔뜩 껴입었던 기억만 있다. 시속 70마일로 몰아치는 돌풍은 사람을 넘어지게 할 수 있다는 것을 알았다. 그것은 나뭇잎처럼 굴러 떨어지는 것이 아니라 눈에 보이지 않는 베개로 얻어맞는 느낌이다. 옷을 많이 껴입으면 다치지는 않는다. 다만 기적을 바라보듯 어느새 무릎을 꿇고 있는 자신을 발견하게 된다.

이런 나들이에서 우리는 북극으로 가는 도중에 죽은 큰고니 whooper swan를 만났다. 밝은 초록색 풀밭에 흰색 넝마처럼 널브러진 것이 멀리서도 보였다. 목을 쭉 빼고 노란색 부리로 도로 표지판처럼 북쪽을 가리킨 채 누워 있었다. 우리는 호기심에 오른쪽 날개를 들어 펼쳐보았다. 놀라웠다. 풍성하게 1미터나 늘어진 하얀 날개가 마치 하얗게 빛나는 석영 같았다. 어떻게 이런 생명체가 이런 여행을 하는지 단번에 알아볼 수 있었다. 한마디로 바람에 의해, 바람을 위해 만들어진 날개였다.

그러나 우리는 바람의 존재는커녕 바람에 너덜너덜해지고 망가지는 존재다. 매번 밖으로 나갈 때마다, 매번 대화하고 계획을 세울 때마다 바람에 어떻게 대처할지 의논했다. 마치 못된 일을 벌이는 십 대들처럼 바람 뒤에서 수군거렸다.

우리는 큰고니를 두고 산등성이로 걸음을 옮겼고, 다시 그 위쪽 송신탑으로 올라갔다. 바람이 불면서 요란한 비명소리를 질렀다. 우리는 오두막처럼 생긴 건물에서 바람을 피하면서 저 아래 사방에서 바다가 청회색으로 날뛰며 절벽으로 돌진하는 것을 바라보았다. 야생의 드라마가 인상적이었지만, 송신탑이 내지르는 비명소리가 곧 참을 수 없는 지경이 되었다.

당연하게도 배는 없었다. 며칠 동안 배가 드나들지 않았고, 바람이 그치고 너울이 잦아들지 않으면 배가 언제 올지 몰랐다. 그렇다면 우리는 언제 떠날 수 있을까? 원하는 날에 떠나지 못하는 것은 확실했다. 어쩌면 한참이 걸릴 수도 있었다.

그러나 이곳은, 적어도 지금은 현대 세계. 레이더 기지 때문에 일주일에 두 번 헬리콥터가 온다. 자기 차례가 된 직원들을 데려오고 떠날 차례가 된 이들을 태워 나간다. 우리는 수요일 비행에 여분의 좌석이 날지도 모른다는 소식을 들었다. 미리 짐을 챙겨 대기하고 있다가 운 좋으면 기회가 날 수 있었다. 그러나 수요일 비행이 취소되고 말아 다들 허탈한 심정이었다.

목요일은 상황이 나빴다. 당연히 바람이 몰아쳤고 비까지 내렸다. 언덕은 따분했고 땅은 질척거렸다. 강한 바람에 붙들린 찌르레기가 창문가에 와서 부딪혔다. 그런데도 헬리콥터는 운행했다. 바람이 서쪽에서 언덕 아래로 원을 그리며 몰아쳤지만 그 정도면 괜찮았다. 만에서 동쪽으로 바람이 불었다면 헬리콥터가 이륙하는 순간 뒤집혔을 것이다.

콘크리트 건물에서 우리는 서로서로 노란색 구명수트 지퍼를 올려주고 구명조끼의 끈을 묶어주었다. 바람 소리에 귀가 먹먹한 가운데 귀마개까지 한 우리는 이제 바람에 맞서 아스팔트를 걸었다. 수신호를 받으며 몸을 숙여 헬리콥터 이착륙장을 지나 기계에 올라 탔다.

나는 전에 한 번도 헬리콥터를 타본 적이 없었다. 헬기는 내가 알아차리기도 전에 공중으로 날아올랐다. 새처럼 몸의 자세를 살짝 바꾸는 것으로 땅에 있는 상태와 공중에 떠 있는 상태를 마음대로 오갈 수 있는 듯했다. 우리는 칙칙거리며 바다 위를 날았다. 지금도 배로는 몇 시간이 걸리는 길을 25분 만에 돌파했다. 아래쪽 작은 창문으로 저 아래 펼쳐진 바다가 보였다. 큰고니가 가족과 함께 이동하면서 마지막으로 본 풍경이 아마도 이랬을 것이다.

우리가 날았던 바다가 한때는 땅이었다는 이야기가 있다. 옛날에, 그렇게 오래전은 아니었을 때, 나무들로 들어찬 숲이었는데 해수면이 상승하여 바다가 덮어버린 것이다. 바람과 바다. 그것 말고는 모두 임시적이다. 언제 어떻게 될지 모른다. 날갯짓 한 번이면 사라진다.

캐슬린 제이미에 대하여

캐슬린 제이미는 1962년 스코틀랜드 서쪽 지방에서 태어났다. 몇 권의 논픽션을 썼는데, 파키스탄 국경지역을 배경으로 한 여행서 『무슬림 사이에*Among Muslims*』(2002)는 『인디펜던트』로부터 '어둠 속의 환한 빛'이라는 평을 받았고, 스코틀랜드 자연을 황홀하게 담은 『발견들*Findings*』(2005)은 폭넓은 찬사를 받았다. 2004년에는 시집 『나무집*The Tree House*』으로 포워드 상을 수상했다. 세인트앤드루스 대학교와 스털링 대학교에서 문예창작과 교수를 지낸 바 있다.

"에세이 형식을 마술처럼 주무르는 마법사. 결코 이국적이지 않고 현실적인 필치로 설명하기 힘든 것을 독자들 귀에 전한다. 손에 잡힐 듯 생생한 언어로 여러분을 사로잡는다."

존 버거

바깥세상이 문처럼 활짝 열리고 우리가 보지 못했던 세상을 만난다.

병원 현미경으로 들여다본 세포의 세계, 보존 작업 중인 고래 턱뼈의 구멍, 스코틀랜드 섬 위에 뜬 위성, 빙산이 흩뿌려진 바다 위를 환히 비추는 북극광. 정확하고 섬세한 묘사로 아주 작은 세상으로, 또 멀리 떨어진 세상으로 우리를 이끈다. 절벽들 사이를 휘도는 범고래, 떠들썩한 가넷 서식지, 동굴 깊은 곳에 숨겨진 그림을 만난다.

SIGHTLINES

사진 출처

3쪽. 이끼 © Kathleen Jamie; 6쪽. 고래의 고막, 오크니의 스트롬네스 박물관 © Alistair Peebles; 12쪽. 선실 창문에서 본 풍경 © Kathleen Jamie; 34쪽. 소장의 생체 조직검사에서 본 지아르디아 © Frank Carey; 58쪽. 위: 지은이, 1979 © Kathleen Jamie. 아래: 선사시대의 석관, 노스 메인스의 스트래댈런 © Historic Scotland; 88쪽. 가넷 © Stuart Murray; 106쪽. 나뭇가지 사이의 빛 © Janet Hayton; 110쪽. 발살렌, 베르겐 박물관 © Kathleen Jamie; 111쪽. 발살렌, 베르겐 박물관 © Zina Fihl/Bergen Museum; 140쪽. 나무 뒤편의 달 © Henry Iles; 150쪽. 세인트 킬다의 배 © Stuart Murray; 157쪽. 세인트 킬다의 조립식 건물. 뒤편으로 버려진 오두막집이 보인다 © Stuart Murray; 166쪽. 세인트 킬다 조사 © Stuart Murray; 188쪽. 피레타 동굴 벽화 © Mojo Appleton; 198쪽. 줄노랑얼룩가지나방 © Niall Benvie/naturepl.com; 204쪽. 하늘에서 본 로나 © Stuart Murray; 205쪽. 로나 섬을 돌고 있는 범고래 © Strat Halliday; 240쪽. 쇠바다제비 © Tomas Svensson; 250쪽. 루이스 섬의 고래 뼈 © Stuart Murray; 272쪽. 헬리콥터 © iStockphoto/heary; 277쪽. 고래 꼬리 © Stuart Murray

시선들

초판 2쇄	2024. 12. 1.
초판 발행	2024. 4. 5.
저자	캐슬린 제이미
역자	장호연
편집	강지수
발행인	이재희
출판사	빛소굴
출판 등록	제251002021000011호(2021. 1. 19.)
팩스	0504-011-3094
ISBN	979-11-93635-05-6(04800)
	979-11-93635-04-9(세트)
이메일	bitsogul@gmail.com
SNS	www.instagram.com/bitsogul
주소	경기도 고양시 덕양구 꽃마을로 66 한일미디어타워 1430호